CAÏN ET ADÈLE

Régis Descott a été journaliste avant de se lancer dans l'écriture de thrillers. Son premier roman, *L'Empire des illusions*, est paru chez Denoël. *Caïn et Adèle* est la suite de *Pavillon 38*, publié aux Éditions Lattès.

Paru dans Le Livre de Poche :

PAVILLON 38

RÉGIS DESCOTT

Caïn et Adèle

ROMAN

JC LATTÈS

ISBN : 978-2-253-12291-3 – 1re publication LGF

À Charles d'Ivernois.

« Elle portait une robe de velours et ses cheveux se répandaient dessus comme des vagues de velours clair, de sorte qu'à sa vue soudain, bien que lui-même portât un terrifiant costume de chevalier, il désira être une fille aussi indiciblement qu'il avait désiré les animaux sur les affiches du cirque. »

ROBERT MUSIL,
L'Homme sans qualités.

« Après le premier meurtre, j'ai cru que je pourrais reprendre une vie normale. Enfouir tout ça dans mon passé et dans ma tête. Mais un tel événement ne peut pas s'oublier aussi facilement. C'est comme une tumeur. Elle ne guérit pas et elle finit par infecter tout le reste. »

JEFFREY DAHMER,
dit le cannibale de Milwaukee.

PREMIÈRE PARTIE

1

— Tu sais ce qui nous tue à petit feu ?

Le docteur Suzanne Lohmann attend qu'au bout du fil son ancien maître ait expiré la fumée de sa cigarette. Sans y être, elle sent l'odeur de ses Craven A grillées à la chaîne. Olga s'épanouit dans ce nuage, rassurée par ses collections d'objets compliqués, ses livres et ses chats, dans une maison bien calfeutrée pour l'hiver.

— Le manque d'amour, lâche-t-elle de sa voix rauque, son fume-cigarette à hauteur de la tempe entre ses doigts jaunis. C'est aussi l'origine de la plupart des maladies mentales.

— Je ne te connaissais pas ce talent d'évangéliste.

— Mais pour contrebalancer, on obtient toujours ce vers quoi on tend le plus intensément, reprend Olga sourde au sarcasme. À force de l'appeler de tous ses vœux, on finit par être entendu. Vers quoi tends-tu, Suzanne ?

— Je te vois venir.

— Tu n'es pas faite pour soigner des dépressions, je te l'ai déjà dit… Tu sais ce qui pourrait t'arriver ?

Les questions et les réponses. Vieille habitude de professeur face à ses étudiants. En sa présence Suzanne a toujours l'impression d'être une élève.

— Il pourrait t'arriver que face à un meurtre ritualisé on vienne solliciter ton aide. Aucun de tes confrères n'a ce goût pour la traque. Et surtout cette faculté de se mettre à la place du tueur.

— Je n'ai eu qu'à suivre la voie que me montrait Dantec-Leguen, la coupe-t-elle en revoyant le visage du jeune schizophrène.

— Parce que tu t'es mise dans sa tête, justement… Sans toi l'Anaconda serait toujours en liberté. Avec combien de victimes de plus ? Autant de vies que tu as sauvées… Pas mal, pour une psychiatre.

— C'est pour fuir tout ça que j'ai démissionné…

— Et ça t'a réussi ?

— …

— Et ne me parle pas de la nécessité de préserver tes filles. Ce n'est pas en t'enterrant que tu leur rends service.

Tandis que la voix d'Olga continue de lui parvenir, elle a la désagréable impression d'écouter sa mauvaise conscience.

— Mais tu sais ce qu'on dit des rêves : qu'y a-t-il de pire que de réaliser les siens ?

Une mauvaise conscience que l'on ne peut réduire au silence en raccrochant.

Après un regard au téléphone, Suzanne se remet à écrire. La griffure de sa plume sur le papier s'ajoute au bruissement des bambous caressés par le vent dans son dos. Trop distraite pour se concentrer, elle range le dossier de son dernier patient — magistrat au crâne dégarni qui après avoir déboutonné sa chemise lui a montré son soutien-gorge pour lui prouver sa féminité — puis ferme les volets sur le jardin. La pendule indique 19 heures.

Angélique et Emma l'attendront encore une demi-heure, elle a envie de flâner. Rue du Cardinal-Lemoine, elle vire vers la Seine et lève la tête en quête des derniers feux du crépuscule. Le nez en l'air, elle percute quelqu'un, masse souriante qui veut la retenir. Pleine de confusion, elle s'excuse et s'échappe.

Le matin même, Angélique n'a pas voulu se lever ni lui adresser la parole, et elle, à bout d'arguments, a claqué la porte avant de partir. Encore une scène révélatrice du fossé qui s'est creusé entre elles depuis la mort du père.

Ses pas pressés sur le trottoir lui jouent un air aussi entraînant que sa plume sur le papier. Petite musique qui ne la distrait pas de sa détresse. Dans le reflet d'une vitrine elle s'aperçoit : ses cheveux auburn poussés en boucles épaisses flottent sur ses épaules. Son visage attire toujours les regards qu'elle esquive. Elle a l'allure d'une mère de famille pressée de rentrer chez elle, alors qu'elle fuit dans la direction opposée.

À nouveau elle se sent assaillie par les mêmes idées. Et avec ce cortège survient l'oppression, physiquement concentrée sur le plexus solaire. Elle inspire, laisse l'air gonfler son ventre avant d'expirer doucement. La douleur s'amenuise mais les pensées demeurent. La mort du père…

Combien de temps s'est écoulé depuis les événements ? Plus d'un an. Plus d'un an qu'elle se fuit. Et la cicatrice n'est pas encore refermée.

Après la disparition de Gilbert, elle a cru faire face en démissionnant de son poste en quartier psychiatrique sécurisé. Le déménagement et l'organisation de leur nouvelle vie l'ont un temps maintenue dans l'illusion que ses filles et elle étaient passées au travers.

Ses filles orphelines par sa faute.

Nouveau coup au plexus générant sur son visage une grimace. Nouvelle inspiration, respiration bloquée avant de chasser l'air jusqu'à se vider les poumons.

Il lui est même arrivé de considérer qu'elle avait gagné au change, que la mort tragique de Gilbert l'avait libérée. Alors que c'était lui qui s'occupait des filles et qu'aujourd'hui, elle s'avère incapable de leur consacrer l'attention qu'elles réclament. Elle qui s'est crue si forte et se découvre si faible, désemparée par la tournure inattendue qu'a prise sa vie.

Devant l'Institut du Monde arabe, elle attend que le flot des voitures se tarisse pour gagner le pont de Sully. À sa gauche, vers l'ouest, le chevet de Notre-Dame sous les projecteurs. Vision lointaine à peine imprimée sur ses rétines. Au premier plan de l'île, bastion fendant l'eau, le mémorial de la Déportation que rien de l'extérieur n'annonce. À l'intérieur, après avoir descendu un raidillon, des herses, des boyaux de pierre et des centaines de lumignons qui symbolisent les âmes des victimes.

Le soleil a disparu depuis longtemps.

Elle se tourne vers l'orient où le fleuve est plus large. Une péniche chargée de gravier fait bouillonner les flots dans le grondement de son moteur, tandis qu'au loin, un bateau-mouche illuminé entreprend un demi-tour pour reprendre son circuit touristique.

À sa droite, elle devine le Jardin des Plantes, abritant de nombreux vivariums, dans ces pavillons aux sols de mosaïque. Les reptiles entrelacés derrière les vitres, le plus souvent assoupis, s'animant parfois pour faire le tour de leur cellule, leurs écailles comme des tatouages sur la peau soudain douées d'une vie propre, tandis que les anneaux glissent sur les branches, sous une souche ou dans l'eau croupissante de leur bac.

Elle frissonne. Les serpents sur une rive, sur l'autre l'Institut médico-légal, que durant ses études elle a fréquenté, et elle au centre : même hors d'état de nuire, l'Anaconda se rappelle à son souvenir.

Un coup d'œil vers les nuées croisant au-dessus de sa tête l'enjoint à presser le pas. Elle se dirige vers l'île

Saint-Louis après avoir zigzagué entre les voitures à l'arrêt sur le pont.

Sur la voie Georges-Pompidou, la mécanique privée de ventilation montre des signes de surchauffe. *Qu'est-ce qu'il y a de meilleur que de réaliser ses rêves?* lui avait dit le vendeur tandis qu'il appréciait le fuselage argenté de l'italienne. Que savait-il de ses rêves d'enfance ?

Mais la phrase lui avait plu. Autant que sa façon de soulever le capot comme on ouvre un écrin : une théorie de cylindres vénérés comme le Saint Graal par cet amateur de « belle ouvrage » et d'« art de vivre ».

Une trouée sur la gauche et la voiture bondit dans un rugissement suraigu. Abel Frontera ne profite ni des reflets sur le fleuve noir ni des bateaux qui croisent entre les ponts masqués par la glissière de sécurité. Quelques dizaines de mètres plus loin il freine avant d'accélérer vers la rampe de sortie. Il s'arrête quai de la Mégisserie aux trottoirs encombrés de plantes et de cages à poules. Sur la rive gauche, au loin se détache le Tribunal de Commerce où s'achèvent et se concluent tant d'affaires, cimetière des espoirs déçus et repaire des charognards patentés. Un lieu où il a eu ses habitudes.

Longtemps il s'est défini comme un paysagiste du béton. Considérer un espace donné, concevoir et dessiner des plans… Convaincre les autorités, trouver des financements, vendre le projet, faire venir pelleteuses et grues… Professionnellement, ses modèles alors étaient le roi David et Bugsy Siegel. Le premier pour avoir tracé les limites de la future Jérusalem, le second pour son intuition de Las Vegas. Deux cités sorties du désert et de l'imagination d'un seul homme, devenues lieux de pèlerinage à la force d'aimantation mondiale.

Seule différence : la cité antique promet tout et accorde l'invisible, tandis que la ville néon promet la fortune et ne laisse rien.

Romulus aussi aurait pu intégrer sa mythologie personnelle, n'étaient son ascendance divine et le sort qu'il a fait à Remus, son jumeau, qui toujours l'ont gêné aux entournures. Même s'il a pu lui arriver de comprendre le recours à une telle extrémité…

Le bâtiment a représenté le premier marchepied qu'il a trouvé pour s'élever. Il détestait cet univers grossier : dessous de table, vins d'honneur et casque de chantier. Il est heureux d'avoir su laisser aux autres la matérialité du béton pour la virtualité des investissements financiers. Aux multiples contraintes du métier de promoteur, il a préféré cette activité déconnectée de la réalité, solitaire, sans autres contacts que ceux qu'autorisent un téléphone et un écran d'ordinateur. Quelques mois plus tôt aux prises avec des dizaines d'interlocuteurs, il n'a plus pour vis-à-vis que trois moniteurs branchés sur les principales chaînes financières, et pour problématiques celles de prendre ou de solder telle ou telle position.

L'écran de son téléphone affiche « Claudie ». Porté par le flot des véhicules, il décide de pousser vers l'est. Il regagnera la rive gauche par le pont d'Austerlitz, ou celui de Bercy.

Voilà comment il occupe ses heures creuses : roulant au pas dans les vapeurs d'échappement, entre des conducteurs nerveux ou résignés, sans répondre à sa femme dont le nom s'affiche sur l'écran bleuté de son téléphone.

Sa reddition illustre le renversement de leur relation, grince-t-il en lui-même, tandis que son portable sonne à nouveau dans le vide, le nom de Claudie clignotant sur fond fluo comme une supplication high-tech.

Encore quelques minutes, et elle lui enverra un texto.

À cette heure de pointe, le quai de Béthune a le calme d'une ruelle de province. Olga avait raison : le stress et l'agitation de l'unité lui manquent, désormais livrée à elle-même dans son cabinet silencieux, vigie des détresses quotidiennes accablant des citadins anonymes, elle qui s'est grisée au contact des schizophrènes, paranoïaques et grands pervers, dont les affections n'engendrent pas un simple mal-être, mais des gouffres où ils s'abîment eux-mêmes, entraînant leurs victimes éventuelles, voire le corps médical et ses certitudes.

Une ombre la fait sursauter. Elle se retourne : ce n'est plus que le claquement de ses talons sur le pavé. Elle regarde autour d'elle. Avec sa courbe harmonieuse, ses arbres et ses façades plusieurs fois centenaires, elle reconnaît le quai d'Orléans. Et le parcourt d'un pas pressé. Sur le pont Saint-Louis, une nouvelle fois elle traverse la Seine. Trois mouettes virevoltent au-dessus d'elle, blanche apparition dans le ciel anthracite. Le vent lui fait rentrer la tête dans les épaules.

Square Jean-XXIII elle évite les flaques et s'engage sur le pont de l'Archevêché. Les eaux sombres où dansent les reflets des lampadaires sont semblables à un gigantesque reptile. Une fois le trafic fluvial interrompu, les remous disparaissent et la surface s'aplanit, le monstre assoupi dans un sommeil trompeur.

Tes anciennes amours.

Olga l'électrochoc, qui a toujours porté sur elle un regard d'une acuité déconcertante et à présent la qualifie de meilleure profileuse en France… Qu'est-ce que ça signifie ? Idée fixe de vieille femme. Suzanne ne s'est jamais appesantie sur ces facultés particulières. Ces facultés par lesquelles le malheur est entré dans sa vie. Mais comment refuserait-elle, si pareille occasion se présentait ? Alors que sa tentative pour retrouver une certaine forme de normalité, avec ce cabinet de ville, s'est soldée par un échec.

Quai de la Tournelle, au-delà des voitures aux flancs luisants, la rue des Bernardins. Elle aura le temps de viser les devoirs de ses filles et de préparer le dîner.

D'un pas précipité elle s'engage sur la chaussée.

Abel Frontera a pilé. Une femme dans un manteau serré à la ceinture et coiffée d'un bob. Le crissement des pneus lui a fait tourner la tête, son visage une seconde figé en une expression de stupeur avant de basculer vers lui, aussitôt stoppé par la surface transparente et rigide du pare-brise. À vingt centimètres de lui, une joue, un nez, écrasés contre le verre — comme ceux d'enfants collés aux fenêtres — et quelques boucles de cheveux éparses. Immobile derrière son volant, il s'attend à voir couler du sang.

En tremblant il coupe le contact et s'extirpe de sa voiture sans prêter attention aux véhicules qui le frôlent. La silhouette s'est redressée. Il soupire de soulagement, ignore les klaxons. Elle est assise sur la carrosserie mais lui tourne encore le dos. Il est devant elle, le bob en tweed entre les mains. La pâleur de sa peau le subjugue — le sang qui sous l'effet de la peur a dû refluer — et fait ressortir deux grands yeux d'animal traqué qui soudain l'excitent terriblement.

— Vous n'avez rien ?

Elle le regarde sans comprendre. Une mèche ondulée lui barre le front. La panique, ou l'angoisse, qui embellit les femmes — il l'a déjà remarqué — en accentuant leur fragilité. Paralysé, il attend qu'elle prononce un mot, ne sachant s'il s'agit de l'effet que cette apparition produit chez lui, ou de la crainte rétrospective, qui le condamne au mutisme.

Il la détaille, le cœur affolé sous ses côtes. Elle se masse le mollet, soudain absorbée par cette partie de son anatomie, à la fois soucieuse, hors du monde et détachée.

— Un si beau visage. Je ne m'en serais jamais remis.

Elle amorce un rire moqueur.

La circulation a repris. Les voitures passent en trombe sur leur gauche dans un bruit de pneus roulant sur l'asphalte mouillé.

— Vous traversez souvent comme ça ? Perdue dans vos pensées ?

— Vous savez, on dirait que c'est vous qui avez été renversé.

Il ne peut s'empêcher de rougir. Elle ne le remarque pas. Elle veut se lever, pose le pied par terre et grimace.

— Vous ne voulez pas que je vous emmène voir un médecin ?

— Je suis médecin.

— Alors laissez-moi vous déposer où vous souhaitez.

Elle regarde l'auto, elle le regarde lui. Le chauffeur et la voiture ne détonnent pas. Le visage aux traits réguliers affiche une certaine anxiété qu'un sourire édulcore. De ceux qui aplanissent les obstacles. Un sourire, un carnet de chèques, elle connaît.

— Je ne peux pas vous laisser disparaître comme ça. Après une telle apparition.

Elle sourit, sensible à la flatterie.

— Nous ne sommes plus exactement des inconnus, vous ne trouvez pas ? implore-t-il pour la faire céder.

Est-ce l'aisance, qui la change du commerce de ses patients, ou au contraire ce côté désarmé ? Il claque la portière derrière elle avant de la rejoindre dans l'habitacle.

— Où allons-nous ?

— Rue de Navarre, à côté des arènes de Lutèce, vous voyez ?

— Hélas oui. C'est à deux minutes.

— Votre voiture n'a rien ?

— Vous plaisantez ? J'étais sur le point de la vendre, lâche-t-il en s'insérant dans la circulation. Mais je crois que je vais la garder. En souvenir. Quelle est votre spécialité ?

Encore étourdie, elle tourne la tête vers lui. Les écrans du tableau de bord colorent son front de lueurs dorées.

Elle se sent ridicule d'avoir accepté de se faire conduire pour un trajet si court. D'autant qu'il ne semble pas maîtriser son auto, accélère trop fort et déclenche un coup de tonnerre à chaque fois. Le bolide bondit et il doit freiner pour éviter l'accrochage. Il transpire, elle se dit qu'elle n'aime pas son parfum.

— Vous feriez mieux de la vendre en effet.

Son rire est couvert par le moteur.

— Vous n'avez pas répondu à ma question.

— Psychiatre.

— Tiens donc ?

Elle ne relève pas.

Rue Monge il coupe la route aux véhicules en sens inverse pour s'engager rue de Navarre.

La voiture ronronne devant l'immeuble comme un hors-bord à quai. La main droite sur le levier de vitesses, la gauche sur le volant, il la regarde, savourant cette intimité fugace qu'elle est pressée de fuir. Décidément elle n'aime pas son parfum.

— Voilà. Je suis encore désolé.

— C'était surtout de ma faute.

— C'est vrai.

— Vous avez du culot !

— Quand pourrai-je vous revoir ?…

Amusée, elle hausse les sourcils.

— Ne serait-ce que pour prendre de vos nouvelles, plaide-t-il.

— Ça vous arrive souvent, de percuter une femme pour la séduire ?

— D'habitude c'est calculé. Parfois je ne freine pas assez vite, alors je rate mon coup. Mais j'ai un excellent avocat. Vous avez eu de la chance.

Le rire cristallin lui répond. Il s'est rarement senti aussi bien — après l'effroi —, et appréhende déjà l'instant où elle aura claqué la portière.

— Je ne connais même pas votre nom.

— Suzanne Lohmann, dit-elle la main sur la poignée, prête à sortir.

Derrière, deux voitures attendent. Suzanne est à la porte au sommet des marches. Du menton elle désigne la Ferrari :

— Vendez-la ! lance-t-elle.

— Ça dépendra de vous. Je vous appelle !

— Je suis sur liste rouge !

— Je vous retrouverai, docteur Lohmann ! Comme dans *M le Maudit*, c'est ça ?

L'italienne est déjà au bout de la rue lorsque Suzanne pénètre dans l'immeuble, encore étonnée par ce qui vient de se passer : la seconde de panique, le choc et puis cet homme, qui à présent menace de l'appeler…

Mais dans l'ascenseur elle est assaillie par une peur rétrospective qu'elle n'avait jamais ressentie : vis-à-vis de ses filles, la moindre distraction de ce genre pouvant lui coûter la vie est exclue. Ses filles auxquelles elle a soigneusement évité de faire allusion.

2

La journée a été bonne. Tournée matinale des patients dans les pavillons, aucun incident à déplorer au cours de la nuit, nouvelle admission à 14h30 — pyromane délirant dont le dernier incendie a fait cinq victimes dans un petit hôtel de la Plaine-Saint-Denis —, quelques consultations l'après-midi, réunion avec les cadres infirmiers… Routine.

Depuis qu'il est aux manettes, les rouages sont parfaitement huilés.

Jacques Mangin remet la bouteille de Johnny Walker dans son tiroir, ingurgite la première gorgée et, pour la centième fois, se dit qu'il lui faudrait un réfrigérateur. Le plaisir réside autant dans le tintement des glaçons que dans la fraîcheur du breuvage anesthésiant les papilles pour atténuer la brûlure de l'alcool. Sans compter le spectacle de leur dilution dans le liquide doré, méandres infinis à la limite de la sensualité.

Après avoir trempé l'index de la main droite dans son verre, il se frictionne les gencives avec énergie comme s'il se brossait les dents. L'alcool désinfecte et active l'irrigation sanguine, se dit-il en guise de justification.

En bonne place parmi ses livres, son diplôme de médecine le renvoie à une époque lointaine et à un autre Jacques Mangin, de trente ans son cadet.

Mais change-t-on autant que ça ? En ce temps-là déjà il n'était pas très soigneux de sa personne. Lucide sur lui-même et sur les autres, lecteur assidu de Bleuler et de Krafft-Ebing, tenace et ambitieux, il avait développé son penchant pour l'alcool. Quinze kilos supplémentaires alourdissent sa silhouette et le visage arbore une légère couperose, mais il demeure reconnaissable entre mille.

Les yeux surtout sont identiques, habités par cette lueur qui faisait s'incliner ceux des autres. Une lueur révélatrice du plaisir qu'il trouve à observer le monde, ce petit marigot dès que plus de deux individus sont amenés à travailler ensemble. Il se délecte à les voir à l'œuvre, leurs manœuvres pour prendre le pouvoir, le conserver, leurs copinages, leurs bassesses, leur façon de se renifler le cul avant de se mordre.

Les seules frustrations qu'il a laissées s'épanouir sont d'ordre sexuel. Ce qui était déjà le cas à l'adolescence et à l'entrée dans l'âge adulte : au moment où l'on est censé être en pleine possession de ses moyens, il en était souvent réduit à se soulager lui-même ; et à essuyer sa semence poisseuse en déplorant le gâchis.

Mariés huit ans, son épouse et lui ont formé un attelage disparate jusqu'à ce qu'elle profite de sa première infidélité pour prendre le large. La séparation se fit sans heurt : il s'y attendait depuis cinq ans. Accaparé par son travail et son ambition, il n'accordait aucune attention à cette femme trop vite fanée à son contact. Il l'a croisée trois ans après leur séparation, Hortense : elle avait fondu et rajeuni d'au moins dix ans. Sa liaison avec la jeune interne un temps éblouie par ses connaissances n'a pas duré, et à partir de ce moment il n'a plus eu recours qu'aux services de prostituées.

Nu, il a la peau trop blanche, une poitrine presque féminine et le ventre adipeux pour des cuisses un peu frêles. Mais les jeunes ressortissantes d'Europe centrale ne le lui font pas ressentir et il est plutôt gentil avec elles. Il n'a aucune exigence particulière, ne s'acharne pas trop longtemps avant d'éjaculer et, quand la fille a bien joué la comédie, il rajoute un billet qui leur tire un vrai sourire. Trouvant son plaisir dans le papillonnage et la nouveauté, il ne cherche pas à tirer parti de cet avantage en revenant : à défaut d'avoir été un mari parfait, il pense être le client idéal. Leur vulnérabilité souvent le touche, leur maladresse aussi, lorsqu'elles ont un peu trop bu ou sniffé, et il se trouve alors des airs de papa embringué dans des relations incestueuses, lui qui jamais n'aura d'enfant.

Ces contacts ne sont pas la panacée, toujours furtifs, souvent tristes, mais ils n'exigent pas trop d'implication tout en le préservant d'une solitude oppressante. Le temps d'une passe, entre dix minutes et deux heures les jours fastes, il partage ce moment d'intimité tarifée avec une de ces malheureuses, dans une chambre au dessus-de-lit douteux et aux rideaux masquant la perspective d'une arrière-cour noirâtre, le plus souvent près de la porte de Saint-Ouen ou de Champerret.

Le vocabulaire de la petite est succinct mais son accent charmant, et il lui demande de monologuer dans sa langue maternelle qu'il ne comprend pas et qui le berce. D'abord interloquée par sa requête, elle finit par se lancer, hésitante puis volubile, s'enivrant elle-même de son propre récit. Il a sans doute ainsi recueilli des confidences assez semblables, d'enfances banales, de misère râpeuse, de dérives et d'exils, en tchèque, en polonais, en russe, en roumain et en albanais.

Il y a dans cette attitude une part de sadisme, il en a conscience, mais également d'instinct de survie : les pousser à évoquer leur solitude lui permet de relativiser la sienne.

Certaines ponctuent leur laïus hermétique d'un rire, d'autres essuient une larme. Malgré ses dents jaunies, il a remarqué qu'elles sont rarement insensibles à son sourire.

La principale différence qu'il ressent avec l'âge, c'est la connaissance de soi. Ainsi aurait-il mieux valu commencer par ce commerce plutôt que passer par la case mariage. Par moments il se dit qu'il aurait évité huit ans d'ennui à cette malheureuse Hortense.

À d'autres, il n'en a rien à foutre.

Professionnellement, il occupe la place qu'il visait lorsqu'il a entrepris ses études de médecine. Ça n'a pas été sans mal. Lui aussi a dû manœuvrer, intriguer, jouer parfois un rôle un peu trouble, monter des cabales. Le jeu cruel de la vie en société. L'important est de gagner. Qu'au moins la honte de l'échec ne s'ajoute pas à celle que provoque la nécessité de s'abaisser.

Il y a eu cette ambitieuse de Lohmann. Mais elle s'est attaquée à plus fort qu'elle. De la main droite il fait glisser le tiroir, et d'un geste ample se ressert.

— À la gloire ! dit-il pour lui-même, son verre levé à l'adresse d'un comparse imaginaire.

Son billet pour la gloire, il se trouve dans une chambre d'isolement derrière l'enceinte de sécurité, en la personne de Laurent Kovak, depuis son apparition dans la lumière appelé partout l'Anaconda.

Il a pris un risque, en l'acceptant. Mais comment résister aux sirènes de la gloire, quand on traite les cas les plus complexes que compte le pays, tout en demeurant dans l'anonymat le plus complet ?

Ironiquement c'est à lui, après que le docteur Lohmann l'a identifié, qu'incombe la tâche de révéler au monde la psychopathie de l'Anaconda, de récolter ses confidences sur son enfance, ses parents, son frère qu'il a assassiné, sa vie avec ses reptiles à travers l'Europe, sa haine des femmes, ses méthodes de prédateur, son rituel macabre, sa culpabilité, sa vision du monde et de l'au-delà.

Les gens veulent comprendre ce qui entraîne un homme si loin dans l'horreur ; et comment il a pu agir aussi longtemps sans être inquiété. De partout affluent des demandes d'interviews, d'entretiens, d'interrogatoires. Mais il ne laisse rien filtrer. Jamais il n'avait prévu une telle opportunité. Elle est du ressort de la chance. D'une veine inespérée même. Combien de ses confrères ont eu l'occasion d'établir une relation aussi poussée avec un cas pareil ?

De la main gauche il triture le magnétophone avec lequel il enregistre leurs entretiens. Kovak a mémorisé les moindres détails de son périple criminel avec une méticulosité de comptable, et ces heures de bande magnétique contiennent des trésors. La plupart déjà retranscrits sur des feuillets classés en chapitres.

L'évocation du souvenir des premières victimes du tueur révéla un être en devenir, fragile, terrorisé par ses propres actes. Et pendant quelques minutes, Jacques Mangin se surprit à être en parfaite empathie avec le monstre.

Avant de se ressaisir.

Déjà ses confrères américains lui laissent entrevoir une notoriété transatlantique, en proposant de publier ses écrits.

Sa pression machinale sur la touche « Play » est suivie du souffle caractéristique des silences sur bande magnétique. Un silence dans lequel il peut palper sa propre tension, conscient de vivre les heures les plus riches de son existence, à cinquante-cinq ans, face à cet homme libéré de toute entrave, capable de lui briser la nuque en un tournemain, et qu'il voit pourtant le plus souvent en tête à tête, sans la protection d'un infirmier, moyen le plus sûr de gagner sa confiance, et donc d'obtenir de lui le maximum.

C'est en ces heures que se joue son destin, entre les murs du bureau de consultation, face à ce visage à la peau grêlée, au front fuyant et au nez cassé, attentif à ne laisser transparaître aucun effroi lorsqu'il se penche vers lui ou avance ses tatouages reptiliens qui jaillissent des manches trop courtes.

En vérité, Kovak sait se montrer d'un commerce plaisant, drôle même, lorsqu'il le prend à contre-pied par des réponses déstabilisantes.

Vous avez déjà vidé un poulet, docteur ?... Éviscérer un sujet vivant c'est la même chose. En mieux. À chaque fois la terreur et le dégoût face au spectacle de leurs propres entrailles. Et leurs mains qui ne retiennent rien... C'est drôle, non ?

La voix s'élève, plus effrayante en différé que lorsque Kovak se tient face à lui :

— Comment va le docteur Lohmann ?

Quelques gouttes de sueur apparaissent sur le front du psychiatre. D'un revers de la main il les essuie.

À l'énoncé de cette question, il a su que l'entretien allait prendre une tournure déplaisante. Il aurait dû s'en douter plus tôt : il y a toujours une contrepartie, il l'a toujours su. Mais il ignorait quel serait le prix à payer.

— Je crois qu'elle va bien.

Sa voix n'est plus aussi assurée. En face, l'Anaconda s'en repaît.

— Qu'est-ce qu'elle fait maintenant ?

Sa voix s'est faite rauque, dure, plus du tout plaisante comme lorsqu'il racontait l'une de ses prises, son instinct pour les repérer, sa façon de les aborder, un serpent parfois autour du cou. *On n'imagine pas le nombre de femmes sensibles aux serpents*, lui a-t-il dit un jour avec un sourire qu'il s'était surpris à trouver désarmant.

— Elle a ouvert un cabinet en ville.
— Où ça ?
— À Paris, s'entend-il répondre après une hésitation, conscient d'en avoir déjà trop dit.
— Elle a voulu changer de vie…
— C'est ça…
— Où ?

Le raclement de la chaise de l'Anaconda sur le sol le fait encore sursauter. Nerveusement il tripote le magnétophone sans interrompre la lecture.

— Pourquoi tenez-vous à savoir où elle exerce ? s'entend-il prononcer d'une voix étranglée.

Il tremblait à l'idée de lui résister alors qu'ils étaient seuls dans la pièce, tout en se disant que son héroïsme était ridicule, puisqu'il suffirait à Kovak de consulter les pages jaunes pour obtenir cette adresse.

— Parce que j'aimerais lui rendre une petite visite, si un jour j'en ai l'occasion. Pour une consultation.
— Vous savez que c'est impossible.

En prononçant cette dernière phrase, avec un sourire contraint destiné à en atténuer le sens, dominé par ce regard qui ne le quittait pas, il était persuadé du contraire. Cambré sur le dossier de sa chaise, il avait tenté de se rapprocher de la borne d'alarme.

Un claquement lui signifie que la bande magnétique est parvenue à son extrémité. Jamais il ne lui aurait donné l'adresse de Suzanne Lohmann, jamais il n'aurait enfreint ainsi les règles de sécurité les plus élémentaires. Même s'il était sous sa coupe, incapable de la moindre réaction. Comme ses victimes. Comme un objet.

Ensuite Laurent Kovak lui a demandé la sienne… Ça n'impliquait que lui, c'était moins grave.

D'un trait il vide son verre.

Avant d'effacer cette portion de la bande.

Et de tenter d'oublier l'incident.

3

À travers ses bas couleur chair, le bleu sur son mollet gauche dessine une tache où se disputent l'indigo, le noir et le violet. Suzanne s'en est aperçue assise derrière son bureau, réalisant par la même occasion qu'elle n'a pas porté de jupe depuis la mort de Gilbert, et que ces deux éléments sont donc liés : la rencontre, et le désir de montrer ses jambes.

Miraculeux, qu'un choc d'une telle violence n'ait pas provoqué plus de dégâts. La tête n'a pas touché : seules son épaule et sa hanche ont percuté le capot et portent elles aussi un hématome. Stigmates provisoires qui flétrissent sa nudité comme les progrès d'un mal incurable. À plusieurs reprises dans la soirée, puis entre deux consultations, elle s'est revue soulevée dans les airs et projetée tel un mannequin de crash-test contre la tôle de la voiture. Et à chaque fois s'est surprise à attendre le coup de fil de cet homme providentiel, qui si vite a su lui faire oublier ses angoisses. La peur mise à part, rétrospectivement cette sensation d'envol n'était pas désagréable, jusqu'à la percussion et aux étoiles.

C'est l'allusion au film de Fritz Lang qui l'a accrochée, tandis qu'elle gravissait les marches de son immeuble. Il dévoilait là une facette de sa personnalité que ni la voiture ni son comportement n'avaient révélée, une curiosité pour certaines choses auxquelles elle-même a toujours été sensible. À partir de cet instant, elle ne l'a plus envisagé comme un héros de roman-photo, un séducteur au volant d'une voiture de sport, et s'est prise à espérer de ses nouvelles.

Cette collision l'a arrachée à l'hibernation sentimentale dans laquelle le deuil l'a trop longtemps plongée : son mari enterré, elle avait cru pouvoir se consacrer à ses filles et se passer d'hommes. Il n'a fallu que quelques minutes à cet inconnu pour lui faire revoir sa position. Une fois Angélique et Emma couchées, elle se repassait en esprit son profil éclairé par le tableau de bord, le front droit, le nez légèrement busqué, le menton volontaire, ses mains sur le volant, et sa façon distraite de conduire, plus occupé qu'il était à sourire et à lui faire oublier le choc qu'à maîtriser son véhicule. Retour au roman-photo. Les femmes sont sensibles à ce genre d'attentions.

En début d'après-midi elle interrompait le patient assis en face d'elle pour répondre au téléphone.

— Docteur Lohmann ?

Après un coup d'œil à son vis-à-vis qui la dévisageait avec trop d'insistance, le temps de recouvrer ses esprits et de réfréner ses émotions, elle répondit :

— Toujours aussi rapide.

— J'avais peur de ne pas vous retrouver. Sinon j'aurais été obligé de faire le siège en bas de chez vous. Vous n'avez mal nulle part ? Aucune douleur apparue après coup ? Je n'en ai pas dormi de la nuit.

— Rien du tout, dit-elle sans pouvoir réprimer son rire. Trois hématomes. Mais je suis en entretien.

— Oh ? Excusez-moi. Vous êtes libre pour dîner ce soir ? Passez donc à la maison, 66, boulevard Saint-Michel, sixième étage porte de droite, glissa-t-il en prenant son silence pour un assentiment. Et puis il faudra que vous récupériez votre chapeau imprégné de L'Heure bleue. Je peux compter sur vous ?

— Mais…

Il avait raccroché.

— Docteur ? vous êtes toute chose…

Son patient la fixait avec une attention gênante.

— Excusez-moi.

« L'Heure bleue… Et je ne connais toujours pas son nom », acheva-t-elle pour elle-même.

Pas assez discrètement : le visage en face d'elle se fendit d'un sourire hilare.

— Ce sont des choses qui arrivent.

Les hématomes, l'inconnu qui lui fixe un nouveau rendez-vous… Qu'allait-il penser ? Ce patient dont la sollicitude lui était désagréable : trouble obsessionnel l'ayant conduit à harceler une de ses ex pendant cinq ans. Entreprendre cette thérapie était de bon augure, le transfert lui semblait toutefois un peu rapide.

Ce n'est pas cette idée qui l'illumina, mais plutôt celle qu'un simple coup de fil avait le même pouvoir que la voiture la veille : celui de la soustraire aux lois de la pesanteur.

Dans l'ascenseur, la glace piquetée renvoie à Suzanne son image grêlée de taches vert-de-gris, comme si son visage était parsemé de pustules purulentes. Au-delà de ce trompe-l'œil peu flatteur, sa propre insignifiance la déprime.

Sous son manteau, elle porte un tailleur de jean délavé ; ses cheveux coiffés en arrière dégagent son front encore lisse ; avec sa bouche peinte et ses paupières fardées d'un beige paillette, elle rappellerait une lointaine image des actrices italiennes des années soixante-dix.

Parvenir à ce résultat n'a pas été simple. À croire qu'elle ne s'était jamais habillée pour un premier rendez-vous, elle qui a toujours pensé échapper aux doutes de la quarantenaire esseulée. Après quelques compliments peu encourageants, ses filles l'ont regardée partir avec des airs entendus.

À la félicité provoquée par les deux coups de fil d'Abel Frontera — il l'a rappelée une heure plus tard — a succédé la panique liée à la suite des événements. Après une année à l'écart de toute présence masculine, il lui semble avoir perdu ses repères. Dans quoi s'embarque-t-elle ? Et comment devra-t-elle réagir, s'il désire ce qu'au fond d'elle elle espère ? Sera-t-elle à la hauteur, elle qui pendant les vingt dernières années n'a pour ainsi dire connu qu'un seul homme ? Mais que peut-elle espérer ? Ils ne se sont vus que dix minutes... Qu'est-ce qui lui a pris d'accepter ? Elle ne sait rien de lui...

Parvenue à l'étage, elle appuie sur la sonnette et réalise qu'elle ne sait même pas combien ils seront. Un bruit de pas s'amplifie derrière la porte, avant que celle-ci ne s'ouvre. Sur une femme.

— Docteur Lohmann ? Suzanne je crois ? Soyez la bienvenue. Je m'appelle Claudie.

Elle a sur le palier un infime mouvement de recul.

— Enchantée, dit-elle une fois qu'elle s'est décidée à pénétrer dans l'appartement avec un sourire crispé.

Comment a-t-elle pu le croire seul ? Il l'a invitée par correction, pour s'assurer qu'elle est intacte et tient toujours sur ses jambes, rien d'autre. Et elle qui s'est complu à échafauder une histoire.

Pour un peu elle rirait de sa naïveté : une enfant.

— Abel m'a parlé de vous, poursuit la femme sur un ton détaché qui confirme ses craintes. Il m'a affirmé que vous n'avez rien, c'est vrai au moins ? Je lui dis sans arrêt qu'il devrait faire plus attention en conduisant. Toujours distrait, toujours perdu dans ses pensées et ses calculs ! Tenez, donnez-moi votre manteau.

Suzanne a eu le temps de détailler son interlocutrice. Tout chez elle est charnu : les lèvres, les seins, les épaules. Elle a de beaux yeux noirs sous des sourcils épilés, des cheveux virant sur le roux coiffés en catogan, et l'allure d'une femme sensuelle qui n'a pas renoncé à lutter contre les assauts de l'embonpoint. Malgré une peau lisse et des dents éclatantes, elle paraît plus âgée que lui. Rien dans son attitude ne laisse deviner une quelconque méfiance à son égard : en aucun cas elle ne la considère comme une menace.

— Ses calculs ?

— Il achète et revend des entreprises, dit-elle sur un ton qui trahit une fierté maternelle.

— Claudie, tu embêtes notre amie avec mes histoires.

Immobile dans l'encadrement de la porte à l'autre bout de la pièce, Abel Frontera est apparu juste avant que le tête-à-tête avec cette inconnue ne devienne gênant. Depuis quand l'observe-t-il avec le même sourire que la veille, comme si sa femme n'était pas là entre eux ? Tandis qu'il vient à sa rencontre, et qu'elle aussi sur ses jambes légèrement flageolantes se rapproche, elle espère que rien dans sa physionomie n'a trahi sa surprise.

— Comment va ma dernière victime ?

— Il y en a eu beaucoup ?

– Abel est un danger public, intervient Claudie. Méfiez-vous-en. Mais nous n'allons pas rester dans l'entrée.

La montée en ascenseur ne l'a pas préparée au spectacle : un atelier d'artiste d'où l'on domine le Luxembourg, Saint-Sulpice, la coupole du Panthéon, celle des Invalides dont l'or brille à gauche, le Sacré-Cœur avant l'horizon, et la saignée du fleuve.

– Champagne ?

Abel lui tend une coupe.

— Je vois que je suis la première. Je ne suis pas arrivée trop tôt ?

— Je n'ai invité que vous. Je reviens, dit-il en la laissant seule avec le spectacle des jardins obscurs et des lumières de la ville.

Seule ? Elle a dû prendre sur elle pour ne pas manifester son étonnement. À quoi joue-t-il ? Et Claudie ? Qu'attendent-ils tous les deux ? Et elle qui est accourue si vite… Les yeux absorbés par la vue, soudain elle réalise que les lueurs sont beaucoup plus nombreuses au sol que dans le ciel. Face à l'abîme, elle est parcourue par un long frisson et se demande si elle n'aurait pas envie de rentrer chez elle tout de suite.

Une première gorgée de champagne lui arrache une grimace. La seconde est plus douce.

— Vous admirez le panorama ? Une fois la nuit tombée je préfère l'oublier. La plupart des gens apprécient, moi toute cette verdure me dégoûte.

Suzanne se retourne. Une coupe à la main, éclairée par en dessous, le visage parsemé d'ombres agrandissant ses orbites, Claudie paraît avoir cent ans.

Les trois couverts forment un triangle isocèle. La table est dominée par deux Francis Bacon : un ecclésiastique au visage brouillé, et un nu recroquevillé dans une posture traduisant la torture mentale. Deux convives qui n'égaieront pas le dîner. Suzanne se demande quelle tournure à présent vont prendre les événements, ainsi coincée dans l'intimité de ce couple manifestement soudé par une certaine perversité que sa présence encourage. Claudie est plus âgée qu'Abel — dix ans au moins — en dépit des interventions régulières d'un chirurgien esthétique, cela ne fait plus aucun doute. L'appartement et son contenu lui appartiennent — elle a fait fortune dans l'immobilier et a eu le temps de lui glisser cette information *capitale* en passant à la salle à manger.

— Savez-vous pourquoi Abel vous a invitée ?

— Claudie, murmure-t-il en posant sa main sur la sienne. Tu vas mettre notre amie mal à l'aise.

Le sourire interrogateur que Suzanne lui adresse ne reflète pas sa tension intérieure. Lui aussi a l'air mal à l'aise. À moins qu'il joue la comédie. Mais il n'est pas question qu'elle se prête au jeu des devinettes.

— C'est vous qui avez identifié ce tueur qui se faisait appeler l'Anaconda, n'est-ce pas ? poursuit la femme d'affaires devant son mutisme. J'adore les faits divers. Et je suis très fière de vous rencontrer. Enfin, disons que ça m'amuse. Un montreur de reptiles, non ?

Sous l'œil de Claudie qui attend, elle déglutit puis se tourne vers Abel avec le sentiment d'avoir été trahie. Puis elle saisit son verre de vin et y trempe ses lèvres avant de le faire tourner avec un air songeur.

— C'est aussi lui qui a décapité mon mari et sa maîtresse, et posé leurs têtes sur des étagères au centre de sa collection de statuettes, un peu comme celles-ci, précise-t-elle en désignant quelques terres cuites dans les alcôves. Mais c'est une histoire que je préfère éviter, à défaut de pouvoir l'oublier. Alors je dois sûrement vous décevoir…

Dans l'instant qui suit, la psychiatre est la seule à jouir du silence, qui pour la première fois depuis son arrivée lui donne l'impression de dominer la situation. Jusqu'au rire de la maîtresse des lieux, éclaté comme un orage.

Aux murs, l'homme nu sur son tabouret paraît terrassé par le regard du prélat. L'agonie de ce saint Sébastien de back-room ne répond à rien d'autre qu'au néant du prince d'Église vêtu de violet.

— Vous admirez mes Bacon ?

Suzanne se tourne vers Claudie. Encore une femme mûre atteinte de collectionnite, remarque-t-elle en pensant soudain à Olga. À ceci près que chez son vieux maître il n'y a nulle arrogance dans cette accumulation. La volonté de puissance est ailleurs, et peut-être plus solide. *Aller jusqu'au bout de soi-même... On obtient toujours ce vers quoi on tend le plus intensément.* Il y en a pour qui le bout c'est un meuble de designer, une peau de tigre, un mari en Ferrari ; d'autres pour qui c'est le meurtre, d'autres enfin la confrontation au mal. C'est peut-être ça que la remarque déplacée de Claudie a réveillé en elle, quelque chose qu'elle n'a pas réglé avec les tueurs en série. Pas besoin d'un type en Ferrari pour ça.

— Bel exemple de récupération mercantile de la folie, vous ne trouvez pas ? Parce que dans un cas comme dans l'autre, il s'agit de représentations d'une certaine forme d'aliénation mentale…

Elle s'interrompt, consciente d'avoir transféré sur le peintre l'agressivité que leur indélicatesse a provoquée chez elle. Bien la peine d'avoir fait dix ans de psychiatrie.

Passée la stupeur, à peine visible, le visage de Claudie est traversé par une expression indulgente et compréhensive :

— Je suis désolée d'avoir ravivé ces souvenirs douloureux de façon aussi abrupte.

— Ils sont digérés, rassurez-vous. Vous avez des enfants ?

Une crispation passagère anime le visage de cire aux pommettes fardées de rose. Elle pensait faire diversion, en réalité elle a fait mouche.

— Un garçon de treize ans que j'ai eu avec mon deuxième mari. Un cas pour vous, je le crains.

— Vianney doit bien passer quinze heures par jour sur sa console de jeux vidéo, intervient Abel. Un de ces enfants qui se font livrer des pizzas et du Coca pour s'extraire le moins longtemps possible de leur monde virtuel. Et dans l'univers bien réglé de sa mère, il fait un peu tache. Mais à part ça, c'est un garçon charmant.

— Les nouvelles technologies ont développé de nouvelles névroses et addictions… et favorisent la tentation de se retirer du monde, intervient la psychiatre un peu trop doctorale. C'est vrai pour les jeux vidéo, ça l'est également pour le téléphone portable. J'ai eu parmi mes patients une femme tellement accro qu'elle ne pouvait s'empêcher de décrocher même dans les situations les plus intimes…

— C'est une chose que tu pourrais comprendre, ça, Claudie, n'est-ce pas ? insiste-t-il alors que l'intéressée hausse les épaules.

— Le pire c'est que je crains que ce soit contagieux. Abel aussi passe de plus en plus de temps devant ces bêtises.

— Au moins c'est une façon de s'intéresser à ton fils.

Nouveau haussement d'épaules.

— Par moments je me dis que des gens comme vous représentent le dernier recours, c'est dire… lâche la mère avec un air excédé.

Ne sachant trop comment prendre cette dernière remarque, Suzanne préfère sourire, ne serait-ce qu'à l'idée de la femme d'affaires prétentieuse encombrée par un rejeton asocial. Certainement pas prévu dans le tableau, celui-là.

À défaut de tenir ses promesses, cette soirée lui a déjà fourni quelques perles. Le tout est de savoir s'adapter.

Le trottoir désert conduisant à la Seine répercute le bruit de ses pas amplifié par le silence et le froid. Elle a décidé de rentrer chez elle à pied. La marche lui fera du bien. Par le dédale des rues du Ve, elle en a pour un quart d'heure à peine : le temps de passer en revue les avanies qu'elle vient de subir.

Les espoirs inconsciemment nourris avant le dîner se sont envolés. Abel Frontera l'a simplement invitée pour se faire pardonner. Et satisfaire la curiosité morbide de sa « maman ». Une surprise pour tromper leur désœuvrement. Formidable, pour une première sortie avec un homme.

Que racontera-t-elle à ses filles qui ont assisté à ses préparatifs anxieux et qui, dès demain matin, ne manqueront pas d'exiger un compte rendu détaillé ? Que leur mère s'est ridiculisée en se prêtant à la comédie perverse d'un homme qu'elle pensait avoir séduit, et d'une femme qui par son argent tente de faire oublier son âge ? Deux clients potentiels pour son cabinet. N'y a-t-il pas d'ailleurs lui-même fait allusion ?

Sur la place du Panthéon, elle est impressionnée par l'écho de ses pas et lève la tête vers la coupole écrasante qu'elle dominait tout à l'heure.

Elle a été séduite, pourtant. Par l'homme autant que par les circonstances de leur rencontre. Choc la distrayant de ses pensées négatives et numéro de séduction qui n'était en fait que simple réflexe de séducteur, ou stratagème pour désamorcer d'éventuelles poursuites judiciaires, se dit-elle avec un pincement au cœur.

Rue Rollin elle passe devant la porte de son cabinet dans lequel s'écoule l'essentiel de ses journées moroses, et force l'allure. La vie ne peut pas changer si vite. Il ne suffit pas de souhaiter les choses pour qu'elles arrivent le jour même. Elle devrait être au courant…

Rue de Navarre, un grondement de moteur lui fait dresser l'oreille. Toutes ses mauvaises pensées s'effondrent : après avoir parcouru une vingtaine de mètres en direction de son immeuble, elle croit reconnaître la carrosserie de la voiture qui l'a percutée la veille.

Sous le coup de la surprise elle ralentit. Il a dû partir juste après elle, pour être déjà là. Quel genre de relations malsaines entretiennent-ils, ces deux-là, pour que cette Claudie accepte ce type de comportement ? Elle entend claquer la portière et aperçoit sa silhouette sur le trottoir devant son immeuble. Il s'avance à sa rencontre. Elle se fait l'effet d'une souris blessée entre les pattes d'un chat cruel et joueur. Elle a eu assez d'émotions… Mais elle n'a pas le temps de se poser plus de questions qu'il est déjà sur elle.

— Je m'en suis voulu de vous avoir laissée rentrer seule. Et je voulais m'excuser pour ce soir. C'était un désastre, n'est-ce pas ?

Dans la pénombre elle croit deviner son sourire, elle n'est pas sûre. Il est si proche qu'elle sent son parfum un peu trop fort qu'elle n'aime pas mais qui la trouble.

— Suzanne… Vous ne répondez rien. Ça ne vous dérangera pas, si je cherche à vous revoir ?

— Vous n'avez pas froid aux yeux, vous.

— J'espère que vous n'avez pas cru une seconde que c'est à cause de vos antécédents que je vous ai invitée. C'est Claudie qui a inventé ça en comprenant que la situation risquait de lui échapper. C'est ma faute… Je vous demande juste une seconde chance.

Un rire lui échappe. Elle ignore si c'est par dérision, ou une manière de masquer. Elle fait un pas de côté pour gagner l'entrée de son immeuble. Au passage, Abel lui attrape la main gauche à laquelle il imprime une légère pression avant de la relâcher. Pression semblable à une supplique.

Lorsque derrière la porte vitrée elle se retourne sur la rue, elle l'aperçoit lui jeter un dernier regard avant de baisser la tête et de monter dans sa voiture.

4

Cela fait plus d'un an qu'elle n'a pas été confrontée au spectacle de la mort. Sa seule scène de crime, c'était chez elle. Les victimes : son mari et sa maîtresse. Longtemps elle a été marquée par l'aspect absurde, et d'autant plus terrifiant, de ces cadavres mutilés dans un appartement bourgeois, où par ailleurs rien n'avait bougé : les coussins des canapés époussetés, les tulipes dans leur vase, les livres d'art alignés sur la table basse. Aucune trace de lutte. On aurait dit que la femme de ménage avait terminé son service dix minutes plus tôt. Elle ne s'était aperçue de l'indicible que dans un deuxième temps, et avait alors eu l'impression de vivre la scène avec beaucoup plus d'intensité qu'autour d'une table en inox. Au cours d'une autopsie, la dépouille révèle ce qui a provoqué la mort, mais de façon presque désincarnée, pour qui est familier de ce genre de spectacle. Sur le lieu du crime, on n'est plus dans la sphère de l'étude mais dans le fait divers, et l'horreur paraît décuplée. Dans son appartement, l'absence de trace de lutte sous-entendait chez son mari une peur paralysante, une panique l'ayant tétanisé et une incapacité totale à réagir face au danger. Idée pour elle insoutenable.

Pourtant, lorsque Steiner l'a appelée, elle n'a pas hésité une seconde. *J'ai une affaire pour vous. Vous pouvez vous libérer ? Tout de suite ?* Un coup d'œil à sa patiente assise en face d'elle, qui sans sa voix stridente l'aurait endormie, un autre à son agenda — prochain rendez-vous dans deux heures, pas un polyanxieux, un pervers masochiste qu'il est possible d'annuler : elle pouvait.

La sieste est finie, docteur Lohmann.

Rue Monge elle s'est engouffrée dans un taxi. Un gros hindou à barbe et turban, qui d'une main a effectué un demi-tour impeccable en direction de la Seine.

Une effigie de Ganesh pend au rétroviseur. La divinité au corps d'enfant replet et à la tête d'éléphant se balance au gré des accélérations et coups de freins de la Toyota. Une affaire. Double homicide, rien que ça. Fidèle à lui-même, Steiner n'a pas été plus loquace, sans doute trop absorbé pour se perdre en détails au téléphone. Elle verrait bien par elle-même. La voix désabusée du flic non plus, n'a rien laissé transparaître. La présence d'un psychiatre sur la scène de crime lui permet de s'en imprégner, et d'avoir un point de vue beaucoup plus pertinent que des mois après, consulté parce que l'enquête piétine, avec pour se prononcer les pièces parfois incomplètes et subjectives d'un dossier. Steiner et elle en ont souvent parlé ; surtout, il a eu l'occasion de la voir à l'œuvre. Mais c'est la première fois qu'il sollicite son aide ; alors que depuis qu'ils se connaissent il a été confronté à de nombreuses affaires. Celle-ci présente donc certaines particularités, pour qu'il ait jugé nécessaire de l'appeler.

Si sa spécialité ne l'empêchait pas de croire au destin, elle se dirait qu'il fait bien les choses… mais en tant que psy elle se cantonnera au domaine prudent des coïncidences, après le récent coup de fil d'Olga.

La ville, la circulation — couloirs de bus, deux-roues enfiévrés, piétons pressés —, les vitrines et les trottoirs encombrés défilent derrière les vitres du taxi sans retenir son attention. Dans le rétroviseur habité par les yeux indolents de l'hindou, elle remarque la palpitation d'une veine sous sa tempe gauche, signe chez elle de tension. Inutile de s'emballer : il y a peu de chance qu'elle soit mobilisée à plein temps, ni que son apport soit déterminant. Dans ce genre d'affaires, elle n'aura jamais qu'un second rôle. Petite lucarne sur l'abîme, en quelque sorte, rien de plus.

Impatiente, elle regarde sa montre. Comme si son rendez-vous pouvait lui échapper.

Déjà une heure sans penser à Abel Frontera. Un record. Deux jours ont passé sans aucune nouvelle. Une fois seule après ce dîner, elle s'est surprise à éclater de rire face au décalage entre ses espoirs et la réalité. Mais dès le lendemain elle le revoyait l'attendant devant son immeuble, et plusieurs fois dans la journée a lorgné vers le téléphone, à l'affût d'un appel. Deux jours à feinter contre sa propre impatience et toujours rien. Claudie n'est plus dans son souvenir qu'une image caricaturale et falote, mais Abel accapare ses pensées, et elle redoute de ne plus jamais en entendre parler. Rien de pire en effet, qu'un homme qui lui ferait entrevoir autre chose que sa solitude et disparaîtrait aussitôt.

Suspendu au rétroviseur, Ganesh, dont les yeux malgré les oscillations la fixent, semble l'inciter à remettre les choses en perspective.

Ils viennent de traverser le fleuve, qui en Égypte ancienne séparait la cité des vivants de la cité des morts, et son visage reflète une gravité soudaine à l'idée qu'elle aussi, comme les Égyptiens sur leurs embarcations funéraires, vient de passer de l'autre côté. À leur gauche ils laissent la masse pompeuse et blanchâtre de l'Hôtel-de-Ville et s'enfoncent dans la rue des Archives. En plein Marais.

Au-devant de quoi se rend-elle, dans ce taxi embaumant le curry et l'encens, qui depuis le départ retentit des lénifiants accords d'un sitar ?

Une voiture de patrouille barre la rue des Quatre-Fils. En s'extrayant du véhicule, elle croise une dernière fois le regard de Ganesh, et avec une appréhension subite pose le pied sur le trottoir, comme si le fait de sortir de ce taxi l'excluait du champ de protection de la divinité et l'exposait à tous les dangers.

D'un pas moins assuré, le sang battant sous ses tempes, son sac à main contre son manteau sanglé, elle rase les murs en direction des quelques véhicules de police et de pompiers indiquant dans la rue grise et froide le lieu du drame. Au planton en faction devant la porte cochère elle présente sa carte d'identité et monte au deuxième. Rampe en fer forgé, cage d'escalier aérienne et marches en pierre usées au centre par trois siècles d'allées et venues. Hôtel particulier découpé en appartements. Le nec plus ultra dans ce quartier historique. Deux pompiers qui descendent s'effacent pour la laisser passer.

— T'as vu combien le mec a gagné à l'Euro Millions ? entend-elle en poursuivant son ascension. Un gars de Drancy. Soixante-dix millions d'euros, mon vieux ! Près d'un demi-milliard de francs ! Il était chômeur !

Tandis que l'écho de leur conversation décroît, malgré elle, Suzanne esquisse un sourire : le détachement classique des professionnels habitués à traiter avec la mort. Elle est bien de retour dans son univers.

Trois personnes discutent sur le palier du deuxième. L'une d'elles — une femme d'une trentaine d'années en jean et veste de cuir fauve — laisse tomber la cendre de sa cigarette par-dessus la rampe. Les deux hommes et la femme s'interrompent en la voyant approcher.

— Docteur Lohmann. Je viens à la demande du commandant...

— Nous vous attendions docteur, la coupe la femme. Christiane Valdeck, sourit-elle.

— Oh ! excusez-moi. J'étais perdue dans mes pensées, bredouille la psy qui ne l'avait pas reconnue.

Elle aurait dû pourtant : l'unique femme du groupe Steiner, qui elle aussi a participé à la traque et à l'arrestation de Laurent Kovak.

— Vous avez fait vite. Voici le capitaine Lancet et le brigadier Marquant, de la 2e DPJ[1]. C'est eux qui ont été prévenus et qui nous ont alertés ensuite.

Suzanne tend à chacun des deux hommes une main furtive. Un sportif d'une quarantaine d'années aux tempes grisonnantes, du genre marathonien, un alcoolique au teint rouge et aux dents de lapin, avec un regard d'inquisiteur.

— La procédure, vous savez, continue Christiane Valdeck. Depuis hier soir c'est nous qui sommes de permanence au 36 avec le commandant. Alors on récupère l'affaire. Excusez la cigarette, mais je suis un peu tendue.

Suzanne hoche la tête tandis que les deux flics d'arrondissement la dévisagent et que grandit son malaise. La peau presque transparente, les traits tirés, les cheveux en paquets — la combinaison de protection en matière blanche plastifiée sans doute —, Christiane Valdeck a en effet l'air éprouvé.

— Il faut que vous passiez ça. Pas très élégant mais indispensable pour ne pas polluer la scène.

Toujours sous le regard ironique des deux hommes, la psy enlève son manteau et enfile la tenue de protection des TIC[2] en se félicitant de ne pas avoir mis de jupe

1. 2e Division de Police Judiciaire, responsable des IIIe, IVe, Xe, XIe, XIIe, XVIIIe, XIXe et XXe arrondissements.
2. Technicien en Identification Criminelle.

ce matin. Chaussons dans la même matière et capuche à élastique : quoi qu'il arrive, on a l'air d'un ectoplasme.

— Je vous laisse y aller. Le commandant est à l'intérieur avec les techniciens. J'attends le légiste qui ne devrait pas tarder, et je vous rejoins.

D'un sourire elle l'encourage à passer la porte d'entrée. Sous le bouton de la sonnette, une étiquette indique les lettres HB écrites d'une main féminine. Dans le froissement caractéristique de ces tenues, Suzanne pénètre dans un petit vestibule tapissé d'affiches de cinéma. Elle ne sait toujours pas ce qui l'attend et se retourne pour interroger le lieutenant. Accoudée à la rampe, elle lui tourne le dos tandis que les deux autres discutent en la regardant du coin de l'œil. Devant elle, une porte entrouverte d'où filtrent des grincements de parquet et les crépitements d'un flash.

Brusquement intimidée elle prend une longue inspiration : un plongeur s'apprêtant à descendre en eaux profondes.

Les mains dans les poches, les jambes plantées dans le tapis, le corps un monolithe. Seuls ses yeux courent le long de la victime en vrac sur le parquet au pied du canapé. Les genoux au sol, la tête reposant devant, les fesses sur les talons, et le dos courbé : un corps prosterné pour la prière. Les vertèbres qui apparaissent sous le pull remonté au-dessus des seins forment une crête cannelée le long de son dos courbé. Gracieux reptile qui ne se mouvra plus dans l'existence avec l'élégance de cette femme, à en juger par la ligne de son cou et la finesse de ses mains. Les collants ont été baissés aux genoux et la culotte, arrachée ou découpée — d'où il est il ne peut en juger —, enserre la cuisse droite. Une bouteille de Coca-Cola de 33 cl pend lamentablement entre les talons, fichée entre les fesses, sans doute enfoncée dans le vagin.

Le commandant Steiner s'arrache à cette vision et s'ébroue, se surprenant à rêver d'un monde sans homicides, dans lequel le travail de la police consisterait à les prévenir, et non pas à rassembler les différents morceaux du puzzle, pour tenter ensuite de remonter jusqu'au tueur. Rêve absurde : la nature humaine ne se satisferait pas d'un monde parfait.

Penché au-dessus du cadavre, comme lui en combinaison blanche, un photographe de l'identité judiciaire remplit son office. Deux autres techniciens de la police scientifique établissent le plan des lieux et passent l'appartement au peigne fin, avec leurs gants chirurgicaux et leur minutie de laborantin : empreintes et prélèvements classés dans des flacons étiquetés.

Héloïse Beck possédait un corps somptueux. Une peau laiteuse, des jambes musclées, des bras fins et des mains délicates, une harmonie parfaite dans la courbure de la hanche, des seins arrogants jusque dans la mort, aux aréoles comme des soucoupes.

Quant au visage…

La tête est encore enveloppée dans un sac plastique serré autour de son cou. Avec un ruban d'emballage Hermès illustré d'une calèche. Le même que celui ceignant les poignets ramenés dans son dos.

Il s'accroupit. Le sac plastique provient d'une pharmacie du coin, si l'on en juge par la raison sociale inscrite en vert : Pharmacie des Quatre Fils. L'assassin l'aura trouvé sur place. Habiter le quartier gay, aux yeux de certaines femmes, offre la meilleure garantie contre les agressions. Statistiquement la théorie se tient peut-être, mais ne prend pas en compte ce type de cas hors normes.

Le corps ne présente ni contusion ni plaie visibles. La mort est vraisemblablement due à l'asphyxie, bien qu'il faille attendre les conclusions du légiste. Elle s'est forcément débattue. Le tueur a dû la maintenir au sol pour éviter qu'elle coure, se cogne dans les meubles ou casse une vitre sur la rue et alerte le voisinage. Combien de temps à suffoquer, à chercher de l'air le plastique collé à la bouche ? Trois minutes ? Les mains de son assassin la maintenant malgré les secousses et les râles étouffés…

Rien dans la scène n'évoque l'improvisation. La position de la victime, les liens dans son dos, le sac, la bouteille de Coca… Et pourtant il remarque les rideaux restés ouverts, et au-delà les fenêtres de l'immeuble d'en face. Il a donc dû agir dans une certaine précipitation, pour ne pas avoir pris le temps de les fermer. Et très certainement opérer lumières éteintes.

— Geestemunde est arrivé ?

— Le légiste ? Il ne devrait pas tarder, d'après Christiane Valdeck.

— Vous êtes là ? s'exclame-t-il presque en se retournant. J'ai senti une présence, je croyais que c'était elle, justement.

Dans d'autres circonstances, Suzanne aurait éclaté de rire, à le voir ainsi fagoté, lui si soucieux de son apparence. Ils ne se sont pas vus depuis six mois : volonté de sa part d'oublier l'Anaconda et ce qui dans son esprit y est lié. Volonté aussi de ne pas donner prise à cet homme qui a su la séduire. Inutile de reproduire une erreur qui n'aboutirait à rien.

Il lui masque en partie le corps. Écran bien commode : la confrontation s'avère plus difficile qu'elle ne le pensait. Avec l'âge elle doit être plus sensible. Elle n'en voit que les pieds, les chevilles, les mollets et les fesses. Sous lesquelles brille un éclat de verre. Un pas en avant

Elle étouffe un cri. À sa réaction Steiner grimace et, du menton lui désigne une porte à l'autre bout du salon. Porte derrière laquelle se trouve nécessairement l'autre corps.

Après s'être arrachée à la fascination exercée par le sac en plastique à une extrémité du corps et la bouteille à l'autre, Suzanne se dirige vers la fameuse porte. Une chambre avec un lit double, sobrement meublée, qui commande une salle de bains ainsi qu'une autre pièce vers laquelle Steiner la dirige. Immobilisée sur le seuil, elle devine une chambre d'enfant plongée dans une semi-pénombre.

Le temps que ses yeux s'habituent à la faible luminosité, aux murs elle distingue des posters d'animaux et une frise représentant un petit train, sur la moquette des jouets éparpillés, pour l'essentiel Lego, Playmobil, billes et petites voitures. En évitant les jouets, elle gagne le centre de la chambre, sur ses gardes en inspecte les recoins, avant de poser les yeux sur le lit que dans un premier temps par instinct elle s'est refusée à regarder. Elle retient son souffle : sous la couette en tissu imprimé, le corps d'un enfant dans l'apparence du sommeil. Sa tête est tournée contre le mur, Suzanne ne distingue que ses cheveux. Tremblante elle fait les trois pas la séparant du lit. Steiner est derrière elle. Sans leurs tenues blanches ils auraient l'air de parents penchés au-dessus de leur enfant endormi. Il pose une main sur son épaule avant de soulever la couette pour lui indiquer les marques de strangulation sur le cou du petit garçon.

Sa main gantée de vinyle sur la bouche, les yeux écarquillés, la psy recule jusqu'à la porte avant de buter contre le chambranle. Profitant de cet appui, elle fait demi-tour et se retrouve dans la première chambre où elle tente se retrouver son calme. Intérieurement elle se reproche cette réaction absurde : que va-t-on penser d'elle, si elle se montre incapable de supporter ce genre de spectacle ? Mais elle ne s'attendait pas à trouver un enfant parmi les victimes. Elle a toujours eu du mal avec ça.

Dans le salon elle tombe sur le cadavre de la femme, la mère sans doute, et s'appuie à la cheminée pour ne pas chanceler.

Christiane Valdeck, désormais vêtue de la même combinaison de protection, lui tend une photo dans un cadre doré.

— C'est elle. Sans le sac, précise-t-elle devant son air d'incompréhension.

Le visage est aussi généreux que le corps. Un faciès d'Europe centrale, à la froideur atténuée par la gaîté. Des lèvres étirées découvrent des dents grosses comme des dominos, des yeux verts sourient à l'objectif, des cheveux blonds accrochent la lumière. Sur le plateau de la cheminée, d'autres instantanés illustrent une existence confortable et sans problème majeur. L'enfant y figure en bonne place, présent sur la plupart des images. L'une d'entre elles l'a immortalisé soufflant les bougies d'un gâteau, sur lequel en lettres de chantilly elle peut lire « Quentin ». Le camp des heureux du monde, à en juger par les sourires, les cocotiers, les tenues de plongée, les cabriolets, et les visages hâlés par le soleil de la montagne. Un monde qu'elle aussi a connu, du temps où son mari était en vie.

L'arrivée du légiste l'arrache à ces réflexions : un enfant contemplant le corps avec un air gourmand. Elle le connaît de réputation, pour sa froideur extrême que n'atténue que son efficacité. Au premier regard, le docteur Geestemunde a l'air à la hauteur de sa légende.

Après avoir posé sa sacoche et tendu une main fuyante aux personnes présentes, accroupi au-dessus de sa nouvelle « patiente », lui aussi revêtu de blanc, sans cérémonie le petit homme au visage poupin se met au travail. D'un coup de ciseaux il découpe le sac plastique et de chaque côté l'écarte.

Comme un nourrisson sorti de son placenta, le visage apparaît, cyanosé, couvert de sueur, de cheveux collés sur la peau, une masse de cheveux invraisemblable en fait, les yeux grands ouverts, le droit masqué par une mèche.

Suzanne jette un œil à la photo qu'elle tient toujours à la main. Héloïse Beck lui adresse un sourire d'outre-tombe, qui manque la faire chavirer.

Un coup de flash éclaire la scène. Steiner se tourne vers le photographe, l'œil toujours rivé à son viseur, qui continue d'appuyer sur le déclencheur, faisant à chaque fois crépiter son flash.

— Quel est le fumier qui a pu faire ça ?

Sans prêter attention à Valdeck, littéralement hypnotisée, Suzanne ne perd pas un geste de l'homme de l'art, silencieux, concentré, qui soudain à l'aide d'une pincette dégage une masse humide et noire.

— Putain qu'est-ce que c'est ? lâche Steiner le cœur au bord des lèvres.

— Une perruque, répond d'une voix presque enfantine le légiste en la glissant dans un sachet transparent. Mais… Oh ! Regardez plutôt ça.

L'attention générale se reporte sur le visage de la défunte. Le commandant déglutit puis se tourne vers Christiane Valdeck. Malgré sa pâleur et ses lèvres frémissantes, elle parvient à lui adresser un hochement de tête.

Légèrement en retrait, Suzanne a l'impression que tout son sang reflue. Elle n'est pas là pour jouer les touristes. Elle doit se reprendre. Entre le choc et la nécessité de s'imprégner au maximum, ses pensées se bousculent. Avec un air hagard elle promène ses yeux dans la pièce et toujours revient sur le cadavre. Pour l'instant elle ne dit rien. On n'attend pas d'elle une réaction immédiate. Elle ne doit surtout pas orienter l'enquête par des hypothèses formulées trop vite.

À nouveau son regard se pose sur le visage d'Héloïse Beck encadré par le sac plastique comme par un voile de religieuse. L'espace d'une seconde, lorsque Geestemunde a soulevé la perruque, elle a cru qu'on l'avait scalpée. Débarrassé de cette masse filandreuse, ses vrais cheveux en chignon, l'ovale de son visage apparaît dans sa perfection.

Mais surtout l'entaille élargissant la bouche d'une oreille à l'autre en une parodie de sourire éternel.

Comme les lèvres, celles de la plaie ont été badigeonnées d'un rouge brun et luisant, recouvrant le sang que l'absence d'oxygène aura empêché de sécher. Ouvert par cette hideuse balafre, le visage semble coupé en deux et laisse apparaître une partie de la dentition — grosses perles de nacre sur certaines desquelles le rouge a ripé.

Le flic soutient la vision de cette dernière expression que le bourreau lui aura imprimée. Les yeux grands ouverts et cette bouche béante par endroits retroussée offrent un spectacle d'une obscénité insoutenable.

Un dernier coup de flash immortalise cette sinistre hilarité.

— *Si Satan avait ce rire, ce rire condamnerait Dieu*, se récite-t-il à lui-même sur le ton d'une psalmodie.

— Qu'est-ce que vous dites ?

La voix de Christiane Valdeck est altérée par la douleur et la révolte. La psychiatre également ignore à quoi il fait allusion. Il se tourne vers elle.

— Victor Hugo.

Valdeck le regarde sans comprendre.

— Sauf que dans *L'Homme qui rit*, l'opération effectuée sur le malheureux était plus subtile. Plutôt que de tailler dans la chair, il s'agissait de travailler certains nerfs et muscles pour figer la bouche en un sourire immuable. Un travail de chirurgien. Victor Hugo parlait de masques de chair, destinés, comme le masque de fer, à transformer le visage d'un individu et ainsi à en annuler l'identité. Ce type d'opération était pratiqué sur des enfants par des nomades qu'on appelait les comprachicos. Celui d'Hugo s'appelait Hardquanonne, achève-t-il plus bas.

L'OPJ fait mine d'avoir saisi, habituée à ce type de citations dans la bouche de son supérieur qui reporte son attention sur le praticien.

— On sait avec quoi il a fait ça ?

— Vous êtes bien pressé commandant, rétorque la voix fluette. Je pourrai sans doute vous le dire ce soir, ou demain. De même qu'on saura avec certitude si ces entailles ont été pratiquées avant ou après la mort.

— Elle nous pose beaucoup de questions, la malheureuse. J'espère que vous pourrez répondre à toutes.

— C'est elle qui y répondra, moi je ne fais qu'interpréter, observe l'homme de l'art toujours penché sur le cadavre d'Héloïse Beck.

Interpréter… Pour y avoir assisté à plusieurs reprises, Steiner sait parfaitement de quoi il s'agit. D'ici quelques heures, ganté de latex, Geestemunde écartera la cage thoracique de la malheureuse en deux comme il l'a fait du sac plastique : incision en Y sterno-pubienne et bilatérale sous-claviculaire ; dépose du plastron sterno-costal par section des cartilages et désarticulation sterno-claviculaire, récliné vers le haut afin de procéder à l'observation de l'étage abdominal — l'odeur s'en dégageant est toujours un mélange inoubliable de putréfaction et d'acidité. À cette idée les narines du flic frémissent. Il l'examinera sous toutes les coutures et par tous les orifices pour tenter de déterminer ce qu'elle a subi, infligeant à son cadavre des dégradations pires encore, prélevant la plupart de ses organes. Au scalpel, il incisera le cuir chevelu pour le récliner sur l'avant et l'arrière dans un insoutenable bruit de froissement ; dégagement de la calotte crânienne à la scie électrique, mise à nu de la dure-mère, prélèvement du cerveau et du cervelet, section du cerveau en tranches vertico-frontales d'avant en arrière… Mais sur une table métallique, avec des instruments certifiés par la Faculté, dans le cadre officiel de l'Institut médico-légal, le tout pour les besoins de l'enquête.

Pour la reconnaissance du corps par les proches, il aura replacé tous les organes et recousu les deux plaies coupant ses joues en deux. Ce travail forcément grossier la rendra à peine plus présentable.

La bouteille de Coca a rejoint la sacoche du docteur, à l'abri d'un sachet stérile. Au cours de l'autopsie, Geestemunde effectuera des prélèvements vaginaux, en marge anale, et buccaux, au niveau des molaires en fond de bouche, à l'aide de petits écouvillons de coton, pour mettre en évidence d'éventuelles cellules spermatiques ou d'autres cellules biologiques étrangères à la victime. Ces écouvillons seront ensuite analysés en biologie moléculaire pour tenter de définir un ou plusieurs profils ADN. Enfin, le légiste procédera à une découpe du bloc recto-vaginal, presque systématique dans les affaires de crimes sexuels.

De sorte qu'au bout du compte, ce corps malgré tout presque intact sera réduit à l'état de puzzle.

— Étant donné la température ambiante de la pièce et celle du corps, la mort a eu lieu aux alentours d'une heure ce matin, dit le petit homme, son thermomètre tympanique à la main. D'habitude je me fie aussi aux mouches et à leurs œufs. Mais en cette saison elles sont peu présentes. Et puis avec le sac, elles n'auraient pas eu accès aux plaies ni aux orifices du visage. Vous m'avez également parlé d'un enfant ?

Le commandant opine.

— Si sa tête n'est pas enveloppée dans un sac plastique, je me fierai à sa température avec plus de certitude. Ça a un peu macéré là-dessous, et je ne suis pas sûr que ça n'ait pas maintenu la température corporelle plus longtemps. Mais rassurez-vous, nous disposons de plusieurs moyens pour calculer précisément l'heure de la mort, achève-t-il avec un sourire.

Le petit homme s'est levé. Interdite, Suzanne le suit du regard se diriger vers la chambre du fond avec Steiner et Valdeck. Leur emboîter le pas est au-dessus de ses forces. Elle ignorait avoir autant ramolli. Imperturbables, les deux techniciens de la police scientifique s'affairent toujours, relevant tous les éléments susceptibles de présenter un intérêt. L'un d'eux est agenouillé à côté de la malheureuse, passant un écouvillon sur les bords de la plaie.

À une heure Suzanne dormait tranquillement chez elle après avoir embrassé ses filles dans leur sommeil ; pendant que cette horreur était perpétrée dans cet appartement soigné, luxueux même, qu'elle passe au scanner de son regard pour tenter d'en apprendre davantage sur son occupante. Poutres apparentes, cheminée en bois, deux verres et une bouteille posés sur le plateau, trois livres en pile sur un guéridon, lampe design en métal chromé, mosaïque de plumes jaunes et bleues du masque amérindien au-dessus du canapé, un ordinateur portable sur le secrétaire, un tapis en laine sur le parquet ciré, la jupe d'Héloïse Beck, son manteau et ses chaussures éparpillés sur le sol, une petite voiture égarée sous le canapé rappelant la présence de l'enfant qu'un tricycle dans l'entrée aurait dû lui indiquer…

Elle a eu le temps d'aller chercher à boire… Mais pas d'enlever son manteau ?… Y a-t-il eu rapport sexuel ? Sa nudité l'indiquerait. S'est-elle par jeu laissé lier les mains ? Avec son enfant dormant à côté, ça paraît très improbable… À moins qu'elle ait été sous l'emprise de drogues… L'autopsie le dira.

Suzanne visualiserait presque la scène. La violence ignoble à l'approche de la mort. La terreur de la victime la sentant venir et la rage du bourreau à l'y entraîner. Une femme en sursis de quelques minutes à peine. Ses efforts désespérés pour trouver de l'air, avec les dents cherchant à crever le plastique, mais le sac lui collant aux lèvres, l'excitant sûrement, lui.

Qu'est-ce qui a pu provoquer un tel acharnement ? Et pourquoi le maquillage ? Et pourquoi avoir recouvert sa tête ? Pour ne pas affronter le spectacle ? Par jeu ? Pour leur faire une surprise supplémentaire ? À eux qui allaient la découvrir ? La tête de sa victime dans un sac, comme on fait pour les petites ordures ménagères. Noué par les poignées pour éviter les odeurs. Pourquoi une telle haine ? Chez quelqu'un d'assez intégré socialement pour séduire ce genre de femme ? L'absence d'effraction et les verres sur la cheminée en témoignent. D'un certain consentement en tout cas, qu'il n'aura pas cherché à cacher.

Plus encore que la bouteille de Coca enfoncée dans le vagin, qui peut répondre à une ironie féroce, la mutilation faciale représente une symbolique forte. Cette volonté de défigurer… Steiner a évoqué *L'Homme qui rit*… Toujours intéressant, les réactions spontanées… Elles correspondent parfois à des intuitions inexplicables mais formidablement justes.

L'enfant n'a pas eu droit aux mêmes sévices. Peut-être a-t-il surpris le tueur qui n'avait aucune intention criminelle à son égard, voire ignorait sa présence, mais une fois surpris n'a pas vu d'autre solution que le tuer? Parce que l'enfant le connaissait? Ce qui expliquerait l'absence d'effraction? Suzanne esquisse une moue dubitative : difficilement compatible avec la mise en scène. Mais la couette remontée sur l'enfant pourrait être une tentative pour effacer l'image de sa mort, comme si lui donner l'apparence du sommeil permettait de le ressusciter... Dans un geste d'apaisement succédant à la panique qui s'est emparée de lui... Un individu méprisant les femmes, en théorie incapable de lever la main sur un enfant...

Trois fantômes en procession interrompent le cours de ses pensées. Geestemunde qui ouvre la marche a perdu sa bonne humeur. Il a dans la démarche une raideur nouvelle. Une volte-face subite, une main tendue au commandant et au lieutenant, un signe de tête à son intention et il a disparu, sans un regard pour sa *promise* qui d'ici deux heures lui sera livrée dans sa salle d'autopsie.

Désolé de l'avoir entraînée dans cette histoire, Steiner lui adresse un sourire contrit. Suzanne est parcourue par un long frisson. Quel genre d'individu est capable de telles atrocités? se demande-t-elle une seconde. Le genre de ceux qu'elle s'est employée à tenter de guérir pendant des années.

Surtout ne pas sauter aux conclusions. Éviter de commettre des erreurs en se laissant guider par l'excitation. Elle n'est pas ici pour mener l'enquête. Elle n'en a ni le mandat ni les compétences. Ne pas non plus trop se prononcer avant les premiers résultats, qui par exemple permettront sans doute de déterminer si la victime connaissait ou non son assassin.

Elle regrettait la fréquentation de l'abîme? Elle est servie.

5

Dans la porte en alu poli du frigo, l'espace d'une seconde Abel Frontera a cru voir son double. Malencontreuse illusion lui faisant prendre ce reflet pour un jumeau. Pour son jumeau en réalité. Il y a des années que ça ne lui était pas arrivé. Il en avait oublié l'effet. Et cette fois s'est avérée aussi désagréable que les précédentes : l'impression brutale d'être observé par soi-même, de ne plus s'appartenir, d'être l'autre enfin, comme si ce dernier était parvenu à ne faire qu'un, et à le déposséder de sa personnalité, de ses pensées, de son âme. En ces instants heureusement fugaces il est confronté à l'abîme du dédoublement, ou au contraire de la fusion de deux êtres en un seul, et voit réduits à néant tous ses combats livrés pour devenir celui qu'il est.

Et il faut que le phénomène se produise aujourd'hui !

Dans un bruit de papier froissé, il dégage la côte de bœuf de son emballage et la jette sur la planche à découper. Projetée sur la surface lisse et plane du bois, la pièce de viande produit un claquement voluptueux comme une fessée. Ce son plein de promesses le sort de ses idées noires. D'un regard aigu il jauge le présentoir à couteaux, apprécie les manches à rivets nickelés, les poignées des ciseaux de cuisine, de ceux à découper le poulet, et, en proie à une inspiration brutale, se décide pour une lame effilée. D'un geste sûr il suit les contours de l'os, avec délicatesse en détache la viande. Opération effectuée avec une méticulosité de chirurgien. La lame à présent sur la surface osseuse gratte les derniers lambeaux restés attachés. Une fois nettoyée, il pose la côte sur le plan de travail et admire la masse sanguinolente : une motte de beurre hémoglobine dessinant la Sicile sur le billot. Une première entaille la coupe en deux. Une autre fait d'une des moitiés deux quarts et ainsi de suite. L'éclat de la lame disparaît dans la chair jusqu'à heurter le bois de la planche dans un bruit sec. Abel officie avec une froide ivresse augmentant à mesure. En quelques minutes, la Sicile est devenue un monticule de petits cubes de viande. Du revers de la main il s'éponge le front. Le résultat n'a toujours pas l'air de le satisfaire.

Il a remarqué la peau de zèbre jetée sur un fauteuil dans le salon. Claudie lui avait dit qu'elle était sur le point de signer, il s'en souvient à présent. Le genre de choses que depuis des années il n'écoute que d'une oreille. À chaque fois qu'elle réalise une opération, elle ressent le besoin de la symboliser par un trophée de ce type, manière de considérer ses affaires comme la chasse au gros. Après une période antiquités suivie par une phase art contemporain, elle est depuis un an d'humeur naturaliste : la peau zébrée est la dernière pièce d'un bestiaire morbide composé d'un ours polaire dressé sur ses postérieurs, d'un fauteuil en bois de cerf, d'une boîte à cigares en galuchat, ainsi que d'une tête de tigre blanc qui paraît jaillir tous crocs dehors au-dessus de la cheminée face à son lit, façon subliminale de lui rappeler que la virilité a depuis trop longtemps déserté leur couche. À plusieurs reprises elle a parlé d'un perroquet, mais une fois de plus aura reculé devant les soins à prodiguer à un animal vivant. Qu'il s'agisse d'animaux ou d'enfants, elle en préfère l'idée que la compagnie.

D'où la dérive de son fils livré à lui-même, qui pour attirer l'attention de sa mère s'est égaré dans le labyrinthe d'une virtualité chronophage. De quoi la détourner un peu plus de son unique rejeton et la conforter dans l'idée que les gosses n'apportent que des ennuis. Pour cette inconséquence aussi, il la haïrait.

Dans sa main droite un hachoir a remplacé le long couteau.

Pas très féminin, cette manie de matérialiser ainsi sa réussite à coups de ce que Suzanne appelle des « hochets phalliques ». Travers que l'on retrouve également dans sa façon de fumer ses Partagas : avec une ostentation vulgaire.

Les deux lames recourbées du hachoir à double poignée s'enfoncent dans les morceaux empilés au rythme des mouvements de balancier qu'il leur imprime. Les croissants d'acier taillent dans les cubes qu'ils réduisent à l'état de dés puis de charpie. À la faible résistance des fibres animales, tendres et souples, il oppose une force implacable, décuplée par une forme de jouissance maîtrisée.

Que fait-il avec elle depuis tant d'années ? Et que partagent-ils, sinon quelques souvenirs et habitudes ? Par paresse il ne s'est jamais posé la question. Mais depuis deux jours il se la pose. Et ce qui au départ l'a séduit chez elle aujourd'hui le révulse : son allant et son assurance de béton, sa beauté « panzer », ses airs de conquérante et son matérialisme effréné. Sans oublier sa conviction que l'on peut tenir n'importe qui par le pognon, ce en quoi elle se trompe.

Le hachoir a rempli son office. La côte de bœuf a viré viande hachée. Haletant il repose l'ustensile et dans son élan reprend le couteau. En s'aidant des doigts de la main gauche il entreprend d'achever le travail. Doucement sous les va-et-vient nerveux de son poignet, le matériau devient pâte, argile ou purée. Une purée qui lui colore les doigts, s'insère sous ses ongles, presque aussi fluide que poussée hors des orifices d'un hachoir électrique de boucher.

— Je meurs de faim ! Qu'est-ce que tu prépares ?

Il sursaute. La lame manque pénétrer dans la chair de son index. Il regarde son doigt et par réflexe le porte à sa bouche. Pour une fois il n'a pas entendu grincer la porte battante.

— Tu t'es coupé ?

— Non. Le dîner. Je prépare le dîner. Au départ c'était une côte de bœuf, et j'ai finalement décidé de faire un tartare, à moins que tu préfères des boulettes.

— Original, dit-elle en haussant les sourcils. De la viande hachée au prix de la côte de bœuf. J'aime autant les boulettes, plus digeste. Je peux savoir où tu étais hier soir ? Je t'ai attendu jusqu'à deux heures, et puis après j'ai éteint, j'en avais marre. Je peux avoir un verre ?

— Que de questions. Ton verre est sur la table.

Profitant qu'il ait le dos tourné pour l'interroger, et ainsi ne pas avoir à affronter son regard. Bien son genre. Comme ce ton faussement détaché qui ne parvient pas à masquer l'altérité de la voix. Il l'a connue plus distante. Faut-il qu'elle se sente insécurisée, pour ainsi se mettre à nu. Sous ses airs, elle est aux aguets.

— Tu ne m'as pas répondu.

Un enjouement de façade. Il soupire.

— Hier j'ai enterré ma mère. Après j'ai eu besoin de réfléchir.

Il l'entend s'étrangler.

— Ta mère ? Qu'est-ce que c'est que cette histoire ? Elle est morte quand ?

— Il y a trois jours.

Toujours à son affaire, sans la voir il sait qu'elle tombe des nues.

— Et tu ne m'as rien dit ? Je… je compte donc si peu pour toi ?

— C'était peut-être elle qui comptait peu pour moi. Toujours à tout ramener à toi. Et puis il n'y en avait que pour ton travail et tes affaires. Ton contrat ! Il n'y a que ça qui compte : l'accumulation des trophées. Au fait, bravo pour le zèbre.

Dans la glace surmontant le plan de travail, il peut la voir hausser les épaules.

— Quelle différence ça aurait fait ? Je te l'avais présentée ? Je t'en parlais souvent ?

— Ta mère, quand même…

— Tu t'en es beaucoup inquiétée de son vivant ?

— …

— Alors fous-lui la paix maintenant qu'elle est morte !

— Qu'est-ce qui te prend ? Tu te fous de moi, Abel. On ne plaisante pas avec ces choses-là.

— Je n'ai jamais été aussi sérieux.

Elle marque un temps d'arrêt, légèrement sonnée, cherchant en elle une réponse. Puis, d'une voix plus grave :

— Ne me prends pas pour une imbécile, j'ai compris, va. Tu ne m'aimes plus, c'est ça ?

Il se retourne. Elle porte un de ses tailleurs-pantalons d'*executive woman*, le brushing flamboyant, des brillants aux oreilles et un cœur en or autour du cou. La panoplie complète. Elle ne s'attendait pas à ce que la soirée prenne cette tournure. Dans son esprit c'était plutôt champagne et galipettes, pour fêter la conclusion de cette nouvelle affaire. Plus que jamais elle ressemble à ce qu'elle est : riche et dépassée. Le couteau toujours à la main, il plante ses yeux dans les siens. Ils sont à quatre mètres l'un de l'autre. Pour un peu il la devinerait vacillant, comme si elle redoutait d'avoir provoqué une réaction incontrôlable.

— Je ne t'ai jamais aimée, Claudie.

Il a dit ça très calmement. Il la voit pâlir et déglutir, puis détourne les yeux de son visage raviné.

— C'est cette psy ?

Sa voix est faible à présent.

À l'évocation de Suzanne il a un sourire involontaire qui provoque chez elle une crispation de la bouche. Suzanne qui l'obsède depuis leur rencontre et qu'il ne parvient à coincer qu'entre deux portes. Il lui a envoyé un bouquet, avant de passer chercher la côte de bœuf. Des lys blancs aussi flagrants qu'une déclaration d'amour. Elle doit l'avoir reçu à l'heure qu'il est. Elle a deux filles — il l'a appris en se renseignant sur son compte sur Internet, grâce aux nombreux articles consacrés à la traque de l'Anaconda — mais ce n'est pas grave, il s'en accommodera. En découvrant toute cette littérature sur son compte et ce passé qu'il ne soupçonnait pas, cette profondeur et cette longue fréquentation de la monstruosité, il a revu son visage effaré avant qu'elle ne s'effondre sur le capot de sa voiture, et a immédiatement ressenti une irrésistible attirance pour cette femme. Même s'il ignore encore ce qu'elle éprouve à son égard. Ça non plus ce n'est pas grave. Il a bien vu qu'elle n'est pas tout à fait insensible.

— C'est fini entre nous, Claudie. Je vais te quitter.

— Quoi ??!!

Pour la première fois en sept ans de vie commune il lui trouve un air incrédule, elle qui ne s'étonne jamais de rien.

— Et tu m'annonces ça comme ça ?…

Il faut si peu de chose pour que tombe la cuirasse. À cet instant, elle est pathétique.

— Ne complique pas les choses, tu veux. Comment voudrais-tu que je te l'annonce ? Par une lettre ? C'est fini, c'est tout. Quand je dis que je ne t'ai jamais aimée…

— Tais-toi ! surtout ne rajoute rien.

Sous le choc elle s'assied, les épaules soudain affaissées et le dos voûté, vivant spectacle de la déroute amoureuse et de la blessure narcissique. Mais ça ne devrait pas non plus durer trop longtemps. Elle va se ressaisir, et devenir très agressive, et très méchante. Il la connaît.

— Au moins tu n'es pas lâche… c'est si rare, dit-elle presque à regret, les yeux dans le vide.

Il se retourne à nouveau :

— Je ne suis pas lâche, non.

— Tu es pire : tu es sans cœur.

Il ricane : elle a déjà repris du poil de la bête.

— Et cruel.

— La vie est cruelle. Tu es bien placée pour le savoir, il me semble.

— Alors fous le camp. Maintenant.

Leurs regards se soutiennent. Il ne s'attendait pas à une réaction aussi prompte. Il n'avait d'ailleurs rien prémédité, avant de surprendre le reflet de son double et de s'acharner sur cette pièce de bœuf, puis de la voir débarquer si fière de son dernier triomphe. D'un coup d'œil il embrasse la cuisine passée entre les mains d'un décorateur prétentieux, puis la regarde, elle, Claudie Malone affaissée dans son décor clinquant, cinquante-cinq ans, dure comme la pierre et à peine fêlée.

— Laisse-moi juste le temps de prendre quelques affaires.

— C'est ça. Prends ta brosse à dents et fous le camp.

Elle a dit ça le coude sur la table et la main sur les yeux, sans même lui prêter attention, comme s'il ne faisait déjà plus partie de son existence. Sept ans de vie commune soldés en quelques minutes. Bien une manifestation de son orgueil, cette manière expéditive. Mais on ne tire pas comme ça un trait sur sept ans. Ce serait trop simple. Ils n'en ont pas fini l'un avec l'autre. Il ne va pas s'en tirer à si bon compte. Il pose le couteau à côté du tas de viande et, sans la quitter des yeux, traverse la cuisine. Ses pas claquent sur le carrelage. En poussant la porte à hublot, il entend une dernière fois s'élever sa voix :

— Quand je vois ce que tu as fait de cette côte de bœuf, je me dis que c'est pas forcément un mal.

La porte battante grince dans son dos et balaye l'air en vain. Il se demande si elle va rester dans la cuisine le temps qu'il ait foutu le camp. Le léger pincement au cœur qu'il ressent — sa mauvaise conscience — n'est rien par rapport à la formidable sensation de liberté. Comme s'il avait vingt ans et aucune attache. Son bureau fera un refuge parfait, avec son canapé. Plus rien désormais ne le retient. C'est sans doute mieux ainsi. Il a encore tant de choses à découvrir sur le docteur Suzanne Lohmann.

6

Après un crépuscule d'hiver, l'obscurité enveloppe le centre hospitalier psychiatrique. Plantés comme des sentinelles, les lampadaires éclairent péniblement les allées désertes. Dans la nuit les bâtiments ressemblent aux baraquements d'un camp militaire construit à la hâte. Derrière les vitres quelques néons témoignent d'une présence éveillée. Les branches des marronniers figurent les réseaux d'artères, de veines et de capillaires mis à nu de ces géants. Dans le ciel, les étoiles sont autant de lueurs promettant des jours meilleurs, dans un futur lointain.

Le claquement d'une portière, le faisceau d'une paire de phares et le démarrage d'un moteur diesel percent le silence et la pénombre avant de s'estomper puis de disparaître.

Après le départ de son chef de service, le quartier sécurisé ne sortira de son isolement qu'au matin. Au fond du vaste centre hospitalier, les murailles protègent le monde extérieur de la folie des patients qui y sont internés. Dans le pavillon Pinel, les quinze lits sont sous la garde des deux infirmiers de nuit. Assommés par les neuroleptiques, les pensionnaires s'assoupissent à heure fixe pour ne s'éveiller qu'au lever du jour. Le personnel de garde, après leur avoir distribué leurs doses de somnifères, passe en pilotage automatique.

— Échec.

Marcel Lenfant regarde avec surprise le fou qui vient menacer son espace vital. De ses doigts épais il saisit son cavalier et le met en bouclier devant son roi. Puis il lève les yeux sur Julien Hiturbe à l'attention détournée par le poste de télévision. Une émission de variétés en sourdine apporte une touche colorée dans cet espace monochrome : gris pâle des murs, gris métal des meubles, anthracite du lino, blanc des blouses.

— Dans deux mois Noël. Tu seras de garde ?

— J'sais pas, fait l'autre en haussant les épaules.

— Moi non plus, j'sais pas encore. De toute façon, c'est surtout pour les gosses. Ça te dirait pas de faire des spaghettis ? Il est 22 heures.

— T'as avancé ton cavalier, constate Julien Hiturbe après être revenu au jeu.

— T'as fait l'erreur qui fallait pas.

— Tu préfères quoi avec les spaghettis ? Du Ketchup ou du Spaghetto ?

— Laisse tomber le Ketchup, il est trop dégueulasse, c'est bon pour les cintrés.

— Ça roule. Et pendant ce temps, tu fais ta tournée… Y a bien une heure qu'on n'a pas été voir Larbi.

— Y doit dormir comme les autres.

— Tu sais ce qu'a dit Mangin.

— S'il fallait faire attention à tout ce qu'y dit…

— T'as vu à quelle heure il est parti ?

— Moi je dis qu'il est pas net, assène l'infirmier cinquantenaire en se levant pesamment. Trente ans qu'y fréquente ses malades. Maintenant y peut plus s'en passer. Ça doit le rassurer… Il a personne dans sa vie, ce type. T'imagines ? Que des fous à lier !

— Tu oublies le personnel médical…

— Le docteur Habib… Tu crois qu'y s'est passé quelque chose entre eux ?

— Je crois qu'elle préfère les femmes.

— Alors dans ce cas…

— Au moins on peut pas dire qu'il tire au flanc, dit Marcel Lenfant les yeux fixés sur le tableau des patients, son passe faisant légèrement tinter les supports en fer blanc des fiches individuelles.

Dantec-Leguen, Santos, Maisonneuve, Kader, Jandry, Radjaoui, Musson, Biboun, Kovak, Santini, Sanchez, Tancred, Dupont, Hassad, Larbi… Une bonne année déjà pour Dante le « Breton ». Trois jours pour le dernier, schizophrène qui se promenait avec une hache sous son coupe-vent. Deux victimes au cours de son parcours erratique du côté de Villeneuve-la-Garenne. Allah lui ordonnait de faire couler le sang des impies. Deux jours après son transfert, malgré les neuroleptiques il est sorti de ses gonds. Il a fallu six infirmiers pour lui administrer une nouvelle injection. D'où la contention et une dose à endormir un percheron. Entre ces deux spécimens, une théorie de destins déchirés.

— Y peut draguer qui y veut, tant qu'y s'occupe des malades. Mais j'encaisse pas qu'il a accepté l'Anaconda alors qu'on avait déjà Dante.

— T'as remarqué comme le Tercian l'a assommé ? C'est devenu un agneau, le grand serpent. Y a qu'à la douche, avec son tatouage, qu'il impressionne encore.

Marcel Lenfant répond par un haussement d'épaules.

— Quand il évoque ses victimes, ça fait froid dans le dos. Allez, j'y vais, soupire-t-il.

— À ton retour, ça sera prêt.

— J'espère bien, Ducasse.

D'une démarche lasse, l'infirmier pénètre dans le couloir desservant les chambres. Ses semelles crissent sur le lino. Derrière le verre Securit de chaque porte, il observe les patients endormis. Voit leur respiration soulever la couverture de force au rythme lent des vagues s'échouant sur une plage. Pauvres types désœuvrés, souvent effrayés par ce qu'ils ont fait. Conduits comme des moutons d'une extrémité à l'autre de la journée grâce aux différentes étapes d'un emploi du temps immuable.

Larbi sous contention, le pistolet entre les cuisses et maintenu au lit par une demi-douzaine de liens. Le seul dans la chambre duquel il entre pour vérifier qu'il ne s'est pas étouffé en vomissant. Santos une main au sol, la tête renversée en arrière et la bouche grande ouverte. Dante en boule, éternelle victime tentant de parer les coups pleuvant sur lui. Jandry, à même le sol, bras en croix. Hassad, assis sur son lit une bonne partie de la nuit, la tête tournée vers la fenêtre et ne réagissant pas aux coups de clef sur la porte…

Leur contemplation correspond parfois à celle des étoiles : une inconnue devant laquelle on se sent minuscule.

L'infirmier s'arrête devant la chambre de Kovak. Le grand pervers qui a pu agir dans le secret pendant des années. Une centaine de victimes à son actif. Tueur froid à qui la prison a fait perdre la maîtrise qu'il s'imposait. Il ne voit ni son visage, ni son crâne : il est en position fœtale, totalement recouvert par la couverture.

Un détail attire son attention : une mare noirâtre au pied de son lit, grossie par un goutte-à-goutte qui tombe de l'étoffe déjà brunie sur la couche. Derrière la porte, l'infirmier n'entend pas le ploc ploc qui doit résonner dans la chambre.

Il lui a fallu quelques secondes pour comprendre et se ruer dans la pièce.

Alors qu'il soulève la couverture et se penche sur le patient, il a à peine le temps de voir ses bras jaillir avant de sentir un garrot lui serrer le cou.

Marcel Lenfant a un genou à terre, il cherche son souffle. Ses bras battent comme les ailes d'une mouche engluée, il tente de desserrer le fil qui l'étrangle. Dans une demi-conscience il voit l'Anaconda, le torse nu enserré par son tatouage, qui le regarde et maintient son étreinte, poings croisés sur sa gorge, puis se brouille et disparaît dans une obscurité étoilée.

Kovak a relâché la pression. L'infirmier gît sur le sol. Il émet des râles gutturaux. D'un bond l'Anaconda est accroupi à côté de lui, l'index et le majeur sur sa carotide avant de le soulever sur le lit, de le ligoter et de le bâillonner.

Le trousseau de clefs dans une main, son garrot dans l'autre, il referme sa chambre et s'enfonce dans le couloir sans un regard pour les portes derrière lesquelles dorment les malades.

Les gonds n'ont pas grincé. Dans la salle commune il s'immobilise. À l'autre extrémité de la pièce, la porte ouverte laisse filtrer le son de la télévision. Ses pieds nus ne font aucun bruit sur le lino.

La salle de permanence est vide. Un chanteur imberbe pleurniche sur un micro dans le poste. Un échiquier témoigne d'une partie engagée. Une odeur de thé flotte dans la pièce.

Au bout du couloir, les toilettes aussi sont désertes.

Dans la cuisine où sont préparés les repas des patients, Julien Hiturbe verse les spaghettis dans l'égouttoir puis répand la sauce sur les pâtes, regarde sa montre et interrompt son sifflotement. Un plateau entre les mains il traverse la cuisine en direction de la salle de garde.

— Lenfant ! crie-t-il. Si tu rappliques pas tout de suite, ça va être…

— Froid, glisse une voix dans son dos.

Il a cru voir un voile lui passer devant les yeux. Un coup de coude réflexe en arrière et la pression sur sa pomme d'Adam se relâche. Instinctivement il se laisse tomber en se râpant le menton au garrot. Au sol il agrippe les jambes de son agresseur et parvient à le faire tomber. En voulant se jeter sur lui il reconnaît l'Anaconda. Son hésitation laisse à Kovak le temps de se relever. L'infirmier en fait autant mais glisse dans les spaghettis répandus par terre. Seul il n'est pas de taille. Il a ramassé une cuillère et tente d'atteindre la borne d'alarme la plus proche. Sa seule chance de survie : avec la cuillère en fer en relier les deux extrémités pour déclencher la sirène et attendre les renforts en priant.

Dans la salle de garde l'échiquier vole en éclats. Deux mètres le séparent du salut. Il voudrait faire un dernier bond. Le poste de télévision l'atteint entre les omoplates et le projette contre le mur. La cuillère passe à deux doigts de la borne d'alarme. S'il l'avait effleurée, la sirène retentirait déjà dans tous les pavillons.

Dans sa chute il se retourne. Le monstre est sur lui. Il voudrait se défendre avec l'ustensile de cuisine mais il faudrait une mitrailleuse. Kovak lui a attrapé une poignée de cheveux et frappe son crâne contre le sol. La tête de Julien Hiturbe est une boule qu'il éprouve sur le sol du bowling. Rapidement l'infirmier ne sent plus la douleur. Une flaque de sang lui fait une auréole. Au bout d'un moment Kovak le lâche et regarde autour de lui.

Il se redresse, sur le dossier d'une chaise attrape une blouse qu'il glisse sous la tête de l'infirmier, très vite imbibée de sang.

Son pouls bat encore.

Toujours torse et pieds nus, après avoir ramassé un couteau de cuisine parmi le contenu du plateau répandu sur le lino, il retourne dans le couloir des chambres, s'arrête devant celle de Dante, de l'extérieur allume et y pénètre.

L'autre n'a pas frémi à son entrée. Les somnifères, songe-t-il avec mépris, lui-même peu sensible à cette médication.

De toute sa hauteur il l'observe immobile dans son lit. Il lui donne une claque. Le malade tressaille et ouvre les yeux. Aucun son ne sort de sa bouche. Encore ensommeillé, il le regarde sans le reconnaître. Pour achever de le réveiller, Kovak lui redonne une claque et s'affaisse sur lui.

Il a un genou sur sa poitrine et le maintient cloué à son matelas. Dante n'esquisse pas un geste et ne le quitte pas des yeux. Un animal pris dans des phares. Il lui passe son garrot autour du cou.

À présent Dante fait ce qu'il peut pour se débattre. Avec les jambes, avec les bras, il tente de donner des coups. C'est peine perdue. Il a l'impression que ses poumons vont éclater. Il voudrait détourner la tête pour voir autre chose que ce visage de cauchemar avant de mourir, celui auquel il a tenté d'échapper pendant toutes ces années, mais son bourreau ne lâche pas son regard. Son bourreau s'immisce dans son esprit pour le hanter après sa mort, exactement comme il l'avait craint. Et il continue de serrer, jusqu'à ce que ses membres retombent inertes sur le lit.

Kovak s'est redressé. De la main droite il saisit le couteau sur le matelas, de la gauche soulève la veste de pyjama du cadavre et d'un geste vif plante la lame dans le ventre ainsi dénudé. D'un coup sec il agrandit l'incision de quelques centimètres avant de retirer la lame et de plonger sa main droite parmi les entrailles encore chaudes. Comme un pinceau à la soie imbibée de gouache vermillon, il la retire ensuite et se dirige vers le mur opposé au lit.

Trois minutes plus tard, la main droite dégoulinant de sang, progressant seul dans l'obscurité du couloir et de la salle commune à peine éclairés par les rares lumières extérieures, il se dirige vers la salle de garde. Derrière lui, les gouttes éclatées sur le lino sont comme les traces d'un animal blessé.

Dans la position où il l'a laissé, la tête sur la blouse repliée, l'infirmier vit toujours. Son souffle soulève sa poitrine, le sang paraît ne plus couler. Il devrait vivre assez longtemps pour être secouru.

Dans les placards métalliques, Kovak trouve de quoi s'habiller. Des vêtements un peu courts pour ses longs bras, mais qui feront l'affaire. Il se lave les mains puis se regarde dans la glace au-dessus du lavabo.

Soudain le téléphone se met à sonner.

Il interprète cette sonnerie comme le signal du départ.

En sortant de la salle de garde il met les pieds dans les spaghettis séchés et lâche un juron. Avec le passe il va pouvoir sortir de l'enceinte de sécurité.

Dans quelques heures les polices de toute l'Europe seront à sa recherche.

En s'ouvrant, la porte percée dans le mur extérieur émet un grincement que personne n'aura entendu.

Il se fond dans la nuit.

7

La galette de vinyle émet quelques craquements, avant que les premières mesures de *Billy Jean* n'emplissent la pièce et que Sigmund, dérangé par les vibrations, se laisse glisser le long de l'enceinte. D'un œil distrait, Suzanne regarde l'abyssin-gouttière d'Angélique s'étirer avant de s'éloigner vers la cuisine.

Visuellement le choc avait été *Thriller*. Macchabées repoussant leurs pierres tombales de leurs doigts en lambeaux. La main sur le sexe en guise de pas de danse repris sur les cinq continents. Tout le monde voulait imiter Michael Jackson à l'époque. Pour les besoins du script, déjà le prodige jouait avec son visage. Métamorphose de carnaval annonçant l'irrémédiable.

Allongée dans le canapé de velours amande, la tête sur l'accoudoir et les jambes repliées vers elle, Suzanne imagine l'effet que produirait la photo du roi de la pop en veste à brandebourgs accrochée dans son cabinet de consultation, entre celles de Patti Smith et de Robert Plant. Perfide allusion au désir de transformation de certains de ses patients. Michael Jackson était parvenu à ressembler à Janet, accentuant leur air de famille à force de chirurgie. Pour ensuite aller plus loin et ne ressembler à personne. Ni à sa sœur, ni même à celui qu'il a été.

Dans l'après-midi, elle a vu débarquer une de ces candidates au grand saut vers la masculinité. Jeune femme de vingt et un ans produisant une illusion caricaturale de ce vers quoi elle tend : cheveux ras, tenue virile, démarche chaloupée, et visage retaillé à coups d'hormones. Peau d'homme ayant connu le rasoir. L'œuvre d'un généraliste distribuant des ordonnances de complaisance sans se soucier des conséquences. Un cachet par jour permet une transformation spectaculaire en quelques mois. Sans retour en arrière. Derrière, elle-même ne peut que constater, et prescrire une chirurgie qu'elle aurait peut-être déconseillée.

Entre ses mains les rapports des autopsies pratiquées sur Héloïse et Quentin Beck dont elle vient de prendre connaissance et qu'elle a préféré remettre dans leur enveloppe. Comme si cette mesure, et la musique, inaudible dans son état, étaient susceptibles de tenir à distance l'horreur. Toute la nuit puis toute la journée dans son cabinet de consultation ces images l'ont hantée, lui rappelant à chaque instant sa propre fragilité. À aucun moment son esprit d'analyse n'a encore pu prendre le pas sur ses émotions. Elle s'est crue plus dure au mal. L'être humain s'habitue peut-être à tout, mais se déshabitue aussi vite, forme d'oubli sans doute salutaire. Et ce pli qui l'attendait chez elle en fin de journée a agi comme une piqûre de rappel, la crudité des descriptions l'ayant aussitôt prise à la gorge.

Et c'est là-dessus qu'elle doit plancher et émettre un avis éclairé… C'est sur cette réalité, longtemps espérée pour tromper son ennui, que son expertise est attendue… Elle se rappelle encore l'excitation ressentie après l'appel de Steiner, puis sa stupeur une fois sur place. Comme elle se rappelle la remarque d'Olga sur les prières exaucées. Était-ce vraiment cela qu'elle désirait ?

Cinq éléments parmi les pages de jargon technique ont retenu son attention : la mort de l'enfant est intervenue après celle de sa mère ; les découpures faciales ont été pratiquées *post mortem* ; les analyses n'ont révélé aucune trace de produit stupéfiant dans l'organisme ; les prélèvements sur Héloïse aucune trace de cellule spermatique ou de quelconques cellules biologiques étrangères. *Préservatif, ou autre raison que la bouteille de Coca fichée dans le vagin pourrait éclairer ?* a-t-elle automatiquement noté dans son esprit, malgré elle déjà séduite par l'éventail d'hypothèses s'offrant à elle.

Dernier élément : des traces d'ADN prélevées sur le cou du petit Quentin étranglé à mains nues. De ces traces qu'une préhension appuyée laisse sur la peau. Confirmation de son intuition : dans la panique le tueur a dû l'étrangler sans aucune précaution. Mais son ADN hélas n'est répertorié dans aucun fichier. Paradoxe donc : on possède l'identité la plus intime du tueur, et l'on demeure dans l'impossibilité de l'identifier.

Pour le reste, il faudra attendre les premiers résultats de l'enquête de voisinage et des interrogatoires des proches des victimes. Savoir si les empreintes labiales laissées sur l'un des verres posés sur la cheminée appartiennent à l'une de leurs connaissances, ou connaître l'emploi du temps d'Héloïse Beck au cours de sa dernière journée. Encore que, vu la mise en scène, la probabilité de trouver le meurtrier parmi les intimes soit pour ainsi dire nulle. Assurément l'œuvre d'un psychopathe, la dégradation faciale et l'humiliation sexuelle. À première vue l'œuvre de quelqu'un de relativement *soigné*, méthodique et obsessionnel. Pas un de ces criminels brouillons et désorganisés que la peur rend maladroits. À part l'enfant, dont l'apparition imprévue a dû perturber une mise en scène longtemps fantasmée à l'avance.

Quant au reste… Il est trop tôt pour se prononcer.

En tournant la tête Suzanne peut admirer le somptueux bouquet qu'un livreur lui a porté l'avant-veille, alors qu'elle venait à peine de quitter la rue des Quatre-Fils, encore pleine de haine pour le bourreau capable d'une telle barbarie. Une haine bien peu professionnelle à vrai dire, pour elle qui s'est toujours efforcée d'éviter tout sentiment vis-à-vis de ses patients.

Abel Frontera, soufflant le chaud et le froid, et dont l'irruption dans son existence demeurera marquée par la violence : la collision qui a présidé à leur rencontre, ces fleurs enfin, associées au spectacle de cette scène de crime. Fleurs coupées au parfum enivrant, désormais dans son esprit intimement mêlé à celui du sang.

Les quelques lignes jointes aux lys constituent une littérature autrement plus agréable que les circonvolutions précises du docteur Geestemunde. Elle les a découvertes dans un état second — le fossé étant trop important entre ce qu'elle venait de quitter et la promesse qu'elles recèlent — avant de les relire à plusieurs reprises, à chaque fois sous le charme de cette écriture nerveuse et déliée.

Ils doivent dîner ensemble. Elle a accepté autant par faiblesse que par curiosité, persuadée que les choses ne peuvent en rester là entre eux. Par un quelconque sous-entendu, elle a cru comprendre que la situation avait évolué depuis entre Claudie et lui. Est-ce ce qu'elle désirait entendre, ou la vérité ?

Étrange comme tout arrive en même temps, comme aux périodes de léthargie succèdent des phases d'accélération, où les événements se télescopent. Ainsi toute la journée elle a été tiraillée entre la vision des cadavres d'Héloïse Beck et de son fils, le rôle qu'elle pourra jouer dans le dénouement de cette affaire, et la pensée de ce dîner avec Abel Frontera. Elle a l'impression qu'un jeu s'est naturellement instauré entre eux, un jeu qu'elle prendrait déjà très au sérieux. La présence inattendue de cette Claudie, et son éloignement, ne sont pas étrangers à cette impression. Comme si cet homme séduisant était tombé à point nommé dans son existence trop cadrée. Il a réveillé en elle un aspect de sa personnalité depuis longtemps assoupi. Ses apparitions, puis ce bouquet lui ont donné un échantillon de ce dont il est capable : une impulsivité propre à pimenter toute relation…

Cette perspective et ces interrogations sont interrompues par la sonnerie du téléphone.

— Docteur Lohmann, lâche-t-elle par réflexe après une journée passée à son cabinet.

— Suzanne. Steiner…

Instantanément la voix du flic la ramène du côté de la rue des Quatre-Fils. Elle appuie sur une touche. Le bras de la platine se soulève et regagne son support, coupant les hululements de Bambi.

— Que me vaut ce plaisir, commandant ? Vous avez du nouveau ?

— Des ennuis, dit-il toujours aussi laconique. Je vous ai fait envoyer une voiture. Elle doit être en bas de chez vous.

— Je ne comprends pas.

— Kovak s'est échappé.

Suzanne laisse la nouvelle faire son chemin. Elle n'est pas si étonnante. Elle y a songé deux jours plus tôt, avec les questions de Claudie. L'image de Kovak lui était ensuite revenue à l'esprit tandis qu'elle rentrait chez elle vers minuit par les rues sans vie.

Le cocon de son appartement ne lui paraît soudain plus si protecteur.

— Ça s'est passé la nuit dernière, reprend le commandant devant son silence.

Elle ouvre la fenêtre et se penche sur le balcon pour apercevoir le capot tricolore d'une Mégane sur lequel on lit en gros « POLICE ». Dans la pièce elle entend la porte d'entrée s'ouvrir. Angélique et Emma pénètrent dans l'appartement.

— Suzanne ? Que se passe-t-il ?

— Je crois que je vais me rendre sur place, dit-elle tandis que ses filles accrochent leurs vêtements et plaisantent.

Elle surprend le rire d'Angélique. Elles ont dû entendre sa musique résonner dans la cage d'escalier. Maman retombe en enfance, elle doit être bien accrochée à son fleuriste en Ferrari, disent-elles entre elles.

— Ça ne servira pas à grand-chose, mais ça me permettra de me rendre compte par moi-même.

— Je peux vous prendre d'ici un quart d'heure. Mais attendez-vous au pire. Je vous raconterai dans la voiture.

— Vous me cachez quelque chose ?

— Il a tué Dante.

À l'évocation de celui par qui le malheur est arrivé, elle reste sans voix. Erwan Dantec-Leguen, dit Dante, pour lequel elle s'était presque prise d'affection et qui l'a si bien trompée. L'annonce de sa mort lui provoque un pincement au cœur, tous ses efforts pour le soulager définitivement engloutis.

— Joseph ?...

Angélique la regarde avec les yeux de son père. La ressemblance s'avère parfois troublante : même silhouette, même finesse des traits, et même intensité dans le regard qui paraît vous fouiller en quête de vos pensées les plus profondes. Elle est plus belle qu'Emma. Mais plus sombre aussi. Plus chagrine. Elle tourne la tête.

— Oui ? prononce le flic.

— Je serai en bas dans un quart d'heure.

— C'était le commandant Steiner ?... Il y a une voiture de police garée devant l'immeuble. Ça a un rapport ?

Elle repose le combiné.

— Oui ? fait-elle d'un air qui se voudrait distrait.

— Maman ? Que se passe-t-il ?

— Mais rien ma chérie, rien, dit-elle pour tenter d'éviter la crise qui se profile.

Angélique est plantée devant elle. La voix mi-implorante mi-agressive, plusieurs tons au-dessus de la normale, précède le débordement. Des mois d'accalmie n'empêchent pas l'explosion à la moindre étincelle.

De la cuisine lui parviennent le sifflement de la bouilloire sous pression et le tintement de la porcelaine qu'on entrechoque.

— Qui prend un thé ? crie Emma sans se montrer.

— Ne nous raconte pas d'histoires, dit Angélique d'une voix sourde. Une fois ça a suffi. Non ?

— Il passe me prendre, réplique-t-elle les yeux baissés.

Battre en retraite est la dernière chose à faire, et pourtant… À chaque fois Suzanne se trouve désemparée devant l'hostilité de sa fille qui la hait pour ce qu'elle a laissé faire, et se raccroche à sa mère comme son unique parent. La violence d'Angélique occulte la fragilité qu'elle devrait voir.

— L'assassin de papa s'est évadé ?

De sa pochette posée sur le parquet, Michael Jackson lui adresse un sourire. Elle ferme les yeux puis les rouvre pour affronter sa fille.

— Ne me dis pas que c'est ça ! C'est pas vrai ! L'assassin de papa s'est pas échappé ? Pas lui ! répète-t-elle étouffée par les pleurs.

Autant de questions hurlées qui lui renvoient sa faute et son impuissance.

— Angélique…

Elle n'a d'autre ressource que la supplication, mais sa fille part déjà en vrille. Le cri strident échappé de sa bouche fait accourir sa sœur tandis qu'elle roue sa mère de coups désordonnés. D'une claque Suzanne l'arrête. Angélique la regarde avec stupeur.

— Mais que se passe-t-il ?

La petite apparue de la cuisine tient la théière de la main gauche. Tournée vers sa sœur, l'aînée bredouille « papa » avant d'éclater en sanglots et de perdre tout contrôle d'elle-même.

Suzanne attrape sa fille par le bras et la traîne jusqu'à la salle de bains. Au milieu des plaintes et des gémissements fusent des insultes. Tremblante, la psychiatre empoigne la pomme de douche comme un lance-flammes.

Cloué dans son fauteuil, Jacques Mangin arbore le visage de celui dont les illusions viennent de s'écrouler. Sans son sourire mauvais et son regard pétillant d'animosité, la vieille femme que Suzanne voyait en lui a pris vingt ans. Des sillons sur le front que ne masque plus sa frange affolée, des cernes accentuant ses cavités orbitales, la bouche déformée par l'amertume, jusqu'au nez affaissé sous le poids de la catastrophe. Mais l'humanité que la défaite confère à son expression ne provoque pas chez elle la moindre compassion.

— Vous venez constater le désastre de vos propres yeux ? dit-il en se levant pour l'accueillir plus vivement qu'elle ne l'aurait cru.

Sa simple apparition a suffi à lui redonner son mordant. Sa haine pour elle doit être immense, pour parvenir à le ressusciter ainsi. Mais même à ses propres dépens, elle le préfère vivant plutôt qu'atone ou mort. Il demeure plus conforme à l'image qu'elle en a conservée.

— Vous allez désormais savoir ce que c'est que vivre avec le remords.

— Je ne vais faire que marcher sur vos traces, réplique-t-il acide.

— C'était un compliment.

Elle fait un inventaire de la pièce. Une bibliothèque d'ouvrages psychiatriques couvre tout le mur de gauche. Aucune photo de famille, pour la bonne raison qu'il n'en a pas. Sa place et son bureau lui sont tout, ce qui rend sa position présente d'autant plus misérable.

— Le commandant Steiner m'a expliqué les choses en chemin. Marcel Lenfant est encore là ?

— Il est parti se reposer chez lui. Il a le sentiment que tout est de sa faute.

— Alors vous devez être deux.

Une seconde Mangin est habité par une expression de martyr.

— Je vous montre comment ça s'est passé ? propose-t-il son trousseau de clefs à la main.

À mesure que Suzanne avance dans le crissement du gravier sous ses semelles, lui reviennent par paquets des souvenirs heureux et malheureux, marquants ou anodins, de sa vie antérieure. Le flic et le psychiatre marchent à ses côtés en silence.

Une fois poussée la porte du pavillon Pinel, elle est saisie par une bouffée d'angoisse irrésistible. Chaque détail la ramène aux années passées derrière ces murs : l'odeur caractéristique des lieux, mélange de poussière et de détergent, la couleur de la peinture, entre le jaune et le vert pâles, le verre Securit, les grains de sable sur le carrelage de l'entrée, le réfectoire aux bancs solidaires des tables, le lino sur le sol des couloirs… Et la laideur banale de cet endroit où elle a épuisé les dernières années de sa jeunesse l'assaille pour la première fois, comme si, absorbée par sa mission, elle n'en avait jamais eu conscience auparavant. Elle doit prendre sur elle pour résister à son envie de pleurer, mais ne sait si c'est sur ce passé disparu, sur ces quelques centaines de patients dont elle a tenté d'atténuer les douleurs, ou sur elle-même, une fois encore rattrapée par l'unique erreur commise au cours de sa carrière.

La nuit est tombée. Derrière les portes vitrées des chambres, les feux sont éteints. Les deux infirmiers de garde qu'elle ne connaissait pas sont restés dans leur salle. Dans le couloir ils se contentent de la lueur des veilleuses au sol pour ne pas provoquer d'agitation inutile. La pénombre lui permet d'essuyer une larme sans être vue. La proximité des patients endormis à quelques mètres, à laquelle elle a été habituée pendant si longtemps, accroît sa fragilité. Elle inspire pour se durcir. Devant, Mangin s'est arrêté. La lumière jaillie d'une des cellules l'aide à se composer un visage.

— C'est ici que se trouvait Kovak, annonce-t-il.

Au sol le dessin d'une flaque de sang séché atteste d'une lutte. La couverture de force en boule sur le lit porte également des traces brunâtres.

— C'est pas du sang mais du Ketchup dilué dans de l'eau. Lenfant a cru à une tentative de suicide et s'est précipité dans la cellule. Kovak s'était confectionné une sorte de garrot en tressant les joints de caoutchouc de la fenêtre. Voyez, dit Mangin, ils manquent. C'est avec ça qu'il a étranglé Lenfant.

— Mon Dieu, lâche Suzanne.

— Ensuite il l'a attaché avec des liens découpés dans la couverture et s'est occupé de Julien Hiturbe. Vous voulez voir ?

Ils refont le chemin en sens inverse. Dans le couloir, Mangin et le flic s'arrêtent devant une porte close.

— C'est là qu'il est revenu régler son compte à Dante, remarque Steiner.

— C'est à se demander si tout n'était pas prémédité depuis sa crise en prison pour provoquer son transfert ici.

La gêne de Mangin est palpable.

— On continue ?

La salle de garde a été remise en état. Seule la télévision fracassée a été laissée au pied du mur où s'est écrasé Julien Hiturbe.

— Julien est dans quel état ?

— Il est toujours dans le coma avec l'arrière de la boîte crânienne défoncé, murmure Mangin d'une voix atone. Fracture de l'occipital et du pariétal ayant entraîné des lésions cérébrales.

Suzanne est parcourue par un frisson.

— Kovak lui a glissé une blouse sous le crâne, comme s'il voulait lui éviter une position trop inconfortable. Ou pour indiquer qu'il ne voulait pas le frapper si fort, intervient le flic.

— Julien n'a jamais manqué de respect à aucun des patients, se souvient Suzanne. Et on n'a pour l'instant aucune piste…

— On va surveiller le milieu des forains, ses anciennes connaissances. D'après les vêtements manquants, il doit porter une parka kaki à capuche, un jogging bleu et un chandail à jacquards rose et violet.

C'est plein de bonne volonté mais pas très convaincant. Le flic en a conscience.

— Et d'après l'application qu'il a mise à se venger de Dante, il ne doit avoir qu'une idée en tête : me régler mon compte, soupire Suzanne.

Elle fait quelques pas jusqu'au panneau contenant les fiches des patients. Celles de Dante et de Kovak n'ont pas été retirées. Elle les pose sur la table après les avoir cornées.

— Lors de vos nombreux entretiens, dit-elle les yeux fixés sur la fiche de Kovak, il vous aurait dit quelque chose susceptible d'orienter les recherches ?

Le psychiatre se raidit. Il y a dans cette question tout le reproche provoqué par la présence de Kovak entre ces murs. Et toute la flatterie adressée au praticien.

— Nous étions parvenus à établir une vraie relation… enfin, jusqu'à un certain point. Mais nous avons surtout parlé de son passé. Vous savez ce que c'est…

— Vous ne pouviez pas savoir, réplique-t-elle lui faisant baisser les yeux.

— On a récupéré toutes les notes prises par le docteur, intervient Steiner. On est en train de les analyser.

— Je peux voir la chambre de Dante ?

Elle intercepte le regard embarrassé que Steiner et Mangin échangent.

— Vous êtes sûre ? lui demande le flic.

— Qu'est-ce que vous me cachez ?

— Je ne sais pas si c'est une bonne idée.

— Suivez-moi, lâche Mangin devant sa détermination.

Pour la troisième fois ils traversent le bâtiment, sans échanger un mot. La porte n'est pas fermée à clef. Le chef de service s'efface pour la laisser passer.

À peine a-t-elle pénétré dans la chambre qu'elle comprend leur réticence. Sur l'un des murs on peut lire en lettres rouges, capitales tracées à la hâte : « *À LA PROCHAINE CONSULTATION* ».

Elle trouve refuge sur le lit de Dante où elle s'affaisse sans quitter l'inscription des yeux.

— Allons venez, ne restez pas là, l'enjoint Steiner dont elle écarte la main qu'il s'apprêtait à poser sur son épaule.

Ces derniers mois, elle a tenté d'oublier. C'était illusoire.

Elle reste un moment assise sur le lit de celui qu'elle avait cru protéger de ses monstres intérieurs et qui a été tué par le pire d'entre eux. L'inscription sanglante c'est pour elle, pas pour Mangin qui l'a laissé filer. Aucun doute.

Et toutes ces images qu'elle s'était ingéniée à enfouir au plus profond d'elle ressurgissent : l'arrivée de Dante, la découverte du cadavre dans l'aquarium du Trocadéro, sa rencontre avec Steiner, le pistage de l'Anaconda, jusqu'à la boucherie qui a brisé ses filles.

On ne se soustrait pas ainsi à son passé, lui rappellent les lettres de sang. Malgré sa profession elle l'avait oublié.

La main de Steiner l'arrache à cette hypnose. Sans opposer de résistance elle se laisse faire.

Une fois dehors elle prend une cigarette de la main du flic et appelle chez elle. Angélique s'est endormie, Emma la veille.

— Qui est chargé de le retrouver ? C'est vous ?

— Le commandant Breton et son groupe, de l'Office central chargé des personnes recherchées ou en fuite, une unité spécialement créée pour ce type d'affaires. Mais comme a priori c'est moi qui connais le mieux le dossier, ils vont avoir besoin de mes tuyaux. J'ai passé une partie de l'après-midi avec ce Breton. Mais je suis déjà bien occupé avec Héloïse et Quentin.

Elle ne juge pas utile de répondre. Elle est tellement troublée que pour un peu elle verrait un lien entre tous ces crimes. Comme si l'Anaconda avait la faculté de se dédoubler et de créer le mal aussitôt qu'il bouge.

Les phares de la voiture balaient les allées, les massifs, les pelouses et les baraquements du centre hospitalier, espace que l'Anaconda a dû traverser au pas de course la nuit dernière.

À présent, même la voiture de patrouille garée en bas de chez elle lui paraît insuffisante pour garantir sa sécurité et celle de ses filles.

— Au fait, à propos d'Héloïse…

— Oui ? demande le commandant sur ses gardes.

— Vous avez vu que mon nom a filtré dans la presse. Vous m'aviez pourtant garanti la confidentialité.

Si elle prenait la peine de tourner la tête vers lui, elle constaterait la grimace lui redessinant sa bouche.

— Je sais Suzanne, je sais, admet-il avec peine. J'avoue que je n'ai pas osé vous en parler. Mais aucun de nous n'y est pour rien… Lorsque vous êtes sortie de l'immeuble d'Héloïse Beck, un reporter vous a reconnue.

— Au point où j'en suis… J'espère seulement que ça ne va pas m'attirer d'autres ennuis.

Au guichet de l'entrée principale, elle consulte son portable et, parmi les appels en absence découvre le numéro d'Abel qu'elle connaît déjà par cœur. Elle se rappelle alors qu'elle devait le voir dans moins d'une heure. Plutôt compromis : elle n'a plus la tête à ça et ne peut se permettre de laisser ses filles seules à présent.

La radio diffuse une chanson de Norah Jones. Elle l'éteint.

8

Par le couvercle mal scellé du samovar, un filet de vapeur serpente jusqu'au plafond. Debout devant la relique, Joseph Steiner maintient une à une les tasses de Russie sous le robinet, avant de les tendre aux membres de son groupe qui l'observent en silence. Dans les grincements de son fauteuil ensuite il s'assied, saisit la bouteille de Jack Daniel's, en agrémente sa tasse, et la fait glisser sur sa table à destination des amateurs. Il y a dans ce rituel une coquetterie toute britannique que le commandant érige au rang de marque de civilisation. Au départ surpris, ses flics y voient désormais autre chose qu'une manie de la part de leur supérieur à tête de boxeur et mains de pianiste, et attendent cette pause qui, quelle que soit l'affaire en cours, a le mérite de remettre les choses en perspective. Les gardés à vue aussi y ont droit ; ces égards inattendus contribuent à détendre l'atmosphère et présentent parfois l'avantage de leur délier la langue.

Enfin Joseph Steiner aperçoit la fumée et se lève pour y remédier.

— Et avec ça maniaque.

— Soigneux, Francini, corrige-t-il sans se retourner. Cet objet est le seul vestige de mes origines russes.

— Le samovar, les gants de boxe et les avirons, les coupures de presse… Nostalgique, commandant ?

Après s'être demandé s'il devait ignorer la provocation ou y répondre, il regarde Valdeck, seule femme du groupe, dont la présence au départ le gênait.

— La nostalgie, vous apprendrez jeune femme que c'est la reconnaissance pour les seules choses que l'on possède vraiment : les souvenirs…

« Avant d'en revenir à l'affaire Beck, enchaîne-t-il sans prêter la moindre attention aux sourires que sa remarque a provoqués, je voudrais faire un point sur Kovak. Comme c'est nous qui l'avons serré, en plus du dossier, j'ai promis à l'OCPRF[1] de leur transmettre tous les éléments en notre possession… Je dis bien tout, y compris nos impressions, nos intuitions… Étant donné que c'est un vrai solitaire, sans famille ni ami recensé, tout peut être utile… Après, ça sera à eux de jouer.

— Eh bien, je leur souhaite bien du courage. Il avait ses habitudes dans toute l'Europe, ce gars-là.

— Quel genre de détails ?

— Ce qui ne figure pas nécessairement dans le dossier. Je leur ai déjà parlé du clan Schmidt, actuellement dans la périphérie de Hambourg, une cinquantaine de manèges et attractions. Les Allemands sont au parfum, comme tous nos collègues de l'espace Schengen d'ailleurs.

— Formidable. Quelle connerie de l'avoir transféré dans cet asile !

— Les facéties de l'administration, ma chère.

L'OPJ hausse les épaules.

— On récapitule ? On perd donc sa trace à partir de 21 heures avant-hier. Il a fait les poches des deux infirmiers. Marcel Lenfant avait 25 euros, Julien Hiturbe on ne sait pas, sans doute pas beaucoup plus.

1. Office central chargé des personnes recherchées ou en fuite.

— Il aurait tué un flic qu'il aurait eu encore moins, marmonne le lieutenant Francini entre ses dents.

— Ce qui veut dire qu'il a un besoin pressant de cash, reprend le commandant. Des remarques ?

— Un homicide dans le quartier de la porte d'Orléans… lâche Melchior. Avec vol de voiture… Si l'on part du principe qu'il va certainement éviter les grands axes, les gares et les aéroports…

Steiner et les autres se tournent vers le rugbyman à tignasse de shetland. Un shetland teint en roux. Devant l'air preneur du commandant il s'aventure plus loin :

— Un photographe agressé dans le parking de son immeuble entre 22 heures et minuit.

— La voiture ?

— Fiat Uno. Modèle 87. Bleue. Immatriculée à Rome.

— Étant donné l'heure et le quartier ça peut coller. De toute façon ça ne coûte pas grand-chose… Mais à part le clan Schmidt à Hambourg, je ne vois rien d'autre à leur suggérer que le milieu des forains, des zoos, celui des amateurs de reptiles, animaleries… ce dont ils ont sans doute déjà eu l'idée par eux-mêmes. Il avait aussi parlé d'un véto en Allemagne si mes souvenirs sont bons…

— Sans oublier les tatoueurs, intervient Melchior. Vu ce qu'il a sur la peau, il a dû avoir le temps de sympathiser dans la profession.

— Pas bête. Pour le reste, ce n'est plus notre affaire. Ah ! Dernière chose : d'après Mangin, son séjour en HP ne l'a pas guéri de ses obsessions. En clair, si nos confrères ne le retrouvent pas très vite, il y a de grandes chances que la liste des disparues s'allonge.

Sur l'un des murs, photos et coupures de presse jalonnent la carrière du commandant et illustrent l'histoire du crime en France au cours des trente dernières années. Portraits robots de braqueurs en cavale, fiches anthropométriques des mêmes arrêtés, photo d'un inspecteur tué lors d'une interpellation, prise de cocaïne dans un camion de tulipes en provenance des Pays-Bas, récit de la traque d'un gang de faux-monnayeurs, instantané du commandant dans la cour de la Préfecture avec une de ses « proies » bracelets aux poignets… Et parmi ces souvenirs, le visage de Laurent Kovak, son serpent gisant sous le chapiteau la cervelle éclatée, et un papier décrivant, longtemps avant son arrestation, le parcours supposé de « l'Anaconda aux 100 victimes ».

— À propos, la protection du docteur Lohmann ?

— Entre les mains du SPHP[1], lâche Francini. Dispositif discret comme elle le souhaitait, je me suis renseigné. Comment elle a réagi ?

— Passé l'abattement, comme on pouvait s'y attendre : avec un sacré sang-froid… Mais je ne lui ai évidemment pas dit que si l'Anaconda n'est pas appréhendé dans les prochaines 48 heures, elle demeure à mon sens la meilleure chance qu'on ait de le choper.

— Tu y crois vraiment à cette menace ?

Steiner se tourne vers Melchior :

— Le bonhomme n'a plus grand-chose à perdre. Et la mort de Dante prouve sa détermination à se venger. Alors est-ce qu'il aura un jour les moyens d'approcher la psy, c'est une autre question. Mais elle mérite d'être prise au sérieux.

La remarque est accueillie par un silence : difficile de concevoir que la vie de celle qui a permis l'arrestation de ce monstre puisse être menacée.

— Le docteur Lohmann m'a fait part de ses premières impressions concernant Héloïse, reprend Steiner,

1. Service de Protection des Hautes Personnalités.

puisqu'elle est aussi liée à cette affaire... À prendre avec des pincettes en l'absence de nouveaux éléments.

L'attention générale est montée d'un cran. Pour eux Kovak appartient au passé, tandis qu'Héloïse Beck et son fils mobilisent depuis quarante-huit heures l'ensemble de leurs forces, de leurs talents et de leurs pensées. Et même s'ils considèrent avec circonspection le verbiage des psychiatres en matière criminelle, l'avis de Suzanne Lohmann mérite un minimum de considération.

— En gros, elle y voit la marque d'un psychopathe ayant agi sous le coup d'une impulsion irrésistible dont il aurait eu honte ensuite, d'où le sac plastique et l'enfant installé dans son lit comme s'il dormait encore. L'enfant qui, toujours d'après elle, n'était pas prévu au *programme*. La dégradation faciale pourrait être le fait d'un être ayant un contentieux particulièrement lourd avec les femmes, ou un certain type de femmes, ce que confirmerait la bouteille de Coca qui réduit la victime à l'état d'objet. Ce geste donnerait au crime sa dimension sexuelle sans qu'il y ait forcément eu viol. Soit parce que la victime n'était aux yeux de son bourreau pas digne de lui, soit, seconde hypothèse, parce que ce dernier n'en est pas capable...

— C'est-à-dire ?

L'ensemble des regards se tourne vers Valdeck.

— Impuissant ? propose Francini.

— D'où sa haine des femmes ?

— C'est pas moi la psy. Je continue : la défiguration pourrait correspondre à une volonté de destruction de ce qui fait l'attrait le plus immédiat de la femme, et la bouteille une volonté de la ridiculiser, sans qu'il y ait intention de détruire la matrice. Toujours d'après elle, la probabilité de trouver le coupable parmi les connaissances d'Héloïse est pour ainsi dire nulle, et elle n'exclut pas un nouveau passage à l'acte…

« Il va sans dire que ce n'est pas non plus parole d'évangile…, achève-t-il en soupirant.

— Si c'est pas de la navigation en eaux troubles, lâche sur un ton dégoûté Francini qui se masse le crâne luisant en son sommet.

L'éventualité d'une série n'a échappé à personne, ce type de mise en scène paraissant appeler des duplications. Même si aucune des bases de données consultées n'a rien révélé de comparable. L'Homme qui rit, comme ils le surnomment entre eux, serait ainsi né par ce coup d'éclat, tortionnaire névropathe issu d'une société nécessairement mal en point.

Accrochés à leurs réflexes professionnels, depuis deux jours ils ont interrogé les proches d'Héloïse Beck, trente-quatre ans, divorcée depuis dix-huit mois et mère d'un petit Quentin, sept ans : famille, amis, voisins, collègues, relations professionnelles… Ils ont passé son agenda et son carnet d'adresses au scanner, reconstitué son emploi du temps du 25 octobre et des jours précédents, au cas où elle aurait rencontré son bourreau quelques jours plus tôt. La société l'employant située à Issy-les-Moulineaux et son domicile dans le Marais : une existence tourbillonnante entre les plateaux de télé, la boîte de production, les allées et venues vers les chaînes et d'innombrables obligations sociales. Abeille industrieuse circulant à scooter d'un rendez-vous à l'autre, organisant ses loisirs autour de son fils devenu, depuis sa séparation, le principal centre d'intérêt de son existence, aux dires de tous ses proches.

Autant l'Homme qui rit demeure à leurs yeux une énigme à peine éclairée par l'ébauche de profil psychiatrique, autant Héloïse en quelques heures est devenue une intime du groupe Steiner. Son souvenir plus exactement, redessiné par des dizaines de voix différentes. Des qualificatifs comme dynamique, efficace, sociable, jolie, charmeuse, sportive, maternelle, ambitieuse… selon les interlocuteurs se la rappelant : mère, sœur, collègues, amie, père, ex-mari, gardienne d'immeuble, patron, relations de travail… Le souvenir qu'on laisse à chacun, en l'occurrence embelli par l'onde de choc due à l'horreur. Tous ont été interrogés mais personne inquiété. Tous blancs comme neige.

Les empreintes labiales trouvées sur le verre de whisky : celles de son ex-mari venu déposer leur fils en fin d'après-midi, en état de choc et à l'évidence innocent — sept personnes attestent de sa présence chez l'une d'entre elles de 21 heures à 2 heures du matin.

Après vérification effectuée à son insu, il s'est avéré que son ADN ne correspond évidemment pas à celui trouvé sur le cou de Quentin.

Introuvable pendant vingt-quatre heures, la babysitter, gamine de dix-huit ans, a refait surface, apportant aussitôt malgré son affolement des informations précieuses : elle a gardé Quentin jusqu'à 22 h 45, heure à laquelle Héloïse est rentrée de la piscine. Dernière destination d'Héloïse : la piscine des Halles donc, où elle se rendait une à deux fois par semaine. 2000 mètres enchaînés comme une automate. Quarante longueurs pour évacuer le stress d'une vie sous pression dans le milieu tout en paillettes et hostilité de la télé. À chaque extrémité, un demi-tour de nageuse professionnelle. Un vrai plaisir que de la voir évoluer ainsi, l'ancienne championne universitaire, aux dires d'une de ses collègues qui parfois l'accompagnait. Pas ce soir-là.

L'aurait-elle rencontré dans ces circonstances, l'Homme qui rit ? Aux heures de pointe les nageurs tracent en file indienne et en cadence dans les couloirs pour ne pas se gêner… Communion de solitaires absorbés par le rythme de leur souffle et de leurs mouvements, les pieds et les bras battant l'eau dans le grand bain d'onde chloré… Pas l'endroit propice à une rencontre. Dans le court intervalle nécessaire pour passer du bassin aux vestiaires ? Mais alors pourquoi ne seraitelle pas rentrée avec lui ?

Vers 19 heures Montesantos est revenu avec du nouveau, pièce supplémentaire s'ajoutant au puzzle général. L'OPJ n'a pas son pareil pour les enquêtes de voisinage ; de ces fastidieuses plongées dans la fourmilière des anonymes, il exhume parfois d'inestimables pépites. En l'occurrence : la dernière personne à avoir croisé Héloïse après la baby-sitter. À 23 h 30 elle a acheté un paquet de Philip Morris — retrouvé chez elle — au bar-tabac de sa rue. Le buraliste l'a formellement reconnue. D'après lui, elle était seule. À court de cigarettes, elle serait descendue en acheter — dix minutes aller-retour à tout casser — laissant, le temps de la course, son fils endormi seul dans l'appartement. Occasion de rencontre avec son assassin… Qui l'aurait suivi jusqu'à son immeuble… l'aurait forcée à le laisser entrer chez elle… L'hypothèse nécessite d'être approfondie : des dizaines d'heures en perspective à arpenter le quartier en quête d'éventuels témoins, d'une personne qui aurait remarqué Héloïse accompagnée ou suivie par un homme à l'allure suspecte…

Mais alors quid de la perruque dont aucun de ses proches ne connaissait l'existence ? Appartenait-elle à l'assassin qui s'en serait servi afin de passer pour une femme et ne pas éveiller sa méfiance ? Lui aurait-il ensuite posé sur la tête en marque de dérision supplémentaire ? Autant de points à éclaircir. Tous ont en mémoire l'affaire du violeur à la perruque qui se déguisait en témoin de Jéhovah pour forcer la porte de ses victimes.

En les regardant un à un, Valdeck, son air tendu et sa veste de cuir, Montesantos, encore juvénile malgré tout ce qu'il a vécu depuis son affectation au 36, Melchior, force tranquille, et Francini, Corse irascible, par expérience Steiner sait qu'aucun ne lâchera, et que tout ce qui est humainement possible sera fait pour retrouver le monstre. Il sait également que même dans des années s'il le faut, ils ne refermeront pas le dossier tant qu'il n'aura pas été bouclé. C'est le moins qu'ils puissent pour la mémoire des victimes, mais cette détermination s'avère souvent énorme.

— Deux jours que le père m'appelle, lâche Francini sur le ton d'une complainte. Il est en loques, le vieux. Et à chaque fois je dois lui dire qu'on n'a rien de nouveau. Voyez le topo ? Je sais pas pourquoi c'est tombé sur moi.

— Ce doit être à cause de ta capacité de compassion, ose Melchior.

— C'est surtout parce que je l'ai accompagné à l'Institut médico-légal. Vous auriez vu l'effondrement. Jamais assisté à un spectacle pareil. Un ancien chef d'entreprise du bâtiment. Pas une mauviette… Y avait plus personne.

Dans le samovar aux formes opulentes, Steiner peut voir le reflet déformé de son groupe. Avec cette vision de foire, ils paraissent englués dans une réalité aux contours incertains, figurines perdues dans un monde les réduisant à leur insignifiance.

Il s'étire et détourne le regard de ce miroir trop peu flatteur.

Par la porte-fenêtre entrouverte s'introduisent dans la pièce le bruissement de la pluie ainsi qu'un air frais qui anime de légères ondulations les rideaux et emporte avec lui le parfum des lys. Délice olfactif pour Suzanne dont la fumée de la cigarette se perd dans le ciel du salon, dans sa position allongée sur le canapé, son horizon.

— Je ne vais pas tarder.

Elle tourne la tête, agréablement surprise par le son de cette voix. Il y a longtemps que la musique s'est tue et eux avec. Au moment où l'averse a éclaté. Par égard pour ses filles elle n'a pas voulu sortir, Abel s'est donc proposé de venir et elle n'a pas trouvé de raison pour lui résister. Il était à peine là depuis un quart d'heure qu'elle avait oublié le cauchemar de la rue des Quatre-Fils et la menace de l'Anaconda.

— Quelle heure est-il ?

Cette demi-heure à écouter la pluie tomber est le premier moment de tranquillité qu'elle s'octroie depuis que Steiner l'a appelée. Et la présence d'Abel Frontera n'est pas étrangère à cette sérénité. Entre eux rien de physique encore, pas même un effleurement, mais un bonheur évident à se découvrir. Il y a dans ces rapprochements quelque chose de rafraîchissant. Elle en avait oublié la saveur, après quinze ans de mariage. Sa seule incartade, avec Steiner, avait été le fruit de la peur et de la tension qui les avaient jetés dans les bras l'un de l'autre. Une irrésistible attraction dont la nécessité n'avait pas résisté au retour à la normale.

Avec Abel elle a retrouvé le temps jusqu'alors révolu de la séduction, dans des circonstances comparables. Comme s'il lui fallait être face au danger pour être séduite. Manifestation inattendue de son penchant pour l'abîme.

Elle tire sur sa cigarette qui rougeoie dans la pénombre.

— Tard, lui répond-il enfin. Je n'ai pas vu le temps passer. Tu ne devrais pas fumer autant.

Elle lui jette un coup d'œil rapide, étonnée de le voir soucieux de sa santé.

Il s'est levé, d'une main écarte le rideau. Sept étages plus bas, les gouttes de pluie crépitent sur le macadam et s'écoulent sous l'éclairage des lampadaires.

— J'ai quitté Claudie, dit-il, les yeux absorbés par ce ruissellement.

Elle se tourne vers lui, d'abord incertaine de ce qu'elle vient d'entendre avant de comprendre qu'il s'agit de la vérité. Il est toujours figé dans la contemplation de la pluie. C'était donc ça, cette légèreté. Il y avait bien chez elle une forme de satisfaction dans le fait de se sentir préférée à cette femme qui l'a prise de haut. Mais de là à le voir prendre des mesures aussi définitives…

— Vous n'allez pas un peu vite, monsieur Frontera ?

La remarque lui arrache un sourire bref.

— Je n'ai pas arrêté de penser à toi.

Suzanne n'est pas habituée à cette rapidité, à cette brutalité des sentiments. Il fait quelques pas jusqu'à la cheminée, s'empare de la boîte contenant l'insecte offert par Olga. Elle ne perd pas un de ses mouvements, ni la concentration soudaine de son visage, perceptible au raidissement de ses traits. Jamais là où on l'attend, Abel Frontera, dont cette urgence masque une fragilité désarmante.

— J'ai l'impression de te connaître depuis toujours.

— Mais…

— J'ai eu cette impression dès l'instant où je t'ai vue.

— Alors tu es tombé sur la tête.

— Ce n'est pas ton cas ?

— Je ne sais rien de toi. Ou si peu…

— Qu'est-ce que tu veux savoir ? Je n'ai plus de parents, si on y réfléchit c'est un avantage, pas de racines, plus de femme, pas d'enfant. Sans connaître personne j'ai débarqué à Paris et j'ai gagné de l'argent dans l'immobilier, grâce à quoi j'ai pu acheter la voiture avec laquelle je t'ai rencontrée, fait-il avec l'ombre d'un sourire. Le reste, tu l'apprendras à mesure… Je vais y aller.

À contrecœur elle le suit jusqu'à la porte d'entrée. Sur le palier, le policier chargé de sa protection s'est redressé dans son fauteuil. Un type au physique passe-partout dont l'unique signe particulier serait ses oreilles décollées. Elle avait oublié sa présence. Abel lui fait un signe de tête et adresse à Suzanne un sourire d'intelligence. Ils sont à quelques centimètres l'un de l'autre. Elle se demande ce qu'il va faire. Dans son dos, le flic dont elle aperçoit la calvitie s'est replongé dans un magazine. Elle voudrait l'embrasser mais est incapable de prendre l'initiative. Ses yeux clairs expriment un certain amusement, comme s'il était conscient de son attente.

— Tu sais… pour Claudie. Je mentirais en disant que ça n'a rien à voir avec toi. Mais ce n'est pas uniquement ça… Alors ne te sens pas trop responsable.

Une seconde elle a l'impression de le voir se pencher vers elle, mais d'une main il a ouvert la porte de l'ascenseur et de l'autre, déjà loin d'elle, il lui envoie un baiser. Le cœur serré par la frustration elle le voit disparaître, et adresse finalement un bonsoir au fonctionnaire de police, puis s'enferme à double tour.

En proie à une solitude soudaine, elle fait un détour par les chambres d'Angélique et d'Emma, et quelques instants les contemple, leurs respirations respectives soulevant les couvertures à un rythme paisible. Elles l'ont épié avec une curiosité de singes, l'« ami de maman » qui est parvenu à lui faire oublier ses angoisses et à la rajeunir de vingt ans. Il sera toujours temps de savoir ce qu'elles en ont pensé…

DEUXIÈME PARTIE

9

À peine son pied droit effleure-t-il la pédale que le ronronnement de la Singer couvre la voix de Donna Summer. Et elle a eu beau monter le son, les va-et-vient mécaniques de l'aiguille l'emportent sur la rythmique chaloupée de la diva disco. Dès qu'elle relâche la pression en revanche, la chanteuse et ses musiciens l'emportent, invitation sensuelle aussitôt réduite au silence par les staccatos agressifs de la machine à nouveau sollicitée.

Musique d'une époque festive et révolue, qui ne fait que perpétuer l'illusion d'une joie factice. Mais elle n'est pas joyeuse ni à la fête, trop occupée à suivre des yeux, penchée sur son ouvrage, les progrès de la couture rectiligne sur la peau de lapereau. Dans une cacophonie étrange, elle se met à fredonner un air que n'a jamais chanté la diva black, une chanson d'une autre époque, aux échos de caf'conc', de cabaret burlesque : *Je suis bi-aiseuse chez Paquin, Je biaise du soir au matin, Je biaise pour ma mère, Je biaise pour mon père*… grinçant sur les « i » avec une insistance machinale. Et puis soudain elle s'interrompt, et pour elle-même déclame d'une voix sentencieuse : *Dommage Adèle, mais tu n'auras jamais connu cette fête. Trop jeune, beaucoup trop jeune. Ni aucune autre, d'ailleurs. Pas ton karma. À quand le feu d'artifice ?*

La machine reprend son ballet infernal et Adèle recommence à chantonner son air d'autrefois. Son corps lui, bouge toujours au rythme du disco, ses mains dansent autour de l'aiguille, pendant que son pied bat la mesure sur la pédale de la Singer.

Cette activité la rassure. En plus d'assurer ses revenus, elle canalise ses pensées facilement vagabondes. Le fil d'un brun soyeux tendu sur le cuir l'hypnotise et siphonne ses obsessions annihilées par ce labeur répétitif. Comme la broderie, que l'on préconise aux dépressifs et à certains psychotiques, glousse-t-elle intérieurement. Tenir les mains occupées pour mieux brider l'esprit. Vieille recette de bonne femme éprouvée par des siècles d'expérience.

Au mot de « bonne femme » le carillon de la porte l'interrompt dans ses réflexions comme dans sa tâche. Avant de se lever, elle apprécie sa dernière création encore inachevée, ceinture de peaux de lapereaux cousues les unes aux autres, dont elle ornera ensuite le revers de petites fleurs peintes. Elle inspecte son visage dans le miroir mural, creuse ses joues pour affiner ses mâchoires puis, un magazine à la main, se dirige vers la porte séparant l'atelier de la boutique. Une fois terminée, elle en tirera bien 800 euros, c'est bien le moins, pour une de ses créations.

Deux Américaines farfouillent dans son *bordel* avec des airs affairés. La plupart se comportent comme s'ils étaient chez un brocanteur à Saint-Ouen. C'est sa façon d'agencer son magasin qui veut ça : un fouillis à mi-chemin entre le boudoir et le cabinet de curiosités, dans lequel on ne distingue jamais ce qui est à vendre de ce qui est là pour le décorum. Mélange d'objets hétéroclites, d'étoles jetées sur les fauteuils ou empilées sur les étagères d'une ancienne bibliothèque, de penderies débordant d'imprimés et de miroirs aux cadres sculptés qui se renvoient mutuellement son image, lorsque seule elle se plaît à jouer avec ses reflets. Rien à voir avec

Maria Luisa, sa célèbre voisine à la boutique agencée comme un shopping de *Vogue*. À peine immergés dans ce décor de théâtre tendu de rouge, les gens y prennent leurs aises.

Tout est à vendre en fait, question de prix.

Elle jauge sa clientèle. Une petite cinquantaine, l'une fine et élégante, d'immenses lunettes sur son nez en bec de faucon, l'autre nettement plus épaisse, de traits comme de silhouette. La Bostonienne et la Texane, aussi mal assorties que possible, décrète-t-elle en s'asseyant dans sa causeuse Napoléon III. Deux épouses de *businessmen* contraintes de cohabiter le temps que leurs maris règlent les affaires ?

Elles ne l'ont pas encore vue. Elle se plonge alors dans le *Vanity Fair* qu'avec son anglais de collégienne elle tente de déchiffrer : les frasques des héritières Hilton, les derniers jours de Versace à Miami, ou les demeures patriciennes de l'île de Nantucket, jadis refuge et point d'ancrage des chasseurs de baleines.

— Excusez-moi…

Son magazine sur les genoux, elle lève les yeux sur l'importune, bien disposée cependant par le fait qu'elle fasse l'effort de s'exprimer en français. Les carreaux fumés reposent sur ses sourcils. Les lèvres fines et les cheveux gris indiquent un mépris pour la chirurgie esthétique et tout type d'arrangements, signe des origines les plus distinguées. Très côte Est en effet, mais peut-être Park Avenue après tout, corrige Adèle en elle-même sans la quitter des yeux.

— Vous pourriez me dire en quoi c'est ? demande l'Américaine en amollissant les r à l'extrême.

— Lapin… *Rabbit*, reprend-elle de sa voix au timbre voilé.

Un instant choquée à l'idée qu'on a transformé Bugs Bunny en accessoire de mode, la Bostonienne a une grimace aussitôt changée en rire, de peur de paraître à côté dans cet endroit décrit dans la dernière livraison du *Harper's Bazaar* comme « *the ultimate bohemian concept store in Paris* ».

— *Is this for sale?* l'interrompt la Texane brandissant un éventail de dentelle noire à l'armature d'ivoire.

— *Everything but the girl*, répond Adèle amusée par le regard que lui renvoie l'Américaine.

Les grosses coupures encore craquantes provoquent une satisfaction supérieure au crépitement du sabot de carte bancaire — quelques clientes ont encore cette élégance. Après avoir serré le rouleau de billets jaunes dans son sac à main, elle a monté le volume de la sono et tire sur sa cigarette en regardant d'un air maussade le mouvement de la rue sur les premiers accords d'*I'm so glad that I'm a woman*.

Une fois de plus Suzanne songe que l'écoute flottante a ses avantages. Le psy est plus tranquille que le confesseur : un « oui… » ou un « continuez » lancés de temps à autre en direction du fauteuil ou du divan lui permettent de laisser vagabonder ses pensées à elle. Ce qui ne l'empêche pas d'attraper un mot revenu comme une scie dans la bouche de l'analysant, et de le noter sur son bloc qui se noie dans toute la presse accumulée sur son bureau — quotidiens français et allemands — ayant trait à la traque de l'Anaconda.

Six semaines après son évasion, Laurent Kovak demeure introuvable. On a identifié le tatoueur du reptile lui enserrant le buste : une officine de Francfort où pendant deux mois il s'était rendu après la fermeture de son chapiteau, pour qu'un certain Hans Blückner achève sur sa peau ce travail digne de la tapisserie de Bayeux. Deux Polaroïds figuraient parmi d'autres derrière la caisse. L'un montrant Kovak en slip de dos pris par deux anneaux d'un monstre tranché en deux ; l'autre de face, le serpent sur le point de l'avaler par la tête. Kovak souriait. En 1987 il comptait déjà plus d'une vingtaine de victimes à son tableau de chasse. Selon les livres de comptes présentés par l'artisan, le tatouage avait coûté 3500 marks. C'était également lui, en 1992, le créateur des autres serpents enroulés le long de ses bras. Pas de Polaroïd cette fois. Kovak lui avait même réclamé celui affiché dans l'officine au milieu de dizaines d'autres illustrant les réalisations maison : une chasse à courre au renard disparaissant dans un terrier situé entre les fesses du passionné, des dragons contorsionnés, des festons de cœurs et de fleurs, des entrelacs rouges et verts couvrant des corps depuis les coudes jusqu'aux genoux, desquels ressortaient des samouraïs grimaçants, des poissons à moustaches ou encore des acteurs de théâtre nô. Méfiant, l'Anaconda avait voulu effacer les traces de son passage.

Malgré ces nombreuses soirées d'intimité, Hans Blückner ne s'était pas lié avec Laurent Kovak et n'a rien pu dire sur ce personnage si peu causant, si ce n'est qu'il parlait avec un accent bavarois.

On a retrouvé le vétérinaire chez qui il faisait soigner ses serpents. Autre Allemand, de Munich. Véto mais également éleveur, fournissant zoos, amateurs et laboratoires concepteurs de sérums anti-venin. S'agissant de leur relation de fournisseur à client, il ne pouvait parler de lui qu'en des termes élogieux.

On a parcouru le chemin de son existence avec beaucoup plus de méthode qu'on ne l'avait fait après son arrestation, prêt à exhumer le moindre détail intéressant. Comme cet accent bavarois qui suppose des liens avec la Bavière que personne n'a pu confirmer. On est tombé sur une vie en mouvement perpétuel, sans domicile fixe ni attaches.

Aucune de ces pistes n'a donné quoi que ce soit. Ce qui sous-entend qu'il a trouvé d'autres ressources ailleurs. Un magot, des relations gardées secrètes, une planque où s'évanouir le temps que l'agitation retombe…

Les enregistrements des entretiens avec Mangin n'ont pas non plus apporté de révélations fracassantes. Une enfance contenant les prémices de sa psychopathie : le classique curriculum vitæ du tueur en série dans l'une de ses variantes. Une famille repliée sur elle-même dans ses tournées perpétuelles, un père physiquement présent mais s'usant à gagner le beefsteak, une mère dure et humiliante, et la promiscuité permanente avec les reptiles, qui n'a pu qu'orienter une imagination sans doute fertile à la base. Puis la mort des parents dans un accident, suivie par celle du frère mordu par un serpent dans des circonstances suspectes, et Laurent Kovak s'était retrouvé sans témoin de son enfance.

Alors à nouveau on s'est penché jusqu'à la nausée sur la liste de ses victimes, celles avouées au cours de ses nombreux interrogatoires, sa langue se déliant à mesure que grandissait la surprise de ses vis-à-vis. N'ayant plus rien à craindre, il s'était évertué à leur montrer qu'il en avait en réserve, ultime façon de briller à ses propres yeux, en voyant dans ceux des magistrats et policiers chargés de l'interroger la crainte mais, aussi, une certaine forme de considération. Tout a été passé au crible. On est tombé sur des ossuaires enfouis sous terre. On a reconstitué les derniers jours de chacune de ces malheureuses jusqu'alors portées disparues. Des scénarios dont la répétition illustre avant tout la solitude et le désarroi de ces jeunes femmes face à une existence de plus en plus âpre pour les inadaptés.

L'Anaconda a entrouvert les portes de son passé, mais aucune donnant accès à son avenir.

On a retrouvé la Fiat Uno de ce photographe battu à mort dans son parking près de la porte d'Orléans : elle est réapparue en Champagne, à l'occasion de la vidange d'un étang où elle avait été immergée. Le jour même, l'OCPRF était sur place. Mais cette découverte ne permet aucune conclusion ; aucune, sinon que, s'il s'agit bien de lui, l'Anaconda aura voulu se débarrasser de cette voiture longtemps avant sa destination. Hypothèse privilégiée par Steiner qui intuitivement localise l'Anaconda en Allemagne, trop d'éléments dans son passé les ayant conduits de l'autre côté du Rhin.

Seule certitude — la plupart des experts s'accordent là-dessus : la nécessité pour lui de ses séances de torture, renforcée par les frustrations auxquelles doivent le soumettre sa vie de fugitif. Les disparitions de femmes et de jeunes filles accaparent donc l'attention de ses pisteurs. Ce qu'ils guettent : une série rapprochée dans un périmètre de quelques dizaines de kilomètres, car ils supposent que par souci de discrétion Kovak limite ses déplacements au minimum.

Rien jusqu'à présent n'a justifié le branle-bas de combat.

— Docteur ?

Suzanne sursaute. Par amitié, Joseph Steiner l'a appelée en début d'après-midi pour lui faire part des premiers résultats de la traque. À mesure que lui apparaissait leur nullité, elle pouvait sentir enfler son angoisse. Au départ on lui avait soutenu qu'il ne disposait d'aucun soutien et qu'il devrait donc rapidement être appréhendé. Parce qu'elle voulait y croire, elle n'a pas mis en doute ces affirmations. Mais après un mois et demi de cavale, la probabilité de le localiser lui paraît illusoire. Steiner ne le lui a pas dit en autant de mots, mais on a perdu sa trace. Or si aujourd'hui ses filles et elle ne craignent pas grand-chose, le dispositif de protection dont elle bénéficie sera un jour allégé, avant d'être carrément supprimé. Moment que choisira Kovak pour réapparaître.

Malgré les différents patients qui se sont succédé dans son cabinet, elle n'a cessé d'y penser.

L'homme assis en face d'elle attend quelque chose. Elle avait presque oublié sa présence, en dépit de sa longue pratique de l'écoute flottante. Il lui a posé une question ? Il compte sur elle après tout, et a droit à son attention, pervers bon teint, puisqu'il a fait la démarche de venir la trouver et qu'il est prêt à payer pour ça.

— Je vous demande pardon ? risque-t-elle confuse.

D'abord manifestant tous les symptômes de l'incrédulité, le visage de son vis-à-vis se fend d'un large sourire, qui devant sa perplexité se mue en éclat de rire. L'instant d'après, sans qu'elle ait eu le temps de réagir, l'homme a posé trois billets de vingt sur son bureau, s'est levé et a quitté le cabinet en prenant soin de fermer la porte derrière lui sans bruit, comme s'il s'agissait de ne pas la déranger dans sa sieste.

Le taxi s'arrête en bas des escaliers. Dans les vapeurs du diesel, Adèle claque la portière et en gravit les marches, poursuivie du regard par le chauffeur qu'elle sent comme une démangeaison au creux de ses reins. Ses escarpins en lézard violet cliquettent sur le granit comme les sabots d'un cabri sur un éboulis. Depuis la rue Cambon il n'a cessé de lui jeter des œillades à la dérobée. Brave type trop impressionné pour s'aventurer plus loin. C'est mieux ainsi.

Sur les pavés de la rue Rollin, du haut de ses aiguilles elle progresse d'une démarche d'équilibriste un peu folle et désordonnée qui fait rouler ses épaules de nageuse et tourner les têtes sur son passage.

Un homme d'une petite trentaine d'années, aux cheveux courts et à l'aspect sportif, lui ouvre après l'avoir examinée à travers le judas. Le regard et le sourire qu'il lui adresse sont plus ambigus que ceux du taxi. Il allait lui proposer de passer dans la salle d'attente lorsque sur sa droite apparaît une femme à l'aspect professionnel.

— Adèle Charon ? Suivez-moi je vous prie.

Passant devant l'homme en jeans, l'échassier franchit les trois mètres avec une allure de mannequin sur un podium, puis adresse à la psychiatre un drôle de gloussement. Le temps de fermer les deux portes d'isolation, de dos Suzanne la détaille, curieuse de cette nouvelle patiente qui pour cette première consultation se présente avec autant de désinvolture. De ses talons imposants, ses yeux remontent le long des jambes aux fesses un peu plates sous la robe, à ces épaules aux deltoïdes proéminents, à la chevelure brune et domestiquée en un chignon d'où s'échappent quelques mèches faussement anarchiques.

— Très stylé votre assistant, lâche l'inconnue de sa voix grave ondulant sur des intonations quasi mélodiques, tandis qu'elle contourne son bureau pour s'asseoir.

— C'est un policier. Je vous attendais une demi-heure plus tôt.

Adèle fait glisser son écharpe sur le dossier de son fauteuil et pose le manchon qui lui servait de bouclier à côté de son sac à main. Elle ricane.

— C'est écrit au milieu de son visage, le flic. Une demi-heure plus tôt ? s'exclame-t-elle en feignant la confusion.

Soucieuse de ne pas manifester l'antipathie qu'elle a éprouvée au premier regard, Suzanne ouvre un cahier sur une page vierge, y note le nom de sa patiente et la date.

— Que vous arrive-t-il ?

— Mobilier Retour d'Égypte, tapis persan usé jusqu'à la corde, ouvrages reliés de cuir… À part Robert Plant et Patti Smith, ça fait très… *Mittle Europa*, observe la visiteuse avec un regard baladeur, apparemment désireuse de ne pas la laisser mener l'entretien. Au moins ça surprend. On s'attendrait plutôt à une reproduction du tableau, vous savez, Œdipe face au Sphinx ou quelque chose dans le genre…

— Par où voulez-vous commencer ? demande Suzanne en dissimulant son impatience.

Avec un air de conspirateur, Adèle se penche alors vers elle :

— À propos du secret médical… Qu'est-ce que vous pouvez répéter ?

— Ne me dites pas que c'est pour ça que vous êtes venue me trouver…

— Éclairez-moi, j'ai besoin de savoir.

— *Admis à l'intérieur des maisons, mes yeux ne verront pas ce qui s'y passe, ma langue taira les secrets qui me seront confiés*… Recommandation d'Hippocrate. Vous êtes au confessionnal ici. Il n'y a que les sévices sur mineurs et personnes vulnérables dont on est tenu de parler. Les problèmes d'éthique, c'est à l'appréciation de chacun.

— Éthique ?

— Lorsqu'un patient peut présenter un danger pour son entourage par exemple. Maladies contagieuses…

— Et les crimes ?

— De quel genre de crimes voulez-vous parler ?

— Je veux parler d'un homicide, dit-elle d'une voix pour la première fois exempte du moindre soupçon de mélodie.

Malgré elle, Suzanne a un mouvement de recul.

— En cas de trahison du secret médical, qu'est-ce que vous risqueriez ?

— Ça peut aller jusqu'à la radiation, répond la psychiatre avec une certaine réticence. Vous voulez parler d'un crime qui a eu lieu ? Ou qui d'après vous…

— Ma mère. J'ai tué ma petite mère, assène-t-elle en plantant ses yeux dans les siens.

Sans détourner son regard, Suzanne préfère la laisser venir plutôt que l'encourager. Elle l'observe se tortiller sur son fauteuil et se gratter l'avant-bras gauche, les yeux déjà ailleurs.

— Au début je pensais que ça s'arrangerait avec le temps. En fait ça empire, comme dirait l'autre, grince-t-elle en caressant le fauteuil… ça empire. Il y a un mois j'ai tenté d'en finir. Le grand saut ! Ce n'est pas aussi facile qu'on croit. Et ça ne s'est pas amélioré depuis. Elle ne me laisse pas une minute de répit, cette vieille garce. Comme si elle allait me hanter jusqu'à la fin de mes jours. C'est pour ça que je me suis décidée à consulter.

« Beaucoup de gens tuent leurs parents, mais pas comme ça. Comme des vampires plutôt, à l'usure, c'est dans l'ordre des choses, non ? L'inverse est vrai aussi, d'ailleurs. C'est dingue ce qu'on trouve de vampires dans les familles. Mais passer à l'acte… Brrrr ! fait-elle secouée par un simulacre de frisson.

— Votre mère est morte quand ? demande Suzanne impassible.

— Il y a deux mois… Au départ on s'entendait bien pourtant elle et moi. Comment vous dire ?…

À mesure que sa patiente s'exprime, Suzanne prête autant d'attention à la teneur de son discours qu'à la mélodie de sa parole et aux mouvements de ses traits que plusieurs interventions chirurgicales ont modifiés. Le nez, les lèvres, les dents éclatantes et trop parfaitement plantées, les pommettes peut-être, les cheveux, un peu trop fournis… Elle n'a pas sa pareille pour déceler ce genre de détails, expertise que Gilbert lui aura laissée en héritage. À l'origine ces visages retaillés au scalpel correspondent à des nécessités variées, mais tendent vers des résultats comparables. Un masque stéréotypé sous lequel disparaissent aspérités, angoisses et obsessions. Les yeux également, grands et bruns — des lentilles ? — constamment glissants, guettant ses réactions puis fuyant, comme s'il s'agissait de ne pas donner trop à y lire.

Que cherches-tu à cacher ? se demande la psychiatre sur le qui-vive, son regard un instant arrêté par la robe imprimée fermée jusqu'au cou, avant de décrocher, hypnotisée par la danse de ses mains.

— J'ai cette boutique rue Cambon. Avec le prix d'une ceinture, on aurait vécu pendant un mois. Avec celui d'un sac à main c'était trois… Vingt fois je lui ai proposé un de mes sacs. Elle a toujours tenu à garder le sien, un vieux en similicuir noir que je lui ai connu pendant trente ans. Avec sa sacoche d'infirmière. Comme si elle ne voulait rien venant de moi.

Elle soupire avant de poursuivre :

— Quand j'étais enfant, après le dîner, une fois que j'étais couchée, elle lisait. Parfois je l'entendais rire penchée sur ses livres dans la pièce à côté. Elle avait une prédilection pour les classiques, Balzac, Hugo, Dumas… Je la revois encore : elle lissait la couverture de l'ouvrage du plat de la main avant de le ranger dans la bibliothèque…

Elle a un rire désabusé, cloche d'argent fêlée au tintement presque inaudible.

Le soleil, qui frappait une partie du jardin, a dû descendre derrière un immeuble. Le cabinet est plongé dans un clair-obscur d'où ressort le visage outrageusement fardé de la patiente. Apparition spectrale dans la pénombre dont le discours augmente le malaise de la psychiatre. Par son contenu, ou par sa forme ? Suzanne presse le gousset de la lampe posée sur son bureau, colonne de bronze à cannelure montée sur trois pieds griffus et chapeautée d'un abat-jour en métal peint. Une fraction de seconde éblouie, Adèle cligne des yeux.

— Vous avez employé le terme homicide. Comment est-elle morte exactement ?

— Elle est morte asphyxiée par le gaz.

— Mais c'était peut-être un accident... suggère la psychiatre.

— Je peux ? demande la patiente en sortant un paquet de menthol de son sac à main.

Devant le hochement de tête, elle en allume une. L'odeur du tabac mentholé envahit la pièce.

— J'étais chez elle le soir où c'est arrivé. Je lui avais rendu visite. Mais j'ai un trou noir concernant la soirée, mes gestes. J'en ressentais tellement le besoin, quelque part. Une pulsion irrépressible, si vous voulez. Par moments, je me dis qu'une part de moi-même nie ce qui s'est passé, mais que c'est bien moi qui ai ouvert le gaz après lui avoir donné ses somnifères. Plus que d'habitude. Le déni d'un acte auquel je ne survivrais pas. C'est comme ça que vous diriez ?

— Puis-je vous poser une question ?

Elle a eu beau tenter un sourire, sa patiente s'est raidie, apparemment prête à déballer ce qu'elle entend, pas à se laisser diriger.

— Je vous en prie, lâche-t-elle soudain sur ses gardes.

— Quel était votre nom de baptême ?

Elle blêmit.

— Ne faites pas l'enfant, insiste la psychiatre.

La patiente tend le bras, d'une main nerveuse écrase sa cigarette qui continue à fumer dans le mortier en bronze. Le carillon de l'entrée retentit, puis le parquet grince sous le poids du policier chargé de sa protection. Sûrement son collègue, de retour de sa partie de flipper au café place de la Contrescarpe.

— Il prend aussi vos rendez-vous ? ose la patiente manifestement heureuse de saisir cette diversion.

— Vous ne m'avez pas répondu.

La patiente lui lance alors un regard indéfinissable, avant de céder d'une voix pincée :

— Jacques… En fait c'était Jacob, mais je supportais pas.

— Jacob ?

— Celui qui prend la place de son frère Esaü en échange d'un plat de lentilles, celui que Rebecca leur mère a substitué à Esaü pour recevoir la bénédiction paternelle, vous savez. L'histoire biblique, quoi. Ma mère était toujours plongée dans la Bible, pas un jour sans qu'elle l'évoque, achève-t-elle avec condescendance.

Un instant le crissement de la plume sur le papier prend le relais de sa voix de tragédienne.

— Et pourquoi Adèle ?

— Adèle H, docteur ! Celle qui par amour est devenue folle, une histoire qui doit vous parler, dit-elle avec un sourire qui paraît à la psychiatre de défi. Vous auriez préféré Anna ? Anaconda, ajoute-t-elle en désignant du menton la presse accumulée sur le bureau.

Suzanne encaisse sans rien dire. Il faudra qu'elle pense à cacher ces journaux. À nouveau le crissement de la plume qui paraît acter le discours. Exutoire pour masquer sa gêne en réalité.

— C'est après que les choses ont changé, puisqu'on ne peut rien vous cacher, reprend le transsexuel avec une moue dédaigneuse. Elle n'a jamais pu m'appeler par mon prénom. En face d'elle, j'avais le sentiment d'être une personne neutre. Ni masculin, ni féminin. Jamais elle ne faisait une phrase qui l'aurait condamnée à se mouiller. Comme, je sais pas moi… « *je t'ai prise pour une autre* », ou « *je t'ai pris pour un autre* ». Comme si elle avait banni toute idée de genre de son langage. Alors nos relations ont fini par se dégrader…

Derrière son bureau, de la pointe de son stylo, la psychiatre soudain tapote la pendule :

— Je suis désolée, mais nous allons être obligées de continuer la prochaine fois, si vous voulez qu'on se revoie bien sûr. Même jour, même heure ? poursuit-elle devant son signe d'assentiment. Vous avez besoin que je vous prescrive quelque chose ?

— Je marche déjà au Prozac, cette saleté. Qu'est-ce que je vous dois ?

— Je pense qu'il faudra songer à laisser tomber le Prozac pour du Deroxat. Vous me devez 60 euros. Le 17 décembre, donc ? Mais soyez à l'heure.

Sa patiente a repris son écharpe, son sac et son manchon. Avant de sortir, elle pose son regard sur les photos de rock stars accrochées à gauche du bureau.

— Vous savez, quand je parle de trou noir et de refus de culpabilité, c'est pas la première fois. Mais c'est depuis la mort de ma mère que je ressens le besoin de faire le ménage dans ma tête. Je vous en dirai plus long la semaine prochaine…

En reconnaissant le jargon du métier, Suzanne songe qu'Adèle-Jacob a dû hanter bien des cabinets avec toutes ces histoires peut-être inventées, transsexualisme et mythomanie faisant souvent bon ménage.

— Au fait ! s'exclame-t-elle après un temps d'arrêt. Votre ange gardien. C'est à cause de l'Anaconda… Il s'est donc évadé ?

En se refermant, la porte capitonnée provoque un courant d'air aux effluves de Poison. Une patiente venue de nulle part, qui manifestement l'a contactée par le réseau trans, et déjà l'incommode par un discours opaque et dérangeant, en s'accusant de l'assassinat de sa propre mère. Il n'imaginait tout de même pas l'abuser... Pas elle ! Même s'il est vrai que pour un œil non averti elle peut faire illusion... avec sa robe imprimée.

D'un geste brusque Suzanne ouvre la fenêtre. Bien qu'aérer la pièce ne chassera pas de son esprit les germes malsains que le transsexuel vient d'y semer. Où veut-il en venir au juste ? Se décharger de sa culpabilité ? Provoquée par quel crime ? Le meurtre de sa mère ? Est-ce seulement vrai ? Pas évident de maquiller un meurtre en suicide, même si elle est peut-être en effet morte asphyxiée. Un aveu peut masquer autre chose... Le trop-plein de la culpabilité incite parfois à inventer un crime pour soulager la conscience d'un poids en réalité beaucoup plus lourd.

Et cette façon d'évoquer Kovak avant de disparaître... Comme s'il avait attendu ce moment... pour mieux la troubler... Et qu'a-t-il voulu dire avant ça ? Que va-t-il lui avouer la prochaine fois ?

Elle hausse les épaules, histoire de ne lui accorder que l'importance qu'il mérite : s'il s'avère trop *prenant*, trop *envahissant*, il sera toujours temps de l'adresser à l'un de ses confrères. Passage de responsabilité souvent mal vécu par les patients, ce que Mangin aurait appelé un « bâton merdeux ». Elle a une pensée pour son vieil ennemi évincé brutalement de son poste après l'évasion de Kovak.

Le voyant du téléphone attire son attention. Franck, son ange gardien. *Vous voulez y aller ?* lui demande-t-il depuis l'entrée, avec sa prévenance habituelle. Franck, comme Michel, Patrick et Jean-Claude, dont la présence la rassure tout en lui rappelant le danger qui la menace. À chaque fois qu'elle sort de chez elle ou de son cabinet, depuis six semaines le même rituel : un policier la précédant, la main sur la crosse de son automatique au moment d'ouvrir la porte après avoir collé son œil au judas, puis dans la rue marchant à côté d'elle, tandis que l'autre la suit à quelques pas, l'œil aux aguets, changeant souvent de trajet pour compliquer tout repérage. Dans l'immeuble en face de chez elle, le reste de l'équipe a investi un appartement inoccupé et surveille les entrées et les sorties. Seul point sur lequel elle n'a pas cédé : la présence d'un flic chez elle. Avec sa chambre en mezzanine donnant sur le salon, elle aurait l'impression de l'avoir dans son lit.

En contrepartie, elle a accepté des mains de Steiner un revolver nickelé. Prêt officieux aussitôt rangé dans sa table de nuit après une unique séance d'entraînement. À n'utiliser qu'en dernier recours, a-t-il précisé. À bout portant.

Franck est le plus jeune du lot. Cerbère de son cabinet vérifiant l'identité des patients avant de leur ouvrir. Démontant et astiquant son Sig Sauer P228 calibre 9 mm parabellum pour tuer le temps. Elle l'a déjà surpris dans cette activité minutieuse à laquelle il peut s'adonner les yeux fermés. Jusqu'au chargeur vidé, quatorze cartouches alignées comme autant d'obus minuscules sur la table. À côté des différentes parties de l'arme, canon, culasse, ressort, percuteur, détente… figurant l'anatomie d'un tueur. Mécanique de précision suisse. Le tout assemblé en quelques secondes. De quoi transpercer quatorze fois l'Anaconda.

Et pourtant, dès qu'elle met le nez dehors ou qu'elle éteint la lumière, en proie à une certaine appréhension. Comme à chaque fois qu'elle pense à ses filles.

L'Anaconda qui l'éviscérerait vivante avant de s'en prendre à Angélique et à Emma. À moins qu'il la laisse en vie pour la confronter au spectacle de ses filles au buste ceint de leurs propres viscères. Spectacle dont la seule pensée suffit à lui faire perdre le sommeil, à la faire vomir et sentir le vent de la folie.

Parfois, elle se dit que la présence d'un Franck, d'un Michel ou d'un Jean-Claude n'y changera rien. Qu'après avoir défié les polices européennes pendant vingt ans, il ne fera qu'une bouchée de deux inspecteurs chargés de sa protection…

Et L'Homme qui rit après lequel Steiner et son groupe courent toujours ; qui apparemment n'aurait toujours pas récidivé mais qui demeure une énigme…

Elle qui se plaignait de la monotonie de sa nouvelle existence, la voilà désormais cernée par la mort, avec en plus ce dernier patient se présentant comme un matricide.

Elle frissonne, referme les volets puis la fenêtre, et jette un dernier coup d'œil à ses notes avant de les ranger dans un nouveau dossier. En aucune façon, comme elle s'en doutait, l'air frais de l'extérieur ne lui a changé les idées.

10

Une porte a grincé dans le couloir. Il ouvre les yeux. Le claquement d'une aile de pigeon le réveillerait. Encore elle. Des formes émergent peu à peu de l'obscurité. L'armoire, la table, une chaise, sur le dossier de laquelle pendent ses vêtements. Il ne remarque déjà plus l'odeur des porcs qui les premiers jours l'agressait. Elle imprègne pourtant l'atmosphère. Forcément. Quatre cents bestiaux logés à cinq cents mètres de la maison. Il imagine ses pieds nus sur le carrelage. Ses yeux fixent la porte qu'à présent il distingue. Elle marche dans le noir, guidée par la fenêtre de la façade est, derrière laquelle clignotent quelques étoiles. Il emplit ses poumons de l'air de la forêt, retient son souffle puis expire. La cour est silencieuse. Il entendrait un mulot courir sur le gravier, murmure de cailloux répercuté par le carré des bâtiments. Ses doigts frôlent la cloison. Peut-être pour le prévenir de l'imminence de son arrivée.

La poignée s'abaisse enfin. Et la chemise de nuit laiteuse apparaît, surmontée d'une lune pâle et d'une cascade de cheveux qu'il sait blonds.

Il soupire tandis qu'elle traverse la chambre pour fermer la fenêtre et revient en courant vers son lit.

— *Brouou ! Es ist kalt in deinem Zimmer*, susurre-t-elle en se glissant dans ses draps.

Il se contracte en sentant son corps chaud se pelotonner contre lui.

Le gâteau compte dix-sept bougies qui éclairent le visage d'Angélique d'une lueur féerique et font de ses cheveux une couronne aux reflets cuivrés. Elle s'arrache à l'hypnose de ces années consumées, pour embrasser du regard l'ensemble des convives, soit en tout et pour tout sa sœur, sa mère et son nouvel ami, puis, entre le pouce et l'index en étouffe une. *Pour mon père*, dit-elle en baissant les yeux, avant de souffler cette forêt de flammes. Les applaudissements rituels rompent un silence gêné autour de la table et s'éteignent aussi vite.

Perdue dans ses songes, Suzanne, extérieure à cette scène familiale, a l'impression d'être revenue deux ans en arrière. Elle voit Gilbert d'un geste vif faire apparaître un paquet cadeau et le glisser sur la nappe en direction d'Angélique, dont le visage un instant s'éclaire. Il ne s'agit pas de Gilbert bien sûr, mais d'Abel, dont la silhouette, l'assurance et le comportement rappellent tant ceux de son premier mari. À croire qu'elle s'est laissé séduire par cette ressemblance. Sa présence rassurante et son soutien après l'évasion de Kovak ont eu raison de ses réserves. Occasion unique pour Angélique et Emma de le connaître et l'accepter. Et pour elle, d'ordinaire si prudente, d'accueillir avec une rapidité déconcertante un autre homme dans sa vie, sans se demander comment leur équilibre familial pouvait réagir à cette nouvelle présence masculine. Deux mois après leur rencontre, il constitue une diversion salutaire dans le gynécée triangulaire qu'elle-même et ses filles formaient. Elle est trop lucide pour ne pas en convenir.

Le baladeur MP3 déballé, sa fille aînée a un regard reconnaissant pour Abel, expression qu'on ne lui a pas vue depuis des mois.

Elle a retiré sa chemise de nuit, à force de caresses a fini par obtenir un semblant de résultat, la Bavaroise. En gloussant elle a l'air de soupeser son sexe avant d'opérer une reptation vers le fond du lit, pour engloutir dans sa bouche cette colonne de chair encore vacillante et achever de la durcir. Elle y met toute son énergie, pompe entre ses lèvres et se dégage pour faire courir sa langue de la base de sa verge à son gland, avant de le mordiller comme un petit chien jouant avec un os en caoutchouc, et de l'engloutir à nouveau. Pas habitué à cette situation, il ne sait que faire de ses mains, se raidit, en risque une sur ses cheveux et la regarde s'activer, sa tête montant et descendant dans l'axe de son sexe, tandis qu'elle émet des gémissements de contentement et des bruits de succion entrecoupés de rires enfantins.

Le prix à payer en échange de cet asile. Il y a toujours un prix à payer, se dit-il pour se calmer.

De l'opéra aux trois chocolats il ne subsiste qu'une part affaissée et dix-sept bougies entassées sur le plat comme un bûcher miniature prêt à s'embraser. La bouteille de champagne est vide, les flûtes au fond de liquide doré accrochent encore la lumière. Les filles sont montées se coucher. D'un œil rêveur, Suzanne caresse les reliefs de cet anniversaire qu'une semaine plus tôt elle n'aurait pas cru possible, tant Angélique semblait enferrée dans sa dépression.

Abel est absorbé dans la contemplation des insectes qu'il a rapportés pour tenir compagnie à celui de la cheminée. Il y a désormais une demi-douzaine de boîtes contenant chacune un spécimen d'une rare beauté. Leurs défenses et leurs pinces n'ont rien à envier aux lames de conception humaine les plus effrayantes, et leurs carapaces luisantes valent les armures les plus ouvragées.

Suzanne se lève.

— Merci, dit-elle en s'avançant vers lui.

— De quoi ?

Il n'a pas levé le nez, plus fasciné qu'un entomologiste découvrant une espèce inconnue.

— Toute seule je n'y serais jamais arrivée. Cette soirée, ça avait quelque chose de miraculeux, par rapport aux dernières semaines qu'on a vécues. Par moments, je craignais que cette rechute soit définitive, après l'évasion.

Il désigne un insecte aux reflets bleutés et aux antennes courbées comme des arcs.

— Tu as vu comme celui-ci est beau ? Petit, j'étais fasciné par les mantes religieuses. J'adorais les voir sectionner les fourmis, avec leurs pattes avant rapides comme des ciseaux. Et j'enrageais quand ces petites salopes prenaient le dessus, rit-il.

« Tu sais, ajoute-t-il les yeux levés sur elle après avoir posé la boîte, moi aussi je suis heureux d'avoir trouvé une famille.

Toujours cette impression de roman-photo. Malgré les sentiments qu'elle éprouve à son égard, Abel lui paraît parfois presque trop lisse pour être sincère. Pour oublier cette idée déplaisante elle se rapproche. Il la prend dans ses bras.

Décidément il lui en veut d'avoir fermé la fenêtre. Isolé ainsi de l'extérieur, il a l'impression d'être privé de son ouïe, que la cour et l'ensemble des bâtiments pourraient être investis à son insu. Mais comment aurait-on pu retrouver sa trace ?

Elle s'est agenouillée sur lui, a avalé son sexe dans le sien. Dans la nuit ses mains épousent les formes de ses muscles, de ses épaules, de ses bras, de ses pectoraux. Allongé sous elle il l'observe, sa silhouette mouvante dans le cadre plus clair de la fenêtre. Il doit prendre sur lui pour ne pas se lever et l'ouvrir. Plutôt que la repousser, par devoir il passe une main sur ses seins lourds, de l'autre devine ses cheveux avant que sa bouche ne happe ses doigts comme si elle s'apprêtait à le manger. Si elle savait… Elle monte et descend sur lui à la force de ses cuisses, souffle et pousse des gémissements, avec des mouvements de plus en plus amples et rapides. Elle lui dit des obscénités en allemand. Il a envie de la tuer.

Cet asile est trop précieux pour tout foutre en l'air. À cause d'une allergie à ce genre de contact.

Par moments elle interrompt son balancement et, soit assise sur ses jambes, soit accroupie au-dessus de lui, opère des rotations d'avant en arrière ou de droite à gauche en le titillant, avant de reprendre de plus belle.

À son corps défendant, lui aussi finit par se sentir emporté. Son cœur s'emballe, il ne veut pas, ne veut pas se perdre et subir et, dans un grognement la repousse, sa main sur le point de saisir la dague effilée sous son matelas, avant de la plaquer sur le lit, de planter son sexe et de se répandre en elle, tandis qu'un instant stupéfaite d'avoir été stoppée dans sa course et soulevée comme une enfant, inconsciente, innocente, elle l'enserre entre ses jambes et ses bras, et éclate de rire en vantant sa force et sa fureur.

— Tu es sûr que tu dois partir ? Je pensais que tu resterais, ajoute Suzanne sans laisser transparaître sa déception.

Pelotonnée dans un fauteuil, elle tend le bras pour effleurer la tête d'Abel.

— Un dossier à étudier.

— Maintenant ?

— Le prix de ma liberté.

— Une liberté dorée, lâche-t-elle en s'en voulant déjà de sa faiblesse.

— S'agirait-il seulement d'argent.

Épinglés dans leurs boîtes, sur la cheminée les insectes sont autant de trophées d'une armée victorieuse, dépouilles encore majestueuses rapportées de campagnes lointaines.

— Parfois j'aspirerais à un peu plus de normalité.

— Je n'en suis pas si sûr.

Il se lève. Sa silhouette légère le fait paraître exempt de toute attache. Elle ne le fera pas fléchir.

— Tu n'as que ton ancien poste en tête. Et le jour où tu le récupéreras, tu ne m'appartiendras plus. C'est aussi ce qui m'a séduit chez toi, ce côté dompteuse de monstres. Et si je restais toujours dans tes pattes, tu ne m'aimerais plus. N'est-ce pas ?

— Tu es bête, dit-elle en se levant pour le rejoindre.

— Lucide.

Il est déjà à la porte.

— Qu'est-ce qui te tracasse ? demande-t-il la main sur la poignée. Le serpent ?

Elle se presse contre lui.

— Je te l'ai déjà dit, poursuit-il : maintenant qu'il est démasqué, il est obligé de se terrer comme un rat. Au moindre mouvement il se fera attraper. Alors comment voudrais-tu qu'il vienne jusqu'à toi ?...

— Je te trouve bien sûr de toi.

Il la prend dans ses bras puis s'écarte, lui adresse un clin d'œil et disparaît.

La porte de l'ascenseur se referme et la cabine entame sa descente dans des grincements de câbles et de poulies. Suzanne pousse les verrous et pose les barres de sûreté. Derrière le panneau blindé, installé dans un fauteuil apporté là pour l'occasion, un policier qui, si elle s'était montrée plus coopérative, passerait la nuit dans son salon.

La table encombrée par les reliefs du dîner lui apparaît comme le souvenir d'une fête incongrue.

Abel a raison : elle ne se satisferait pas d'un mari à disposition, mais le préférerait moins insaisissable. Ce n'est pas la menace de l'Anaconda qui la tracassait. Mais pourquoi être parti si vite ? Et pourquoi cet assombrissement soudain, sans raison apparente ? A-t-il vraiment besoin d'étudier un dossier à une heure pareille ?

Je suis invivable, tu t'en apercevras à mesure, lui a-t-il dit un jour. Qu'est-ce que ça signifie ? La peur de s'engager ? Il ne l'a pas encore touchée… Par manque de désir ? À nouveau la vieille douleur au plexus solaire, longtemps si familière. La peur de ne pas être aimée, elle connaît. Elle qui si vite a placé ses espoirs en lui. À cause de l'Anaconda sans doute… À cause d'Héloïse également. La proximité de la mort a toujours favorisé l'amour. Comme s'il fallait aimer une dernière fois avant de partir.

Mais elle sait encore si peu de choses sur Abel. Peut-elle ainsi s'engager, vis-à-vis de ses filles ? Elle n'est pas seule. Elles aussi sont concernées.

Dans la salle de bain elle observe son visage à la lueur des lampions surmontant le miroir. De nouvelles rides ont fait leur apparition, lui semble-t-il. Quel combat lui reste-t-il à mener ?

Cette façon qu'il a eue de faire irruption dans sa vie, de solder la précédente, sans vagues, Claudie, son fils Vianney aperçu une fois, blondinet joufflu de treize ans, la bouche en Knaki écrasée et des Ray Ban teintées sur le nez. Réglés comme des affaires courantes.

L'argent est le meilleur des lubrifiants.

Pas très élégant mais réaliste, au moins doit-elle lui reconnaître ça.

La brosse à dents lui masse les gencives dans un léger bourdonnement électrique, la mousse fleurit entre ses lèvres. Elle se rince la bouche, dans le dentifrice avalé par la bonde observe quelques larmes de sang rosé.

Le travail d'Abel : identifier des entreprises cibles avant d'entrer dans leur capital. Des semaines à éplucher de la documentation financière, préalable à la phase d'approche : renseignements sur l'équipe managériale en place, les projets, les perspectives, la tendance du marché… Il ne parle jamais que des affaires conclues. Dernière en date : une chaîne de supermarchés américaine sous le régime des faillites. Il dit avoir raflé trois fois sa mise en un an. Activité de prédateur, qui convient à son regard d'oiseau de proie. Malgré elle, elle a un sourire indulgent.

Elle se glisse dans son lit. Avant d'éteindre, son regard est attiré par l'enveloppe kraft contenant le dossier d'Héloïse Beck, dont elle n'a pu soutenir le sourire déchiré. Sa résistance à ce genre de spectacle s'est émoussée.

Héloïse et son petit Quentin envers qui il lui semble avoir une dette à présent que sept semaines ont passé sans le moindre progrès. Alors que jalousement elle se pelotonne dans son nouveau bonheur encore fragile.

Une inconnue dont on ritualise la mort... Peu importe l'identité de la victime, ce qui compte, c'est ce qu'elle représente et ce qu'on lui inflige... S'il s'agit d'un premier meurtre, inaugural, il peut se passer un certain temps avant qu'il y ait récidive. Ed Kemper, l'Ogre de Santa Cruz, a laissé passer quatre mois entre sa première auto-stoppeuse et les suivantes. La peur et le regret ayant retardé la récidive. C'était reculer pour mieux sauter, étant donné sa cadence de plus en plus infernale. Comme une drogue dont on augmente les doses au fur et à mesure de l'addiction... Steiner aurait-il vu juste en citant Victor Hugo ?... Qui était l'Homme qui rit, à part un enfant défiguré ? Gwynplaine... Un enfant abandonné... Comme le tueur ?

Elle éteint. L'obscurité est habitée par le dernier sourire d'Héloïse Beck.

Christina est enfin partie. Le plafonnier éclaire la chambre d'une lueur jaune. Un jet d'urine trop sombre jaillit de son pénis, dirigé vers la bonde du lavabo. Les dernières gouttes écoulées, il passe son sexe sous l'eau froide du robinet en éprouvant le prépuce entre ses doigts.

Il a poussé le verrou. Mais elle ne va pas revenir.

Une fois son affaire terminée, il lève la tête vers le miroir fendu et regarde son reflet : sa peau vérolée, que l'on a comparée à des écailles, son nez, de face presque inexistant, et son front fuyant, qui soi-disant donnent à sa tête un aspect reptilien. Puis il baisse les yeux et observe sa main droite caresser le grand serpent tatoué sur son buste.

11

La forêt est une gangue qui protège de tout : de la curiosité, du tumulte, du soleil, de soi-même. L'âme des conifères plantés comme des géants sur un champ de bataille étouffe les bruits et les passions. Les fûts et les branchages sont à la mesure de l'homme. À l'abri de leur ombre, il n'est pas écrasé par l'immensité du ciel et l'infini.

Au jour naissant Laurent Kovak s'enfonce dans les bois qui cernent les bâtiments. Le dédale des chemins forestiers est son labyrinthe. Jamais sans doute il ne s'est autant senti serpent, un anaconda qui aurait troqué l'Amazonie pour la forêt bavaroise. Il est au milieu de ces arbres parmi ses frères, qu'il n'hésite pas à enlacer, ou le long desquels il grimpe, jusqu'à leur cime pour se griser de l'étendue de son nouveau royaume, aussi vaste qu'un océan, et dont les mouvements de terrain qu'épousent les sapins figurent la houle du large.

De ces hauteurs il lui arrive de pousser un hurlement, répercuté de crête en crête. Mais son isolement et la précarité de sa position lui apparaissent alors, et il préfère retrouver la sécurité des profondeurs, tel un monstre marin venu respirer l'air de la surface.

Il s'est aménagé plusieurs caches, dans la terre, sous des racines ou dans les arbres. Certaines à des kilomètres de la maison, pour le cas où il aurait à trouver un refuge le temps que ses poursuivants se lassent ou que leur attention se relâche. Pourvues en eau et en vivres, elles lui permettraient d'hiberner quarante-huit heures, comme un serpent au cycle déréglé.

Il s'est concocté une mixture à base de résine propre à perturber l'odorat des chiens.

Afin de compliquer au maximum le repérage et les travaux d'approche, il change chaque jour de lieu de travail. Il a abattu plusieurs grands arbres qu'il débite de façon aléatoire, à la hache ou à la scie, pour être en mesure d'écouter, et surtout éviter la tronçonneuse qui le ferait localiser à des kilomètres à la ronde. Le bruit d'une cognée sur un tronc peut être assimilé au craquement d'une branche, au claquement produit par un picvert affairé sur un tronc.

La tronçonneuse lui sert à faire tomber les conifères. Malgré le danger qu'il représente il en apprécie le bruit, ainsi que les vibrations dans ses mains. Il aime entamer l'écorce et la chair, enfoncer la chaîne aux dents aiguisées, voir les escarbilles de bois clair voler comme des gerbes terreuses derrière les roues d'un 4 × 4 embourbé.

Outre le silence, la hache et la scie ont d'autres avantages : pas de mécanique encrassable, pas d'essence ni d'huile masquant l'odeur de la résine. Et il n'est pas rare que dans son effort il se sente observé ; interrompant son geste, il aperçoit alors à quelques mètres un chevreuil ou un cerf bloqué sur le spectacle qu'il présente.

Il a dans ces moments le sentiment d'appartenir à la forêt. Immobile, il en vient à se faire oublier par le grand animal qui ne le distingue pas des fûts alentour. Parfois, ayant tourné la tête, le cerf ou le chevreuil reçoit une lame entre deux côtes et s'en va mourir plus loin. *Il est déjà mort mais ne le sait pas encore*, disaient les chasseurs à l'arc d'Amérique du Nord lorsque le gibier ne ressent pas plus qu'une piqûre d'insecte. Il suffit alors d'attendre qu'il tombe épuisé par l'hémorragie.

Quand la douleur au contraire fouette l'animal, Kovak lâche son travail pour fondre sur lui et l'étreindre jusqu'à lui faire expirer son dernier souffle. Les bras et les jambes agrippés à sa proie, l'oreille contre son cœur parti sur un rythme irrattrapable, son corps entier au contact de sa chaleur et de sa sueur, le maintenant à terre en dépit des bois qui pourraient l'embrocher : il est l'Anaconda, plus sûrement que lorsqu'il éviscérait ses victimes avant de les découper en morceaux.

Et cette chasse qui le renvoie à l'âge des cavernes tient à distance ses pulsions, auxquelles jusqu'à présent il a résisté, trop conscient du signal qu'au moindre écart il enverrait, et que ne manquerait pas de décrypter l'ensemble des polices européennes.

Seul le retour au Blumenwald présente un risque. Il ne rentre jamais par le même chemin et, encore à l'abri des arbres, contourne les bâtiments afin de repérer une éventuelle présence anormale.

Une fois à l'intérieur, avec le bouclier que les enfants à leur insu constituent, il est à nouveau en sécurité. En cas d'attaque il aurait assez de temps pour allumer un feu à chaque extrémité de la maison, et une fois cette diversion créée, avec quelques enfants hurlant derrière les barreaux, il disposerait des quelques secondes nécessaires pour traverser l'espace vide le séparant de la forêt. Ils auraient pour eux l'avantage du nombre et de l'armement, mais lui celui de la surprise et de la connaissance du terrain.

Depuis son arrivée Christina Schluss ne lui a jamais posé la moindre question. Elle aurait pu pourtant, en le voyant débarquer dans la cour à l'improviste, avec pour unique viatique le nom de son frère un temps pensionnaire de cet endroit, alors qu'elle-même n'était encore qu'une enfant. Mais elle a compris le parti qu'elle pourrait en tirer, après l'avoir longuement observé en silence. Un pari gagné en quelque sorte, dont il avait limité les risques en l'observant une journée entière à son insu avant de se présenter. Femme seule, forte en apparence, mais harassée par la lourdeur de sa tâche, et à cinquante ans passés encore coquette, dans cet endroit isolé de tout. De quoi tenter sa chance, en somme.

Il a toujours été doué pour détecter ses futures victimes.

Cela n'a pas été compliqué de parvenir jusqu'ici. Grâce à la voiture de ce photographe il avait atteint la Champagne au milieu de la nuit de son évasion. Un semi-remorque immatriculé à Düsseldorf, sous lequel il a pu se glisser sur une aire de repos, lui a ensuite permis de passer la frontière avant que l'alerte ne soit donnée. Quant au reste… Un jeu d'enfant.

En échange de son asile et de sa discrétion, Christina se contente de son travail de bûcheron et d'homme à tout faire, ainsi que d'un accès libre à son lit dont elle use selon ses désirs, jusqu'à présent deux fois par semaine. Conscient du pouvoir qu'elle a sur lui, malgré la répulsion il préfère se soumettre.

Dans la journée elle le laisse tranquille. Elle a trop à faire avec ses pensionnaires : les petits autistes du Blumenwald, comme on les appelle au village. Il les connaît tous par leur prénom. Andrea, Petra, Stefan, August, Klaus, Romy, Ernst, Heinrich, Claudia… Une douzaine d'enfants perdus dans leurs mondes respectifs, qui comme lui ont trouvé refuge au Blumenwald. Au départ certains le montraient du doigt, pleuraient ou poussaient des gémissements de bêtes apeurées. Une fois qu'ils ont compris qu'ils n'avaient rien à craindre de sa personne, ils se sont calmés. Ça l'amuse d'être sur le même plan que ces êtres sans défense. En ce sens Christina Schluss figure un drôle de chien de berger.

Du matin au soir elle les tient occupés avec des cours et des ateliers de céramique et de menuiserie, ainsi qu'en les laissant prendre soin des bêtes : les poules dont il faut ramasser les œufs, les lapins qu'il faut nourrir et dont il faut nettoyer les clapiers. Le samedi on pousse jusqu'à l'élevage porcin. Les petits ne s'en lassent pas. Ils rentrent en imitant les cochons dans un concert de grognements.

Un dernier écrou à serrer et il aura fini de remonter la Husqvarna. Assis sur une souche, il tient l'engin sur ses genoux, belle mécanique dans sa coque orange vif, aussi massive et compacte qu'un bulldog anglais, avec la lame longue et fine qui en jaillit comme le rostre d'un espadon. Ralentie par les dépôts de résine, il a dû la démonter pour nettoyer et aiguiser chacune des dents fixées le long de la chaîne. Après le hurlement du moteur, dans le discret concert de la forêt, ce travail requiert toute sa patience et sa minutie. La plupart des bruits sont rassurants. C'est le silence qui indique une présence étrangère et mobilise son attention.

À l'aide de son bidon il remplit le réservoir d'essence, se lève et tire sur le cordon du démarreur. La tronçonneuse rugit dans sa main. Il lève la tête vers la cime du sapin déjà entamé, s'avance jusqu'à sa base dans le nuage de fumée grasse et odorante dégagé par le moteur, et plonge sa lame dans la chair à vif de l'entaille béante. Enragée par la résistance du bois, la chaîne grippe ou tressaute. Au bout d'une minute il relâche la pression sur la détente et se redresse pour apprécier la hauteur de sa victime et la longueur de l'endroit où il a prévu de l'abattre. Le monticule de sciure ressemble à une fourmilière au pied du condamné.

Le prochain « assaut » portera le coup de grâce.

Depuis quand est-il ici ? Quelques semaines à peine. Mais déjà le temps de s'habituer au lieu, au froid et la neige tombée un matin, aux grands arbres sous lesquels on a l'impression que la nuit est éternelle… Aperçu d'un hiver que son expérience carcérale lui avait fait oublier. La minéralité de la prison isole de tout, même des saisons.

Les heures de solitude dans la forêt lui ont permis de réfléchir à l'enchaînement des événements l'ayant conduit jusqu'ici. Une mécanique dont il situe l'enclenchement précis le jour de sa rencontre avec Dante, soit près d'une vingtaine d'années plus tôt, jongleur dégingandé ramassé comme un chien perdu, quand peu à peu il l'a initié à ses secrets, avant de lui laisser la vie sauve en cette nuit de Noël 1987, flanchant au moment de découper cette nouvelle victime pourtant choisie par ses soins. Négligence ou faiblesse qui devait lui coûter sa liberté quinze ans plus tard, alors qu'il avait oublié jusqu'à son visage.

Mais il a compris la leçon : on a tout à perdre à se laisser dominer par ses sentiments. C'est pourquoi il s'est juré de ne plus laisser ni trace ni témoin de son passage, même ici au Blumenwald. Il ne fera pas deux fois la même erreur.

Ses nombreuses victimes ne sont pas venues le hanter, comme le lui a suggéré le docteur Mangin qui croyait faire ami-ami avec lui. Qui croyait le comprendre. Et qui espérait accéder à une certaine notoriété en l'utilisant. Il a eu beau feindre le remords pour correspondre à des schémas rassurant ses gardiens, il n'en est rien. Chacune a répondu à une nécessité à un moment donné. Voilà à quoi elles se résument, toutes.

Pour Dante non plus, il n'éprouve ni remords ni culpabilité. Le tuer lui a permis de sectionner les liens le reliant à son passé. Les derniers, il les tranchera en réglant son compte à la psychiatre, lorsque les ondes consécutives à son évasion auront disparu de la surface, et qu'il sera temps de quitter ce refuge. La seule à avoir distingué derrière les fantasmes du Jongleur une réalité recouvrant sa propre existence. Sans son intervention, il serait toujours parmi ses serpents à sillonner l'Europe. La laisser en vie serait une insulte à leur mémoire.

Soudain il s'immobilise, et d'un coup fait volte-face. La chaîne de la tronçonneuse s'arrête à deux doigts de la tête de Christina qui sursaute.

La surprise passée, elle recule et lui dit de ne pas se déranger pour eux, qu'elle voulait leur montrer en quoi consiste son travail, puis de la main désigne tous les enfants du Blumenwald en file indienne derrière elle.

Sur son front il éponge la sueur qui y suinte. Son regard passe de ceux des enfants, qui sans un mot le fixent comme des nains stupéfaits, aux yeux mélancoliques et rieurs de Christina. Puis il lui fait signe de s'écarter, et replonge la lame dans le conifère.

Il aurait dû les entendre, lorsqu'il était occupé à nettoyer la mécanique. N'ayant pris aucune précaution pour l'approcher, ils n'auront pas éveillé la méfiance des oiseaux. Pour se rassurer il se raccroche à cette idée, et reporte sa rancœur sur le sapin.

Les enfants forment une ligne sur un petit talus parallèle à la trajectoire que va emprunter l'arbre. Christina les rejoint, entoure de ses bras les deux plus petits. Malgré sa carrure, Laurent Kovak paraît un lilliputien aux prises avec un géant. Derrière les branches les plus basses qui rejoignent le sol, il est à peine visible.

De leur point de vue, soudain Christina et les enfants devinent le sapin vaciller. Quelques-uns poussent des cris d'exclamation et pointent du doigt la cime, d'autres restent interdits.

Puis la tronçonneuse se tait, un craquement sinistre fige les gosses, et le monstre bascule et se couche à l'endroit prévu, sa chute amortie par l'épaisseur de ses branches dont certaines cassent, prises entre le sol et le poids de l'arbre.

Son outil au bout du bras gauche, Laurent Kovak apparaît. Quelques enfants applaudissent, d'autres pleurent, un dernier hurle, le petit Ernst, que Christina tente de consoler entre ses bras. Ayant posé la Husqvarna sur une souche, Kovak s'approche, prend l'enfant des mains de Christina et le tient un moment à bout de bras dans le ciel. L'enfant s'est tu. Il renvoie son regard au colosse, pas celui d'un animal hypnotisé par le reptile, un regard étonné, brouillé par les soubresauts de ses sanglots éteints. Pour masquer son trouble face à une telle innocence, Kovak l'assied sur ses épaules et part au pas de course vers l'arbre abattu. Du haut de sa monture, l'enfant hurle toujours, mais c'est de bonheur.

Exceptionnellement, Laurent Kovak enfreint les règles de sécurité qu'il s'était fixées, et n'attend pas la nuit pour rentrer au Blumenwald. Et le poids du petit Ernst n'est pas une charge pour ses épaules, au contraire, ni ses petites mains qui s'agrippent à ses oreilles comme à la crinière d'un cheval une gêne. Mieux encore, cette proximité et la confiance qu'elle sous-entend chez l'enfant lui sont agréables et provoquent chez lui un sentiment inconnu, sous une forme encore embryonnaire : la tendresse.

12

Deux échassiers sur leurs hautes pattes fouillent le tapis de leur bec ; leurs ailes au plumage couleur cendre épousent la forme du pied jusqu'à la cheville. Les plumes ne sont pas le seul élément emprunté au règne animal : ahurissant corsaire en autruche, sac taillé dans un python désormais culotté, ceinture découpée dans un léopard avec une boucle en défense de phacochère, corne pour les boutons de la veste… Des carapaces de tortue en guise d'épaulettes n'auraient pas déparé, dans cette arche de Noé vestimentaire. Trompe-l'œil organiques destinés à égarer le regard. La robe en imprimé était moins étourdissante, plus da-dame. Recherche de respectabilité pour un premier entretien ? Que cache-t-elle ainsi, s'interroge la psychiatre déjà mal à l'aise, sa patiente à peine assise. Comme si les lentilles de couleur et le maquillage ne suffisaient pas à se dissimuler.

Elle l'avait presque oubliée, depuis la première consultation. Ses initiales notées dans son carnet de rendez-vous ont suffi dans la matinée à provoquer la désagréable impression qu'elle avait ressentie en sa présence la semaine précédente. Alarme intime destinée à la mettre en garde. Mais contre quoi ? La fausseté que d'instinct elle décèle chez elle ? Il en faut sans doute plus pour la déranger ainsi. Alors quoi ?

Elle a ouvert son dossier et jeté un œil à ses notes.

Qu'est-ce que tu caches, Jacob ?

— Hommage à l'Afrique, dit Adèle Charon comme s'il s'agissait de répondre à son regard scrutateur.

« Je peux ? »

Elle agite un paquet de menthol et son fume-cigarette. Suzanne entrouvre la fenêtre. Adèle fait claquer son briquet et se retourne à demi, la main droite désignant la porte capitonnée :

— Vous avez un nouvel ange gardien ? Je préférais l'autre.

— Ils se relaient.

— Mais il court toujours, n'est-ce pas ?... demande-t-elle sans prêter attention à l'impatience. Et vous n'avez pas peur ?

D'un geste de la main la psychiatre balaye ces conjectures.

Adèle tente de masquer un rire silencieux. L'éventail d'une dentelle identique à celle lui ceignant le cou accompagne les soubresauts, tel un oiseau pris au piège. Derrière son bureau, Suzanne observe ce manège jusqu'à ce que sa patiente retrouve une apparence de calme.

— Excusez-moi. Les ennuis des autres me font souvent rire, c'est un de mes travers, c'est bête hein ? Mais je suppose que je ne suis pas là pour ça...

Avec une rapidité déconcertante elle a changé de physionomie. Plus de grimaces ni de mouvements excessifs. Les yeux : deux lucarnes opaques.

— La fête est finie, docteur, dit-elle d'une voix devenue grave. Je parle pour moi bien sûr. Dans sa tombe ma mère a emporté mes derniers espoirs de réconciliation. De reconstruction aussi.

— Reconstruction ?

— De moi-même. Pour ça j'avais besoin d'elle. Mais je m'en suis aperçue trop tard. J'étais trop occupée à souhaiter sa mort. On croit toujours qu'on peut se passer d'une mère. C'est comme si on m'avait coupée en deux vous savez. Pendant des années j'ai fait semblant, je me suis enivrée de vie nocturne et de tout ce que vous pouvez imaginer… Avant de donner dans le chiffon j'ai commencé serveuse au Casino de Paris et au Paradis Latin — enfin, garçon de salle à l'époque, rectifie-t-elle. Ensuite je me suis essayée au showbiz. Je me produisais sur scène, spectacle de trans, parodie de ceux pour lesquels j'avais servi. C'était rigolo. Un tourbillon. La fuite en avant. À tombeau ouvert…

« Et maintenant je suis seule, poursuit-elle après un de ses regards d'oiseau. Avec le fantôme de ma mère qui ricane… Et je vous demande si vous avez peur, mais en fait c'est moi qui ai peur, une peur bleue même. Peur de vivre et peur de mourir. Peur de ce que je suis devenue, de ce dont je suis capable, ou au contraire incapable.

Avec des gestes désordonnés elle extrait de son fourbi une boîte de cachets :

— Y a que ça qui me permet de tenir.

Elle a sorti sa tirade en proie à une grande exaltation, les bras comme des pattes d'araignée, les yeux glissant sur son interlocutrice pour mieux la prendre dans leurs rets. À présent elle soutient son regard, son paquet de menthol tournant entre ses doigts, dix petits animaux doués d'une vie propre.

— Après cette opération, reprend Suzanne hésitante, il n'est pas étonnant que vous soyez perturbée. La plupart subissent un contrecoup. Même des années après…

Nouvel éclat de rire silencieux : soubresauts agitant tout son être, au point de détacher la cendre de sa cigarette, la tête rejetée en arrière, la dentelle tendue au-dessus d'une pomme d'Adam vraisemblablement opérée, et malgré ce simulacre d'hilarité ses yeux à l'affût. Elle s'interrompt aussi vite qu'elle est partie.

— Ne me prenez pas pour un de ces trans qui carburent au crack pour faire des pipes au bois, docteur. C'est pas ça qui me fait peur. Ça c'est moi, ce à quoi vous faites allusion, celle que j'ai toujours aspiré à devenir. Je regrette pas, qu'est-ce que vous chantez ? Ça m'a apaisée au contraire, comme si j'étais enfin devenue celle que j'aurais dû toujours être.

Nouvelle pause, nouveau coup d'œil insondable.

— C'est ce dont je suis capable qui me fait peur... Depuis que ma mère est morte, je suis redevenue aussi instable qu'autrefois, quand j'étais gosse et même après. D'ailleurs pour la première fois le petit Michel vient me demander des comptes. Quand c'est pas la vieille c'est lui. Sa tête de blondinet qui n'a pas varié d'un cheveu. Il voudrait que je lui rende sa vie. Toutes ces années que par ma faute il n'a pas vécues. Avant, ça m'avait jamais effleuré l'esprit.

— Le petit Michel ? demande la psychiatre avec autant de précautions que si elle s'aventurait sur des sables mouvants.

Adèle a rallumé une cigarette que tremblante elle est parvenue à ficher dans son embout et se penche vers le bureau pour atteindre le cendrier.

Des transsexuels dont elle s'occupe, Suzanne connaît souvent les deux visages, l'originel qu'ils désirent oublier, et le nouveau, avec entre les deux les différentes évolutions dues aux prises hormonales, la pilosité raréfiée, les traits adoucis, la chevelure plus fournie, sans compter les différentes interventions... La structure en vient à être profondément modifiée. De celle-ci, elle n'aura connu que le second, celui qui d'après l'intéressée correspond à la vérité, mais qui pourrait aussi bien figurer un mensonge.

— J'avais douze ans, dit-elle la voix empreinte d'une gravité nouvelle. Lui sept, ou huit. Mon *petit frère*.

Nous étions partis nous baigner, dans la rivière qui coulait à 500 mètres derrière la maison…

Les yeux dans le vide elle adresse un sourire à ces souvenirs lointains. Puis le regard sort de son néant pour se poser sur la psychiatre.

— Je lui ai maintenu la tête sous l'eau. Jusqu'à ce qu'il ne bouge plus. À aucun moment il n'a pensé à s'enfoncer davantage pour s'échapper. Il a juste réussi à me griffer les bras. Si on m'avait demandé, j'aurais dit que c'était un chat, s'anime-t-elle soudain, ses mains dessinant à nouveau dans l'air des arabesques nerveuses. Mais ses parents étaient trop aveuglés par leur chagrin. C'est moi qui ai dû leur annoncer sa mort. Vous imaginez ?

Rester impassible, ne pas manifester son dégoût, c'est ce qu'il guette, s'exhorte intérieurement la psychiatre qui commence à comprendre l'origine de son malaise en sa présence.

— Je l'avais un peu forcé à jouer à touche-pipi, et il voulait me dénoncer, glousse-t-elle. Son père m'aurait tué. J'en avais une peur bleue de cette brute. Vous l'auriez vu chialer sur son fils comme un gosse. Il avait bien un doute, mais il a jamais pu le prouver… Des fois je le regardais, je suis persuadée que mes yeux trahissaient mon secret. Mais il pouvait rien faire, à part me coller une trempe. Sa femme et lui avaient pas pu avoir de gosse avant leur petit Michel, c'est pour ça qu'ils m'avaient accueilli.

— Et votre mère ?

— Ma mère ? Oh ! Je n'ai pas été claire ? C'est tellement confus dans ma tête, cette enfance. Des fois j'ai l'impression d'en avoir vécu deux différentes.

La psychiatre relève la tête de son cahier où elle vient de consigner ces confidences.

— Pourquoi avoir attendu si longtemps pour en parler ?

Le visage du transsexuel est aussi figé qu'une statue.

— La peur ?

— La prescription ? propose Suzanne.

— Trente ans ?

Son sourire confirme qu'elle a fait mouche.

— Pendant longtemps j'ai pensé qu'une fois les trente ans passés, je lui aurais avoué, au vieux. Finalement c'est le petit qui est venu me trouver. La vie nous abîme hein ?

Comme la fois précédente, sa main droite s'attaque convulsivement à son avant-bras gauche, les doigts en crochets grattant la peau sous l'étoffe.

— C'est depuis la mort de ma mère, répète-t-elle sans interrompre son geste. Comme si son décès avait réveillé un passé que j'avais voulu oublier… Et je suis même pas sûre de l'avoir tuée.

— Vous avez dit : « c'est comme si on m'avait coupée en deux »…, l'interrompt Suzanne après avoir jeté un œil à ses notes. Qu'avez-vous voulu dire ?

Suzanne n'entend plus que le frottement des ongles sur le tissu de sa manche. Les yeux bruns soulignés par un mascara baveux la fixent puis glissent, façon de fuir avant de fondre à nouveau sur elle. Voile oculaire bloquant l'accès à ses pensées, à sa sincérité ou au contraire à sa duplicité.

Le carillon de l'entrée retentit, étouffé par la porte capitonnée. Le parquet grince. La porte se referme.

— Il va falloir qu'on interrompe. J'ai envie de vous prescrire quelque chose. Tranxène en 20 milligrammes. Trois fois par jour. Je vous revois la semaine prochaine. Ce sera le 24… Ça vous va quand même ?

— La bûche attendra au frigo, rit-elle. Et vous, docteur, pas de réunion de famille ?

— Au fait…

Sa patiente hausse les sourcils.

— Vous auriez une photo de vous enfant ?

— Vous parlez là d'un fantôme, docteur. Il n'en existe pas de photos.

La fenêtre ouverte ne parvient pas à dissiper le nuage de fumée flottant dans l'atmosphère du cabinet. À cela se mêle un soupçon de Poison qu'Adèle a laissé dans son sillage. L'âcreté du tabac se marie bien à la fragrance sirupeuse.

Après une seconde d'hésitation, malgré la conscience de trahir le secret médical, Suzanne décroche son téléphone.

— Joseph ? J'aurais besoin d'un renseignement. Une certaine Adèle Charon, née en 1960 à Paris. Quand elle est née, on l'a appelée Jacob. C'était un garçon. Pouvez-vous vous renseigner sur les circonstances de la mort de sa mère ? Décédée à Paris il y a près de deux mois. Vous devez pouvoir obtenir ça, avec… votre autorité naturelle. C'était Suzanne. Vous aviez deviné… C'est important. Merc…

La sonnerie de la messagerie lui coupe la parole.

13

Le mur ouest du réfectoire est recouvert des dernières productions enfantines. Des guirlandes de lampions s'entrecroisent d'un coin à l'autre, les serviettes en papier sont aux couleurs de l'arc-en-ciel et les assiettes en carton arborent des personnages de la famille Disney.

Christina veille à tout. Les sourires de l'Allemande et sa blondeur virevoltante illuminent la soirée. Toujours affairée, partout à la fois, elle est l'âme de ce royaume pour déshérités et possède une énergie qui soutient l'ensemble. La pièce résonne des verres et des couverts entrechoqués, des conversations et des rires des enfants.

Appuyé contre un mur, Laurent Kovak observe tout ça de loin. Le babillage général et les va-et-vient de Christina coupant un gâteau en parts égales, allant d'une table à l'autre une cruche à la main, constituent une berceuse visuelle et sonore au ronronnement apaisant. Il en a besoin.

Il songe aux campeuses qu'il a vues planter leur tente à proximité d'un de ses chantiers. Elles caquetaient en marchant et faisaient plus de bruit qu'un régiment. Dix-sept ou dix-huit ans tout au plus. Il a pu les entendre avant de les voir sur le chemin forestier. Il était occupé à scier les branches d'un grand sapin couché sur le sol.

Il aurait dû s'éloigner mais n'a pas pu s'empêcher de les épier. Les voir se décharger de leurs sacs et faire glisser les courroies le long de leurs épaules. Apprécier le site et déterminer l'endroit où planter leur tente. Pépier et rire comme deux perruches des bois. S'accroupir pour planter les piquets à l'aide de leur maillet.

D'anciennes pulsions remontaient en lui, aussi sûrement qu'un torrent gonflé par un orage d'été.

Mais il avait promis de rentrer avant la nuit.

Tout à l'heure chaque enfant a selon la coutume présenté ses dernières œuvres avant les vacances de Noël. Christina appelle ça la thérapie par la création artistique. Les petits s'épanouissent en transcendant leur retard ou leur maladie par le biais d'un pinceau et de quelques pigments, d'une livre de glaise ou de panneaux de contreplaqué et de morceaux de bois. Et cette façon d'exposer leurs travaux procède également de la thérapie : c'est sur leurs auteurs que rebondit l'attention qu'on leur prête.

Ce qu'ils ne parviennent pas à exprimer de vive voix, ils le disent avec leurs mains. Le résultat ressemble toujours à un cri. Formes et teintes outrées, visages aux yeux écarquillés et à la bouche grande ouverte, scènes mythiques revisitées par des imaginaires débridés. Le regard bienveillant des autres sert d'onguent à ces âmes estropiées.

Il est arrivé en retard, après que les petits peintres ont montré leurs tableaux aux couleurs criardes. Des héritiers de l'école expressionniste allemande dont sa mère avait épinglé quelques reproductions dans la roulotte. À croire que tous ces artistes ont été des autistes. L'idée qu'il suffit de changer une lettre pour passer de l'un à l'autre, le « r » en « u » et inversement, l'amuse encore : sans rien connaître à la linguistique, il n'a jamais cru aux hasards en la matière. Et lorsqu'il tombe sur une approximation de ce genre, il s'en amuse toujours.

Comme névrose et nécrose. Séduire et réduire. Ou femelle et semelle.

Il a eu droit aux poteries brandies comme des coupes de championnats sportifs. Bols, écuelles, ananas, têtes de clown ou de chien pour les plus audacieux, dégoulinantes d'émaux donnant à ces céramiques un aspect luisant.

Les pièces en bois sont pour la plupart des silhouettes d'animaux, là aussi peintes à la truelle. Et ce bestiaire Faber & Castell ou Ripolin d'éléphants aux grands yeux turquoise, de tortues rouges, de girafes à rayures bleues et de zèbres à pois roses d'évoquer un refuge de la SPA pour créatures hors normes.

L'une d'elles s'appelle Eva, l'autre Barbara, transformées en Evita et Baba. Il a pu capter leurs prénoms au milieu de leurs piaillements dans la clairière.

La toile de tente est d'un bleu électrique qui malgré l'ombre des conifères se repère à des centaines de mètres parmi les fûts sombres. Tache immonde dans ce paysage d'une pureté sans faille. Une de ces tentes igloo censées laisser moins de prises au vent.

L'une d'elles, après avoir satisfait un besoin naturel, s'est lavé l'entrejambe dans le ruisseau, pendant que l'autre allumait un feu.

Plaqué au sol, il ne perdait aucun de leurs gestes, aucune de leurs blagues. Ni même le fumet de poulet et maïs se dégageant de leur bivouac et se mêlant comme un intrus supplémentaire aux odeurs des arbres.

Sous lui il pouvait sentir le souffle imperceptible de la terre. Dans cette position, invisible et ne perdant rien du spectacle, il était en harmonie avec l'univers.

Et sous ses yeux, deux intruses venues le provoquer en son royaume, souillant son ruisseau en s'y rinçant le cul, polluant le sol en allumant un feu à l'aide de briquettes chimiques, et en y enfouissant boîtes de conserve et bouteilles en plastique.

À les observer ainsi, immobile dans l'humus, ressurgissaient d'anciennes démangeaisons, des instincts enfouis depuis des mois au plus profond de lui. Après une longue hibernation, le serpent s'apprêtait à dérouler ses anneaux engourdis.

À la nuit tombée sans doute se serait-il déployé. Mais les derniers rayons du soleil venant frapper les grands arbres en leur cime lui rappelèrent sa promesse de rentrer avant le crépuscule.

Elles seront parties dans la matinée et ne reviendront jamais, se dit-il en observant les enfants d'un œil distrait. Il a fini par se faire à leurs comportements déroutants. Cette façon qu'ils ont de s'ignorer entre eux, de se bloquer sur des gestes répétés à l'infini, des suites de mots prononcés à des cadences étourdissantes, ou encore de s'acharner sur un objet, une boîte qu'ils ouvrent et referment, soudain l'activité la plus essentielle du moment.

Il traverse le réfectoire. Le premier tableau représente un cheval ailé monté par un cavalier qui a un soleil rouge à la place de la tête et brandit une épée dans chaque main. La symbolique de l'ensemble lui échappe, mais déjà sur sa gauche son regard a perçu quelque chose qui l'intrigue.

Deux serpents s'entremêlent, à la manière de ceux que l'on trouve sur les enseignes des pharmacies. Il blêmit. Les deux reptiles sont bleus et puissants, crocs dehors, ils tiennent la posture en un face à face saisissant. Il regarde la signature hésitante, du même bleu, et découvre celle du petit Ernst auquel il est resté attaché depuis qu'il l'a porté sur ses épaules dans la forêt.

Il le cherche. Il a cru l'apercevoir tout à l'heure, à une table avec d'autres enfants, en train d'engloutir une part de gâteau. Mais sa place est vide, entre Klaus et Romy. Du regard il fait le tour de la pièce, lorsqu'il sent que l'on tire sur son chandail. Il baisse les yeux, le petit Ernst tente d'attirer son attention :

— *Für dich, für dich*, répète-t-il en lui désignant le dessin.

Étourdi par un tourbillon d'émotions inconnues, il finit par soulever l'enfant dans ses bras jusqu'à lui faire toucher du crâne le plafond, avant de le reposer au sol et de lui caresser les cheveux. Il l'a à peine relâché que l'enfant repart en courant vers sa table et se retourne en lui faisant un signe de la main.

Laurent Kovak ferme les yeux, les rouvre sur l'aquarelle aux serpents. Le réfectoire tournoie devant lui. Et à nouveau l'image des campeuses sous leur tente s'impose.

Il regarde autour de lui, puis vérifie l'heure. Christina doit être à la cuisine. Personne ne fait attention à lui, pas même Candida.

Une fois dehors la fraîcheur de l'air du soir ne le calme pas. Il court sur le chemin forestier. C'est à vingt minutes à peine. Il pourrait y aller les yeux fermés, à l'odeur, à la succession des différents dénivelés, aux densités du sol sous ses pas, par endroits spongieux, à d'autres dur comme du béton.

Il les imagine dans leur tente igloo, une lueur bleue filtrée par la toile brillant dans la nuit comme un phare. Il est à peine neuf heures. Elles peuvent être encore dehors à bavasser devant leur feu. Son cœur bat vite. Il se voit fondre sur l'une et laisser quelques mètres d'avance à l'autre. Il imagine la chasse. Sa proie et lui, seuls sur son territoire dans cette nuit noire. Le slalom entre les arbres, les pleurs, les cris, les appels au secours. Lui derrière s'amusant à lui laisser prendre de l'avance pour mieux la rattraper ensuite.

Pour accroître la difficulté, il pourrait se signaler et les regarder détaler toutes les deux.

On ne sait jamais à l'avance ce que l'instinct de survie peut dicter. Certaines de ses proies en étaient dénuées, figées dans une posture d'attente passive, d'autres le suppliaient en pleurant. Plus rares étaient celles animées d'une rage désespérée, l'insultant, le frappant même. Les mots et les coups n'étaient rien. La seule chose à éviter : leur regard.

Après avoir quitté la zone éclairée du Blumenwald, il s'est dit qu'il pourrait toujours rebrousser chemin. Mais déjà en courant dans leur direction, sa longue lame glissée dans sa ceinture, il joue avec le feu. Il s'était juré de ne pas céder à ses pulsions dans un périmètre trop proche. Et pourtant il ne court pas trop vite pour ne pas arriver essoufflé. Pour ne leur laisser aucune chance.

Il en a oublié le clin d'œil de Christina signifiant qu'elle le rejoindra tout à l'heure dans sa chambre. Les serpents du petit Ernst ne peuvent se contenter de moins de deux victimes. Deux serpents, deux campeuses.

Il lui reste une dernière côte à gravir. Les muscles de ses cuisses fournissent un effort supplémentaire. Il maîtrise son souffle. Il court comme un des grands animaux de la forêt, les yeux braqués devant lui pour éviter les fûts. Il parvient au tronc qu'il dénudait à leur arrivée. Encore quelques pas avant d'apercevoir leur tente en contrebas, à quelques mètres du chemin. Il écoute son cœur cogner contre les barreaux de ses côtes, lui aussi excité par l'imminence de la chasse après une si longue abstinence. Il aime par-dessus tout cet instant qui précède l'attaque, celui où son esprit n'est pas encore bridé par la réalité, où la victime encore idéalisée se prosterne et supplie, où elle se relève et tente une dernière fois de lui échapper en hurlant.

Il va contourner la tente pour mieux apprécier ses proies. Déjà il envisage des offrandes à la forêt, façon secrète de marquer son territoire en enfouissant les restes à divers endroits indécelables.

Soudain le claquement d'une portière de voiture le coupe dans son élan mystique. Il se fige. Il espère avoir rêvé, mais le démarrage d'un moteur diesel confirme sa première impression. Il se redresse, distingue la silhouette anormalement sombre de la tente ainsi que celle d'une camionnette tous feux éteints qui s'éloigne dans le chemin.

D'un bond il est sur la tente.

Fébrilement il agrippe ce qu'il peut dans l'obscurité, un duvet, un réchaud à gaz, un sac à dos, et ressort sa main pleine d'un liquide poisseux dont l'odeur métallique ne le trompe pas. Son cœur cogne à ses tempes comme un animal enragé. Au bord de la panique il file sur le chemin à la poursuite du véhicule et de celui qui lui a volé ses proies.

Mais la camionnette est déjà loin. Le chemin rectiligne ne lui donne pas l'occasion de couper à travers les arbres pour la rattraper, et l'absence de feux l'empêche de voir la plaque.

Les relents du gasoil empestent. À bout de souffle il revient vers la tente. Le sang sur ses doigts et les traces de lutte autour de la tente en racontent assez. La succession des événements à venir s'impose à lui : des gens vont trouver la tente, la disparition des deux randonneuses sera signalée et des enquêteurs par dizaines investiront les lieux ; ils verront l'arbre abattu et le tronc fraîchement émondé ; et ne repartiront pas sans avoir interrogé le bûcheron responsable de ces travaux.

Alors il arrache un à un les piquets fichés dans le sol et replie la tente dans un des sacs, y fourre aussi les duvets, écarquille les yeux sur le sol pour s'assurer de n'avoir rien oublié.

Un sac sur chaque épaule, il disperse le bivouac puis part au pas de course dans la direction opposée au Blumenwald, vers une de ses caches. Il lui restera ensuite à cavaler jusqu'à la maison pour arriver à sa chambre avant l'Allemande. Demain à l'aube il ira faire disparaître les dernières traces de leur passage à proximité de son chantier.

Dans sa course il se dit que le signal envoyé par le petit Ernst reste une aubaine, que sans lui ce travail de nettoyage aurait attendu plusieurs jours, et que la tente aurait été découverte par un autre.

Mais avec cette double disparition à quelques kilomètres de l'institut, il sait que les jours à venir risquent de ne plus être aussi paisibles.

14

Pour la quinzième fois depuis qu'elle est en charge du dossier, Chiara Christensen pénètre dans l'appartement, en espérant que ce sera la bonne. L'enthousiasme finit par s'émousser, à force de toujours débiter le même argumentaire pour une clientèle plus ou moins attentive à ses remarques. Ce six pièces de 210 mètres carrés a déjà attiré l'attention de deux cabinets de courtage, un bureau de style, trois fonds d'investissements, un site internet, une agence de mannequins, un cabinet médical, et quelques officines diverses… En théorie elle aurait déjà dû avoir terminé aujourd'hui. Par excès de zèle sans doute, elle a accepté ce rendez-vous tombé inopinément un quart d'heure plus tôt par téléphone. La personne au bout du fil lui a expliqué que, de passage dans le quartier, elle est tombée sur la pancarte et si possible visiterait bien les lieux dans la demi-heure. Faute d'argument elle s'est laissé fléchir, fixant le rendez-vous devant la porte cochère à 19 heures.

— Parquet, hauteur sous plafond, cheminée en marbre, moulures… Ça a le charme de l'ancien tout en demeurant fonctionnel pour des bureaux. Ici nous sommes dans ce qui était le salon. On peut y installer au moins cinq postes de travail. C'est pour quelle activité, vous m'avez dit ?

— C'est pour un cabinet de courtage d'assurances.

Une impulsion sonore dans son sac à main attire l'attention de la jeune femme de l'agence. Les cinq premières notes de *La Vie en rose* qui progressivement s'amplifient et, une fois le portable à l'air libre, résonnent dans la pièce vide.

— Excusez-moi.

D'un signe de la main, le client lui fait comprendre qu'il va en profiter pour refaire un tour. Chiara Christensen entend grincer le parquet dans le vestibule.

— Je fais visiter un appartement… À côté des Champs… Rendez-vous de dernière minute, oui… Que j'aille chercher Mathilde à la crèche?… Mais c'était pas prévu!… C'était toi normalement, t'exagères!… Évidemment je vais y aller, que veux-tu que je te dise… Oui, c'est ça, au revoir.

Le petit portable doux à l'œil et au toucher a rejoint le fouillis du sac. La nuit est tombée depuis longtemps. Par la porte-fenêtre, Chiara Christensen plonge dans la rue, son regard distrait attiré par deux vitrines chargées de lampions sur le trottoir d'en face. Déjà le 21 décembre et elle n'a pas encore eu le temps de s'occuper des cadeaux de sa fille. Ni de Matthieu d'ailleurs, qui une fois de plus se défausse sur elle. Elle va encore devoir courir. Elle soupire, dans le reflet de la vitre vérifie sa coiffure. Des cheveux lourds et noirs, qui accentuent la pâleur de sa peau laiteuse. Ce qu'elle a de plus frappant, ces cheveux raides et luisants comme ceux d'une Inuit, lui a-t-on dit à plusieurs reprises. La vitre, derrière laquelle se devine la façade d'un immeuble haussmannien, ne révèle pas le bleu de ses yeux qui tranchent avec ce noir corbeau. Des yeux qui auraient dû lui servir à autre chose que faire visiter des bureaux et cavaler dans les rues pour aller chercher sa fille à temps… Est-il vraiment trop tard? La beauté file plus vite encore que la vie, se dit-elle en passant une main dans sa frange, l'autre tenant serré le dossier de l'appartement en location. À mesure que les années passent, elle s'effiloche, bien qu'elle-même ait été particulièrement gâtée, à trente-deux ans ses lèvres et ses joues présentant la plénitude de ses vingt ans.

Soudain son reflet sur la vitre s'assombrit et les lueurs extérieures lui paraissent beaucoup plus vives. Feux de croisement, décorations et réverbération des lampadaires sur les trottoirs humides. Elle se retourne. Le plafonnier qui éclairait la pièce est éteint, comme celui du vestibule également plongé dans la pénombre. Les seules lumières proviennent de l'extérieur et dessinent sur le parquet grisâtre un rectangle doré. Le disjoncteur ? Dans l'ancienne cuisine, au fond de l'appartement, se rappelle-t-elle.

— Vous êtes là ?

Elle se dirige vers l'entrée d'où part le long couloir : une bouche d'ombre dans laquelle, après une infime hésitation, elle s'engouffre. Sans prêter attention à l'appréhension qu'elle sent poindre à mesure qu'elle avance, la jeune femme essaie de se rappeler la configuration des lieux. Une dizaine de mètres en ligne droite jusqu'à un coude sur la gauche, puis environ cinq mètres avant la cuisine dans laquelle elle devrait facilement retrouver l'armoire électrique.

— Houhou ! Vous êtes là ? Je pense que c'est le disjoncteur qui a sauté ! Je sais où il est, je vais le remettre !

En l'absence de réponse elle s'arrête, hausse les épaules et poursuit son chemin. Pour se guider dans le noir absolu, du dos de la main elle effleure le mur du couloir. Les jointures de ses phalanges produisent un très léger bruit de frottement qu'elle perçoit à peine. L'appartement a été vidé du moindre meuble. Aucun obstacle ne devrait la gêner dans sa progression.

Curieux, comme une banale situation professionnelle, en plein cœur de Paris, dans l'un des arrondissements les plus bourgeois de la capitale, peut vite devenir équivoque en présence d'une personne inconnue, songe-t-elle en souriant. Curieux également, comme en une seconde l'obscurité transforme toutes les perspectives. Petite elle adorait jouer à cache-cache ou à la sardine dans la maison de ses grands-parents. Il y avait une certaine excitation à évoluer à l'aveugle dans les coins avec la crainte mêlée d'espoir de se faire attraper. Ce jeu recelait un érotisme indéniable que ses cousins et elle pressentaient déjà.

Elle fait ployer les lames du parquet sous ses pas. Les gémissements du bois l'accompagnent dans sa marche. Soudain sa main droite n'effleure plus rien : sur sa gauche elle aperçoit alors la cuisine baignée d'une lumière grise. En quelques pas elle a rejoint le carrelage dont elle devine les damiers. Le placard est à droite de la porte de service. À tâtons elle trouve la poignée, la tire vers elle, derrière le panneau distingue le bloc en bakélite du disjoncteur. À peine avance-t-elle la main pour l'enclencher qu'elle perçoit dans son dos un effluve légèrement parfumé.

— C'est vous ? Je ne vous ai pas entendu… Je remets la lum…

Elle a eu le temps d'allumer mais pas d'achever sa phrase. Et la lumière éblouissante la découvre en train de suffoquer, un cordon de nylon lui rentrant dans la chair du cou. Elle a lâché son sac et son dossier s'est répandu sur le sol.

Dans un effort désespéré, en vain elle cherche à se débattre, à se retourner, elle ne comprend pas ce qui lui arrive, ne peut le concevoir, ses mains voudraient agripper le cordon pour desserrer l'étreinte. Elle ne parvient qu'à se griffer la peau. Sa vue se brouille, la brûlure sur sa gorge est de plus en plus vive. À l'étage supérieur elle entend des pas sur le sol également carrelé, des pas inconscients, que la tragédie qu'elle vit ne semble pas émouvoir. Elle voudrait hurler, le fil qui lui comprime la trachée empêche tout son de sortir. La tête lui tourne. Ni ses gémissements ni ses larmes n'alerteront personne. Elle se sent partir. Une seconde plus tard, ses jambes ne la portent plus et elle s'effondre, tout juste retenue par le fil.

15

Sur le plateau quadrillé, les lettres composent un certain nombre de mots hétéroclites : fanion, aria, gigot, tulle, zodiac… résultats du hasard et de l'imagination de chacune d'entre elles. Pas non plus de quoi sauter à des conclusions dictées par l'exploration de l'inconscient. Au diable la psychologie du dimanche !

La platine est au repos : Angélique et Emma ont protesté quand elle a voulu mettre un disque. Le jeu se déroule en silence ; ce n'est pas ce soir qu'elle complétera la culture musicale de ses filles rétives à ses goûts pourtant accessibles.

Seul mâle de l'assemblée, du haut d'une des enceintes, Sigmund ouvre régulièrement un œil pour les surveiller avant de le refermer : ce félin adipeux doit autant son effarant volume à sa graisse qu'à son pelage. Demi-mâle en réalité, puisque, pour encourager sa docilité, son précédent maître l'a châtré.

Suzanne prête attention à ses filles plus qu'aux lettres disposées sur le petit présentoir devant elle. Elle est étonnée de passer une soirée si paisible en leur compagnie. À nouveau seules toutes les trois, comme avant l'apparition d'Abel — en voyage depuis deux jours. À sa grande surprise Angélique a accepté une partie de Scrabble. Peut-être suffit-il de ce genre d'initiatives pour se rapprocher ? Emma la plus excitée, comme toujours, l'aînée se tient sur la réserve mais pour une fois elle ne reste pas enfermée dans sa chambre son casque sur les oreilles. Elle devrait accorder plus de temps à ses filles qui bientôt lui échapperont. Encore un clignement d'œil et il sera trop tard.

Quelques bûchettes crépitent dans la cheminée. La bouteille de sancerre entamée est à portée de main sur le parquet. Deux verres ont suffi à produire leur effet gentiment euphorisant, et tout serait presque normal sans le policier qui périt d'ennui sur le palier. Mais il est derrière la porte, et l'on feint d'oublier sa présence.

La douceur de ce moment cadre pourtant mal avec les pensées qui animent la psychiatre : depuis la veille elle sait qu'il a récidivé. Deux mois après son premier crime. Nouvelle qui aussitôt a ravivé la douleur ressentie devant la dépouille d'Héloïse, et surtout celle du petit Quentin.

Chiara Christensen. Flétrie par le sourire rouge luisant de l'Homme qui rit. Retrouvée dans la cuisine d'un appartement du VIIIe arrondissement, buste sur la table, jambes pendantes, pieds touchant le sol de leur pointe, jupe remontée sur ses reins et string baissé à mi-cuisses. Sexe exposé au premier regard. Lacérée, la lèvre du bas découvrait la dentition de la mâchoire inférieure. D'après le rapport d'autopsie la dégradation faciale a été opérée à l'aide de ciseaux à larges lames, du genre à découper le poulet. Deux coups ayant chacun sectionné la chair des joues sur une longueur de sept à huit centimètres. Signature de psychopathe marquant ses proies.

Pour ne pas risquer de croiser un journaliste et voir à nouveau son nom figurer dans la presse, Suzanne ne s'est pas rendue sur place. Qu'aurait-elle appris de plus ? Le compte rendu que lui en a fait Steiner était assez éloquent. Sans compter les photos ; et l'autopsie, à laquelle elle a assisté. Retour en arrière, lorsque étudiante elle s'était forgé une carapace d'insensibilité pour supporter ces dissections. Vingt ans plus tard, la carapace a perdu de son épaisseur, et elle n'a pu soutenir le spectacle qu'à l'idée qu'il s'agissait là d'une « production » comparable à celles de certains de ses anciens patients.

Avec une fierté non dissimulée, Emma dispose des nouvelles lettres sur le plateau.

Dans le vagin de Chiara, un portable avait remplacé la bouteille de Coca. Lorsque Steiner était sur place, il s'est mis à diffuser les premières notes de *La Vie en rose* : la messagerie signalant plusieurs appels en absence. Des messages émanant de la crèche et du mari sans nouvelles.

Une étape supplémentaire franchie dans la dérision morbide. Un portable mais pas de sperme. Et manifestement pas de viol.

Comment peux-tu te montrer aussi ironique, dans un moment pareil ? Comment peux-tu faire preuve d'un tel détachement ? Et qu'est-ce qu'elles t'ont fait, à toi qui apparemment ne cherches même pas à assouvir un plaisir sexuel ?

Emma pose sa dernière lettre, regarde sa sœur et sa mère et attend leur réaction. « Manège », finit-elle par lire en s'arrachant à ses pensées.

On l'a découverte la veille au matin. Tuée dans la soirée du 21. Même type de victime : belle fille, petite trentaine, les cheveux noirs de geai, comme la perruque coiffant Héloïse.

Les cheveux couleur charbon auraient-ils une importance à tes yeux ?

Aucun témoin. Un fantôme sorti de l'appartement par la porte de service. La profession de sa victime lui aura facilité la tâche. Ils avaient rendez-vous devant l'immeuble. Certainement après l'avoir repérée en passant devant l'agence. Un moyen facile de se trouver seul avec une femme sans être dérangé, la visite immobilière. Il aurait donc sélectionné sa victime, en véritable prédateur, organisé… Il pourrait éprouver une jouissance certaine à identifier ses futures proies et à les savoir en vie par le simple fait de son bon vouloir.

Comme Morta, troisième des Parques coupant les fils des destinées humaines. Aux décisions irrévocables, même par les dieux…

Au souvenir de ses anciennes lectures, Suzanne émet un pâle sourire.

Angélique à son tour dispose quelques lettres sur le plateau. Happée par ses pensées, Suzanne a du mal à fixer son attention sur le jeu. « Maigre » déchiffre-t-elle enfin. Clin d'œil amer cette fois, de la part de sa fille qui a perdu plus de dix kilos en quelques mois.

Et puis en sortant de la salle d'autopsie Steiner a évoqué ces disparues en Allemagne. Trois en deux mois à une centaine de kilomètres de distance. Les deux dernières en même temps. Eva Baiersdorf et Barbara Sanditz. Deux étudiantes de dix-huit ans parties toutes seules au cœur de la forêt bavaroise. Le service chargé de retrouver Kovak serait prêt à le créditer de ces nouveaux crimes. Steiner a même évoqué l'éventualité d'un avis de recherche en Allemagne.

— Maman ? Tu rêves ou quoi ? C'est à toi.

— Excusez-moi.

De cela non plus elle n'a rien dit à ses filles. Inutile de les mêler à ces horreurs ; elles ont déjà été assez secouées comme ça. Un coup d'œil aux lignes de lettres entrecroisées et un autre à celles sur son présentoir lui suffisent pour composer son mot. Elle a à peine terminé qu'elle sent une tension soudaine, ainsi que les yeux de ses filles braqués sur elle.

— Que se passe-t-il ?

Le menton d'Angélique est secoué de tremblements et son visage menace de se décomposer ; Emma lui fait signe de regarder le plateau. Suzanne s'exécute et comprend : « couperet », que dans son inconscient provocateur elle a inscrit comme une allusion scabreuse à la mort de son mari.

Elle n'a pas le temps de contempler plus longtemps le désastre. Le plateau et toutes les lettres volent dans la pièce ; dressée comme un ressort Angélique fait craquer toutes les marches conduisant à sa chambre dont la porte claque avec l'effet d'un séisme secouant les murs de l'appartement, après lequel le chat, plus cossard que jamais, referme les yeux.

Suzanne s'est levée. Inutile de lui courir après : elle tomberait sur une porte fermée à double tour. Sa sœur est montée à sa suite. Peut-être parviendra-t-elle à la calmer.

La sonnerie du téléphone emporte ses dernières hésitations. Abel sans doute, dont elle n'a pas de nouvelles depuis la veille.

— Suzanne ? Je vous dérange ?

La voix de Steiner.

— Ce n'est pas le meilleur moment… Ne me dites pas… lâche-t-elle sans avoir la force de poursuivre autrement que par un soupir.

— J'ai travaillé pour vous. Avec tout ça, je n'ai pas eu l'occasion de vous en parler. Je serai bref.

— Oui ?

— Adèle Charon, née Jacob Charon, en 1960 à Paris. Inconnue au bataillon, j'ai vérifié.

— Pardon ?

— Votre patiente… Le renseignement que vous m'avez demandé.

— Ah ? dit-elle distraitement comme si la nouvelle n'avait plus d'importance. Et pour l'Homme qui rit, vous avez du nouveau ?

— Rien pour l'instant. On en reparle demain si vous voulez. Je vous laisse, achève-t-il ayant compris qu'il est inutile d'insister.

Dans le silence embué de vapeur d'eau chaude, une goutte tombe à la surface du bain, la suivante déjà en formation sous la bouche du mélangeur. Huit secondes entre chaque, elle a compté. Sablier liquide lui permettant de mesurer le temps. Combien de gouttes déjà tombées ? Combien d'impacts au son cristallin ? Leur nombre se perd dans les méandres de ses pensées. La chaleur ambiante a entamé son travail d'engourdissement. Elle en a besoin. Angélique n'a pas reparu, toujours barricadée dans sa chambre. Par solidarité Emma ne s'est pas montrée non plus. Elle a fait preuve d'une telle maladresse… Est-ce possible d'être aussi peu douée avec ses propres enfants ? Elle dont l'activité consiste à tenter de comprendre les esprits les plus perturbés… Elle a fini par se faire une raison. Sa culpabilité s'est diluée dans le marécage de ses ennuis, comme les gouttes aspirées dans l'eau du bain tiédissant.

Curieusement parmi ses problèmes, c'est l'inexistence à l'état civil de Jacob, ou Adèle Charon, né à Paris en 1960, qui surnage. Ce ne sont ni les disparues allemandes portant peut-être la signature de Kovak, ni la découverte du cadavre de Chiara, ni sa propre maladresse pathologique, mais la duplicité du transsexuel qui la préoccupe. Pourquoi est-*elle* venue consulter pour lui mentir ainsi ? De manière absurde d'abord, sur son sexe, puis sur sa propre identité… Qu'a-t-elle à cacher ?

Que me caches-tu Jacob ? Est-ce seulement ton vrai prénom ? Et si ce n'est pas le cas, qu'est-ce que ça signifie ? Que veux-tu me dire, Jacob ?

De mémoire, Suzanne passe en revue ses notes concernant sa nouvelle patiente, l'ensemble des saillies de son discours. Ce que sur le moment elle n'a pas relevé, par souci de ne pas l'encourager, mais qu'elle a consigné dans son cahier, à l'affût d'une éventuelle anomalie. La vie avec sa mère qui lisait pendant qu'elle s'endormait. Les ambiguïtés sur sa mort. Jacob, qui a pris la place de son frère Esaü en échange d'un plat de lentilles… La Bible. Sa mère qui en disparaissant a emporté ses derniers espoirs de réconciliation… Et de reconstruction… *Mon petit frère.* Le petit Michel. *Je n'ai pas été claire ? Parfois je m'embrouille, je reconnais. C'est tellement confus dans ma tête, cette enfance. Des fois j'ai l'impression d'en avoir vécu deux différentes.* Sans compter cette impression qui ne la quitte pas en sa présence d'être manipulée. Ce regard tantôt fuyant tantôt enveloppant.

Deux enfances ? Successives ou simultanées ? Élevé par sa mère... et par ces autres gens... Et Jacob ? Ça aurait donc un rapport avec un frère, tout ce discours, ces deux enfances ? La tienne et celle de ton frère ? Mais alors... Qui aurait été élevé par la mère... Toi ? Ou l'autre ?... Et le petit Michel ? Pour peu que ce soit vrai... Qui l'aurait tué ? Toi, ou l'autre ? Et pourquoi en parler ? Pour te soulager la conscience ?... Ou pour accuser ce frère ? Un frère dont tu aurais voulu prendre la place ?... Ou une sœur ? D'où ta transformation... La place de ta sœur, son identité, c'est ça que tu convoites ?

Les gouttes n'en finissent pas de tomber, rythmant son raisonnement à une cadence immuable d'une toutes les huit secondes. À force d'être restée dans l'eau chaude, la peau de ses doigts est toute fripée.

L'impression d'avoir été coupée en deux. Ne serait-ce pas une réflexion que l'on trouve dans le discours gémellaire ?... Et Charon ? C'est ton vrai nom ? Sûrement pas. Qu'est-ce qui est vrai chez toi Jacob ? Adèle ? Adèle H... Ce qui est vrai c'est ce qu'on invente, n'est-ce pas ?

Elle en a assez d'échafauder ces hypothèses. Le téléphone posé à côté de la baignoire dans l'attente d'un appel d'Abel est resté silencieux. Il n'appellera plus. Elle est lasse de conjecturer sur le cas de cette patiente qui la hante chez elle tard le soir. Qu'avait-elle besoin de demander à Steiner de se renseigner sur son compte ? Si ça devient trop compliqué, elle n'aura qu'à l'adresser à un de ses confrères, se dit-elle pour la deuxième fois.

Des deux pieds Suzanne actionne le mécanisme de la bonde. Un bruit de succion agressif couvre celui des gouttes à mesure que le bain se vide furieusement dans les canalisations. Toujours allongée, ses petits seins jusque-là immergés apparaissent, puis ses côtes et ses genoux, ses cuisses et sa toison que l'eau assombrit.

Suis-je devenue si peu désirable, pour qu'Abel m'ait si peu touchée ? Deux fois seulement en un mois. Est-ce normal ? L'âge sans doute... À quarante-deux ans !

D'un coup elle se lève, attrape une serviette, se sèche énergiquement, dans la glace en pied observe ce corps encore ferme, encore fin, aux seins haut perchés — l'avantage de leur petite taille — et avant de se coucher avale un somnifère pour éviter que la sarabande la tienne éveillée toute la nuit.

Alors qu'elle s'est enfin endormie, la sonnerie du téléphone resté dans la salle de bains retentit, mais son sommeil chimiquement assisté ne lui permet pas de l'entendre.

16

Le vent d'est charrie les effluves dégagés par les centaines de porcs voisins. À part les milliers d'étoiles et le carreau de la cuisine, pas une lumière ne brille.

Il lève la tête vers les chambres des enfants.

Parmi lesquels dort le petit Ernst, sept ans.

Son nouvel ami.

Il écoute le bruissement des feuillages. Aucun autre son ne vient perturber ce calme. Au début il trouvait ça inquiétant. Mais il a fini par apprécier.

Il fait quelques pas dans la cour jusqu'à l'atelier de menuiserie et en pousse la porte vitrée.

Dans l'obscurité il reste immobile, les pieds dans la sciure, s'imprègne de l'odeur du bois coupé et s'efforce de distinguer les formes autour de lui. Les machines, les planches, les établis, les réalisations des enfants : des empilements de rondins minuscules figurant le château de Neuschwanstein, un assemblage de briquettes pour la coque d'une caravelle.

De la main gauche il attrape un morceau de pin qu'il polit entre ses doigts et porte à ses narines.

Au journal télévisé ils ont encore parlé des disparues. Il y en a eu une quatrième.

Ils parlent de psychose mais n'ont aucune piste. Ils n'ont même pas mentionné la camionnette qu'il a aperçue dans la forêt.

S'il était arrivé ne serait-ce que quelques minutes plus tôt, tout serait terminé.

Tandis que le présentateur était passé aux résultats sportifs, Christina lui a dit qu'il ferait aussi bien de rester demain, qu'il allait y avoir une grande battue dans la forêt dans un périmètre assez proche de la maison. Pour tenter de retrouver des traces des jeunes filles.

« *Je dis ça parce que tu risques d'être dérangé dans ton travail.*

« *Mon grand serpent*, a-t-elle ajouté comme il la fixait de façon indécise, avant de le laisser seul en plan devant la télé.

Au ras des murs il fait le tour des bâtiments, par habitude s'efforce de ne faire aucun bruit. Ainsi elle a vu son tatouage, que dans la nuit il pensait invisible. Que sait-elle d'autre ? Tout ? Ça ne paraît pas concevable. À moins que ce soit justement ce qui l'excite… Être enlacée dans ces bras-là. À sa merci. Sans autre explication, il a fini par se résoudre à cette hypothèse.

Pour l'heure, l'idée des militaires ratissant le coin occupe ses pensées et ne le réjouit pas. Même s'il n'y a aucun risque qu'ils trouvent les affaires des petites.

Mais il sait qu'il arrive souvent de trébucher pour un fait dont on n'est pas responsable, ou pour quelque chose d'insignifiant, comme Al Capone tombé pour une histoire fiscale. Quelque chose auquel il est totalement étranger, en l'occurrence.

Et le collet est en train de se resserrer.

Alors en effet peut-être restera-t-il demain.

Sans être certain de ce qu'elle sait à son sujet, il réalise pour la première fois à quel point il a trouvé en Christina une alliée. La reconnaissance du ventre ? Elle lui a fait un clin d'œil signifiant qu'elle allait le rejoindre cette nuit.

En poussant la porte de la cuisine il regarde l'heure sur l'horloge du four : 23 heures. Il ferme la porte à clef et monte à l'étage.

La photo date de juin 1981, c'est écrit au dos, de l'écriture de Gilbert, consciencieux jusque dans l'archivage de ses souvenirs. Elle les représente tous les deux, quelque temps après leur rencontre. La sono passe *China girl*, bande-son de ses vingt ans, que dans la quarantaine elle écoute encore. Ils sont côte à côte autour d'une table dressée dehors. Il porte un chapeau de paille et a passé son bras autour de ses épaules. Elle a penché la tête vers lui, et tous deux semblent rire d'une blague du photographe. Elle ne sait plus qui tenait l'appareil. Quelqu'un qui à l'époque du drame aura ressorti cette image pour montrer à ceux qui les avaient connus, et même à d'autres, leurs années de bonheur.

Laurent Kovak.

Elle ferme les yeux, se laisse envahir par la musique et les chuchotements extatiques de Bowie.

Elle regarde à nouveau Gilbert, jeune chirurgien à l'avenir prometteur, détendu face à l'objectif. Et elle-même. Elle se préfère aujourd'hui. Son visage a gagné en personnalité ce qu'il a perdu en plénitude. Cet aspect gonflé que l'on a à vingt ans et que certaines, avec la chirurgie, tentent en vain de retrouver.

Le disque est terminé. Elle regarde sa montre. Onze heures.

La porte s'ouvre enfin. Comme à chaque fois elle sursaute.

Elle l'attendait plus tôt.

Elle repose la photo sur la bibliothèque basse derrière le canapé.

Abel est sur le seuil. D'un bond elle se lève pour aller à sa rencontre. Il lui tend les bras, elle s'y blottit.

— Tu m'as manqué.

— Je ne suis pourtant pas parti si longtemps.

Avec le talon il referme la porte dans son dos. Le flic est toujours sur le palier dans son fauteuil. Un nouveau, semble-t-il, à qui l'on a imposé cette corvée.

— Je sais. Mais quand même.

Ses mains posées sur ses épaules, il la dévore de ses yeux rieurs.

— J'ai vu Steiner, dit-elle en se dégageant.

— Le flic ? Tu ne vois plus que ça. On y prend goût à ce point ?

— D'après lui on aurait retrouvé la trace de Kovak. Quatre disparues en Bavière dans les dernières semaines.

— Alors tu dois être rassurée, non ? C'est bientôt fini.

— N'en parlons plus. Tu as faim ?

— Tu as quelque chose pour moi ?

— Évidemment.

Elle a laissé la télé allumée sur les informations en continu et, pour la troisième fois, s'apprête à écouter le reportage consacré aux victimes de l'Homme qui rit. Du frigo elle sort ce qu'elle a gardé et déverse le contenu du bol dans une poêle à frire. Au-dessus de sa tête elle entend les pas d'Abel. Elle se demande quelle sera sa réaction à lui, et si elle doit lui parler du rôle qu'elle joue dans cette affaire. Elle regrette presque qu'il soit monté se laver les mains juste à ce moment. Un tic d'obsessionnel. Et pourtant il n'est pas chirurgien. Elle sourit intérieurement à cette idée abandonnée il y a un an à peine, d'un homme partageant sa vie, rentrant le soir, elle et lui se comportant comme des millions d'autres couples. Elle pensait en avoir terminé avec ce genre d'existence. Elle ne le souhaitait plus, quelque temps même pensa apprécier cette liberté.

Ses pas dans l'escalier. Il a été plus rapide que ce qu'elle pensait. Elle coupe le gaz.

— Et l'Amérique ? Comment c'était ? demande-t-elle en sentant sa présence dans son dos.

— Ce n'est pas encore gagné.

— Des ennuis ?

Elle pose sur la table une assiette : légumes sautés, rôti de porc froid et mayonnaise.

— Les gens veulent de plus en plus de garanties. L'inertie habituelle…

— Tiens, ça y est ! fait-elle soudain happée par l'écran.

— Quoi ?

À son tour il tourne son regard vers le poste de télévision au-dessus du frigo.

Sur l'écran, les portraits de Chiara Christensen et Héloïse Beck ont remplacé le présentateur qui en voix off décrit ce qui pourrait, selon la police, s'avérer une nouvelle affaire de tueur en série à Paris.

— Tueur en série. Encore une importation en provenance des États-Unis… Tu n'en as pas marre ?

En parlant il se tient devant l'écran comme s'il voulait l'empêcher de s'intéresser à ces histoires malsaines. Son cynisme la fige. Elle contre-attaque, surprise elle-même par l'agressivité de son ton.

— J'ai quand même des raisons personnelles de m'intéresser au sujet. Quant à l'importation américaine, tu oublies Joseph Vacher et Peter Kürten.

— Qui ça ?

— Un assassin de petites bergères au XIXe siècle en France, et le Vampire de Düsseldorf. Tu sais, *M le Maudit*. Et j'aurais pu citer Jack l'Éventreur, dit-elle en cherchant à le contourner pour regarder à la télé les images qu'elle connaît déjà par cœur.

— Je ne suis pas de taille, fait-il en s'approchant et en la prenant dans ses bras.

— Steiner a sollicité mes lumières sur cette affaire, lâche-t-elle, toujours absorbée par l'écran derrière son épaule.

Elle sent ses mains se resserrer autour d'elle.

— Tu as accepté ?

— C'est très informel, tu sais.

— Alors je ne donne pas cher de sa peau !

Elle se dégage avec une bizarre impression d'inconfort.

Sa respiration sereine soulève à peine la couverture. Il dort d'un sommeil de plomb. Pas étonnant avec le décalage horaire. Après l'amour qu'ils ont fait sous la douche. L'auraient-ils seulement fait, si elle ne l'avait pas rejoint sous le jet d'eau chaude ? Elle voulait se rassurer. Lui sans un mot la plaquant dos contre son torse, ses mains sur sa peau ruisselante, sur ses seins, sur ses hanches, entre ses cuisses, sur son ventre, puis s'insérant, jusqu'à l'orgasme, trop rapide, quelques secondes d'oubli, le temps de reprendre ses esprits et avec eux sa peur, visitée par les images des disparues allemandes et des deux victimes parisiennes, tandis que dans la buée chaude de la cabine de douche Abel se détachait.

Elle ne veut pas se l'avouer mais en aurait espéré plus. Ce n'était pas ça, dans son souvenir, le désir. Ça pouvait être violent, brutal et soudain, c'était souvent animal, voire irrépressible. Ça ne ressemblait pas à une formalité dont il fallait s'acquitter vite fait, ni à un emboîtement machinal aux effusions passagères. Pas au début en tout cas, quel que soit l'homme, Gilbert ou d'autres avant lui. Pas les premières années, jamais les premiers mois, sinon ça ne durait pas. Quel intérêt dans le cas contraire ?

Et pourtant malgré ce handicap, elle ne se rappelle pas avoir été autant en attente de la présence d'un homme, de ses traits d'esprit, de son rire et de son regard livide et sombre.

Il n'y a jamais eu non plus ces silences ni ces mystères avec les précédents. Après lui avoir ouvert sa porte et désormais deux mois de vie quasi-commune, elle en sait sur lui à peine plus que les premiers jours. Période qui d'habitude suffit à défricher l'essentiel d'une biographie… Elle a le loisir de le regarder dormir, mais ne sait presque rien sur lui, sinon ce qu'il a bien voulu lui dire, sur son activité de financier détaché des contingences matérielles. Mais rien sur son enfance et ses premières aspirations, ni sur sa famille, ni sur son passé. Autant de sujets qu'il esquive avec une adresse jamais démentie. L'enfance : une période d'attente et d'ennui qu'il a préféré oublier. La famille : un fardeau dont il est heureux d'être libéré…

Est-il possible de vivre avec un tel inconnu ? Après l'avoir introduit auprès de ses filles ? Un être dont la légèreté et l'absence d'aspérités en font une ombre. Une ombre presque inquiétante.

Shadow boxing, disent les pugilistes : les coups que l'on donne le sont dans le vide, à un adversaire répliquant avec une simultanéité parfaite, étant son propre reflet dans un miroir.

Abel qui l'a arrachée à son désert et qu'elle aimerait pouvoir aimer longtemps encore. Pour l'instant le doute est moins fort que les interrogations sur ce que ces silences peuvent bien recouvrir. Traumatisme ? Déchirure ? Son sourire et son aisance ne semblent refléter ni l'un ni l'autre. Une façade qui l'abuserait, elle ?

N'osant allumer, elle est descendue vérifier les barres de sûreté sur la porte. Sans un bruit elle a regardé par le judas, observant un instant le policier à la lutte contre le sommeil, une Game Boy prêtée par Abel entre les mains dans son fauteuil sur le palier, fascinée par ces forces déployées à son intention.

Elle a ensuite poursuivi son périple d'insomniaque jusqu'aux chambres des filles. Emma dormait profondément. Un casque sur les oreilles, Angélique a détourné son attention de la télé pour apercevoir sa mère, avant de retourner à son épisode de *Nip/Tuck*. Les chirurgiens esthétiques. Comme son père…

Suzanne lui a posé la main sur l'épaule, et en l'absence de réaction est retournée auprès d'Abel.

17

Du haut de son bras articulé, la télévision retransmet les nouvelles de ce 23 décembre. Les tables ont été débarrassées. Par groupes de deux ou quatre, les enfants disputent des parties de jeux de société. Petits chevaux, dames, jeu de l'oie, bataille. Dehors il fait nuit.

Le dé de Kovak roule sur le plateau. Le quatre sort. Il regarde le petit Ernst assis en face de lui et avance son pion d'autant de cases. À son tour le petit Ernst lance le sien. Le six sort et il applaudit en riant. Kovak lui sourit distraitement et se redresse pour jeter un coup d'œil dehors. Dès que dans la pièce l'intensité sonore diminue il dresse l'oreille, à l'affût du moindre bruit suspect. Mais la tranquillité de Christina demeure le meilleur indice.

Il lève la tête vers le poste de télévision. Accompagnées par les commentaires qui s'ajoutent à la rumeur, les images défilent dans l'indifférence générale. En l'occurrence un sommet dont les participants doivent s'imaginer décider du sort du monde. Le présentateur a le cou serré par une cravate bleue. Il a une tête de zombi. Kovak reporte son attention sur les enfants. Au fond de la salle le petit Bernd s'est mis à pleurer. Un garçon à la sensibilité à fleur de peau. Candida lui a passé le bras autour des épaules et tente de le consoler. Ses larmes se tarissent avant ses hoquets. Kovak baisse les yeux sur le petit Ernst impatient qui le tire par la manche. Il lui passe la main dans les cheveux puis lance son dé.

À la télé des types en bleus de travail brandissent des banderoles devant une usine Volkswagen. Son dé affiche un trois. Il avance son pion et doit retourner à la case Départ. Il sourit de voir le petit Ernst triompher en battant des mains.

La première fois que le petit Ernst lui a proposé de jouer avec lui, le jeu de l'oie dans les mains, il l'a regardé sans comprendre, pour finalement s'asseoir en face de lui et se laisser guider. Au départ le petit le reprenait et le corrigeait avec le sérieux d'un enfant soudain hissé au niveau des adultes. Incrédule, Kovak se laissait faire, pour finir par se prêter au jeu, plus touché qu'il ne l'aurait avoué.

Le lendemain le petit Ernst était à nouveau planté devant lui le plateau dans les mains.

Le surlendemain Kovak le devançait.

C'est devenu un rituel.

Jamais auparavant il n'avait joué à ce type de jeux. Il en ignorait jusqu'à l'existence, ayant toute son enfance vécu reclus dans la caravane. Ses seuls contacts avec le monde étaient la télévision et ses cours par correspondance assez vite abandonnés, ses seuls loisirs : les soins à apporter aux serpents et quelques jeux de mains avec son frère, anodine facette d'une rivalité fraternelle qui quelques années plus tard devait s'avérer fatale.

En échange, Kovak l'initie au travail du bois dans l'atelier de menuiserie.

Il regarde les décorations, les guirlandes courant le long des murs, le sapin chargé de boules argentées, le découpage figurant le Père Noël et son attelage... Autant d'éléments qu'il n'a vus que dans des restaurants pour routiers, des lieux de passage, impersonnels, ne signifiant pas grand-chose sinon l'approche de la fin de l'année. Pas une fête préparée comme ici.

Demain, la plupart des pensionnaires auront retrouvé leurs familles. Et il appréhende ce grand départ qui laissera l'institution déserte et silencieuse.

— *Du schläfst !*

Non, il ne dormait pas. Par réflexe il lance son dé sur le plateau et avance son pion de quatre cases.

La pendule indique le quart. À la demie Christina les enverra se coucher.

La résignation de ces enfants face à leur sort lui est une énigme, même s'il devine qu'ils ne peuvent faire autrement.

Ses petits compagnons derrière lesquels en cas de problème il devra s'abriter. L'idée lui est désagréable, il y pense le moins souvent possible, mais nécessité fait loi.

Soudain l'un d'eux pousse des « oh ! » d'exclamation. Bras tendu, la petite Romy désigne le poste de télévision puis se tourne vers lui. Il revient sur l'écran dont il a à peine distingué l'image. Son portrait anthropométrique occupe tout l'espace, de face et de profil.

Et dans le silence qui plane sur le réfectoire, lui parviennent les commentaires du présentateur qui en quelques phrases déroule son parcours de montreur de reptiles et de prédateur européen, jusqu'à son arrestation et son évasion d'un asile en France quelques semaines plus tôt.

À sa photo succèdent celles de quatre jeunes filles parmi lesquelles il reconnaît Eva et Barbara. Suit une somme en euros, que la police propose contre tout renseignement permettant de remonter jusqu'à lui.

Tous les enfants sont tournés vers lui. La gravité de l'ambiance contamine ceux qui n'auraient pas saisi.

Debout au centre de la pièce entre les tables, ces regards convergents lui sont autant d'agressions difficilement supportables. Autant de paires d'yeux braquées sur lui, chargées de stupeur, d'incompréhension, de crainte ou de supplication.

À l'autre bout de la pièce, Christina l'observe en secouant doucement la tête, deux enfants déjà ramenés vers elle derrière l'illusoire abri de ses bras.

À présent la télévision diffuse des images du cosmos, le présentateur annonce l'observation d'une planète jusqu'ici inconnue. Une sphère constituée d'une sorte de magma lumineux émerge du néant. Une fraction de seconde l'attention de Kovak est accaparée par une reconstitution 3D du système solaire et ses principales planètes.

La tête levée vers lui, le petit Ernst l'observe comme s'il s'agissait d'un inconnu. Ce regard le trouble plus que tout le reste. Indécis, tout en lui veut repousser le grand reptile, mais il sent se morceler ses dernières résistances internes.

Il avait prévu une embuscade, un encerclement de la maison par les forces de l'ordre, des silhouettes armées en position autour des bâtiments, des aboiements de chiens, un ultimatum adressé au moyen d'un porte-voix… une situation qui aurait provoqué chez lui une réaction réflexe.

Pas ces yeux pleins d'incertitude et d'angoisse.

Le cri suraigu de Candida et sa course vers la porte rompent l'équilibre de cette situation flottante. Qui sait sans ce cri comment les choses auraient tourné ? Mais ce cri est plus fort que tout : que les commentaires télévisés, que les regards des enfants, que sa voix intérieure qui tente de le raisonner.

La cocotte-minute en acier attrapée sur la desserte traverse la pièce au-dessus des enfants avant d'atteindre son crâne. En tombant Candida bloque la porte donnant sur la cuisine, ce qui laisse à Kovak le temps de fermer celle ouvrant sur le vestibule. Christina est dans un coin de la pièce, les enfants agglutinés autour d'elle.

Le spectacle de cette femme implorante au milieu des gosses en pleurs manque le faire flancher : sorte de pietà entourée d'une horde de rejetés de la Création.

Les choses ensuite se passèrent de façon mécanique, comme s'il ne s'agissait pas de lui mais d'un autre.

Pour se donner du courage il dut hurler et arracher la femme à cet amas compact de bras levés, de mains tendues et de bouches hurlantes, puis traîner cette femme qui l'avait aimé jusqu'à l'endroit prévu en cas de nécessité. La plupart des enfants suivirent, moutons trop affolés pour réfléchir.

Seuls quatre eurent le réflexe de s'éparpiller. Il les prit en chasse après avoir enfermé les autres. Vite. Pour éviter qu'ils parviennent à prévenir quelqu'un. Tout son être bloqué en mode « traque ». Aucune pensée, aucun sentiment venant le distraire. Les semaines passées au Blumenwald et les relations nouées ne comptaient plus, soudain tendu vers un seul objectif : sauver sa peau.

Un seul tenta sa chance en direction de l'élevage, Kaspard, douze ans, le plus âgé. Il était à l'autre bout de la cour lorsqu'il l'aperçut. Il aurait les autres à son retour. Il courait vite, le petit salopard, et criait fort. Assez pour se faire entendre dans toute la forêt. Il lui fallut près de trois minutes pour le rattraper, à une centaine de mètres de l'élevage porcin. Tout près de réveiller le gros fermier.

D'une pression sur l'épaule il l'a fait rouler dans le chemin avant de le rapporter sur ses épaules, ses poings le frappant dans le dos sans effet. Un petit teigneux. Pas comme les autres, paralysés par la terreur. Un coup dans la mâchoire pour le faire taire avant de le jeter dans l'escalier et de refermer la porte à double tour.

Les trois derniers auraient pu s'en sortir en prenant la fuite sous les arbres. Pas en se cachant dans les bâtiments.

Mais la forêt leur faisait peur. On leur avait répété tant de fois qu'il ne fallait pas s'y aventurer la nuit. Il connaissait toutes leurs cachettes.

Petra et Romy s'étaient blotties dans l'ancienne cuve à huile : deux paires d'yeux dans l'obscurité et les vapeurs d'huile lorsqu'il souleva la trappe.

Seul le petit Ernst parvint à le surprendre. Lui qui avait si peur du noir. Il s'était dissimulé dans le bûcher, à l'abri derrière les stères de bois, à un endroit pour lui hors d'atteinte. Une souris acculée dans un trou que de sa patte le chat ne peut atteindre. Peut-être aussi hésitait-il à l'attraper.

Lorsqu'il s'éloigna du Blumenwald pour la dernière fois, les flammes avaient gagné le premier étage. Il devait faire vite avant qu'elles ne soient repérées par le voisinage, et notamment le plus proche, l'éleveur de porcs.

Le vent lui était favorable : la fumée était charriée dans la direction opposée, là où la première maison était à une dizaine de kilomètres.

Les amortisseurs absorbent à peine les cahots du chemin forestier, et il doit accorder toute son attention à la conduite, les mains sur le guidon pour encaisser les chocs, les yeux braqués sur cette bande de terre entre les fûts sombres des résineux effleurés par le mince faisceau du phare.

Il a dû rassembler toute la dureté qui était en lui pour actionner le briquet.

Le cyclomoteur rebondit sur une ornière et décolle avant de retomber dans un gémissement des ressorts et de la fourche.

Il devrait arriver vers minuit à Würzburg où il pourra facilement voler une voiture sans se faire repérer, et tracer vers la frontière. En roulant sur les Autobahn allemandes il mettra le maximum de distance entre le Blumenwald et lui d'ici au matin.

Il ne retrouvera jamais un refuge comme celui-ci. Le sort cette fois est contre lui : à un jour près les enfants auraient retrouvé leurs familles — leur départ était prévu pour le lendemain matin — et il n'aurait pas été contraint d'agir ainsi.

Mais il ne pouvait pas faire autrement que couper tous les ponts permettant de remonter jusqu'à lui. Et de l'empêcher d'accomplir le dernier travail qu'il s'est fixé avant de disparaître pour de bon.

À 160 kilomètres/heure à bord de la BMW, il roule fenêtres ouvertes. Mais le ruban désert et l'air glacial de la nuit ne peuvent le distraire du souvenir des enfants hurlant.

18

À peine est-elle parvenue en haut des marches que les nuages en suspension au-dessus de la ville crèvent enfin et déversent les hallebardes d'une pluie glaciale de décembre. Sur les pavés huileux, elle se félicite d'avoir renoncé à ses talons pour des ballerines que son humeur maussade lui a dicté d'enfiler. Devant le 11 elle pose le pied dans une flaque et manque s'étaler. Les chaussons, pense-t-elle en lâchant un juron. À force d'être juchée sur des pointes de douze elle a oublié son vrai centre de gravité. Elle grimace. D'habitude c'est du seuil de sa boutique qu'elle regarde les gouttes de pluie rebondir sur le macadam, les passants qui détalent comme des rats la tête dans les épaules pour se mettre à l'abri. Pas sous l'orage. Et pourtant.

Rien de tel qu'une bonne rincée pour laver toute cette merde.

À son coup de sonnette répond l'impulsion électrique. De l'épaule elle pousse la porte. Elle n'a jamais que vingt minutes de retard. Tant pis si ça plaît pas. D'un geste sec elle ouvre et referme son parapluie et asperge le palier du rez-de-chaussée. Pépin d'opérette à la toile fendue qui ne lui a pas épargné une fuite sur la tempe et l'épaule droites. De la tête de singe en ivoire qui tient lieu de pommeau, elle presse la sonnette avec un regard de défi à la caméra de surveillance.

À la vue du gorille, elle se compose une expression. Un mètre quatre-vingt-dix, des épaules d'haltérophile, le cheveu rare et le nez cassé, une veste croisée cachant son calibre, un col roulé orange. L'apparition de la psychiatre la délivre du regard ironique. Le médecin s'efface pour la laisser passer.

— Vous avez l'air surprise de me voir. Nous avions pourtant rendez-vous ? lâche-t-elle tout juste assise.

Suzanne contourne son bureau.

— Fatiguée aussi, insiste-t-elle. La nuque courbée…

— Je vous remercie. Les derniers jours ont été mouvementés. Mais nous n'allons pas inverser les rôles.

— Vous voulez qu'on remette ? demande-t-elle en s'essuyant le côté droit de la chevelure. Je suis comme une chatte mouillée. J'ai un parapluie, c'est une blague…

— Ce serait dommage de vous être déplacée pour rien… Surtout que vous n'êtes pas encore parvenue à l'essentiel, ajoute Suzanne en sortant son dossier.

— L'essentiel ?

Avec les récents événements elle avait oublié l'existence de sa patiente, qui quelques jours plus tôt, par ses confessions fracassantes et le malaise qu'elle était parvenue à lui communiquer, monopolisait ses esprits. Son nom inscrit dans son agenda lui a rappelé la révélation de Steiner sur son inexistence à l'état civil.

— Votre… jumeau ? risque-t-elle.

La psychiatre vient de s'écarter d'une des règles les plus élémentaires de la pratique, qui consiste à laisser le patient venir et éviter les questions trop directes. Un quitte ou double en quelque sorte : *elle* pourrait mal le prendre, se braquer, foutre le camp… Et alors ? Elle a eu le temps de réfléchir, ne veut pas s'embarrasser de faux-semblants, et a autre chose à faire que se laisser mener en bateau par une de ses patientes. D'autant que c'est ce qu'*elle* cherche depuis sa première consultation, non ? C'est sur ce terrain qu'*elle* a voulu l'entraîner. Celui de ce double, quel qu'il soit, qui manifestement ne la laisse pas en paix. Plus que sa mère, plus que ce jeune Michel qu'elle aurait assassinés…

C'est bien de ce fardeau que tu voudrais que je te soulage, Adèle-Jacob, n'est-ce pas ?

À la façon dont le transsexuel suspend son geste, une mèche prise entre le pouce et l'index, à la panique qu'elle a cru déceler dans son regard, Suzanne vient en tout cas de toucher un des points névralgiques de son discours.

— Mon jumeau ?

— Celui, ou celle d'ailleurs, qui vous préoccupe… et que j'ai appelé votre jumeau. Par commodité je dois dire. Mais je me trompe peut-être.

Avec ses cheveux dégoulinants, son fond de teint cireux et son regard interdit, elle ressemblerait à la Méduse. Son rire est une manière de rompre. Comme en escrime.

— Vous êtes très forte, docteur.

— Attentive, surtout. Vous m'avez mise sur la piste… Avec Jacob et Esaü, vos deux enfances, et votre impression d'avoir été coupée en deux. Vous avez fait beaucoup d'efforts pour me révéler ce que vous ne vouliez pas me dire…

Dans un geste théâtral, le transsexuel applaudit. Ses bracelets font plus de bruit que le claquement de ses mains. Comme Suzanne reste impassible, nerveusement elle fouille son sac, d'une boîte nacrée extrait une cigarette qu'elle enfonce dans son embout, et avec la même fébrilité allume.

— Je peux ? demande-t-elle expirant sa première bouffée.

D'un coup de poignet elle éteint son allumette, la laisse tomber sur le tapis et doit se baisser pour la ramasser puis la jeter dans le mortier.

— Alors nous allons remonter jusqu'à la genèse, dit-elle d'une voix devenue rauque, après avoir d'une bouche obscène libéré un rond de fumée parfait. Je suppose que c'est mieux. Et le terme de genèse est bien choisi, étant donné la passion de ma mère pour la Bible.

Elle soupire. Un instant ses yeux paraissent contempler son passé avec réticence et mélancolie. Ultime hésitation avant de plonger ? Pour Suzanne déjà l'enjeu n'est plus le même. *Elle* a perdu de son pouvoir, à présent qu'elle l'a percée à jour. Ce n'était donc que ça, son misérable secret, une banale histoire de double, un problème d'identité auquel son changement de sexe n'aura pas apporté de solution.

Et elle attend avec ennui que le flot maniéré reprenne.

— Elle n'attendait qu'un enfant, pensait n'en attendre qu'un, plus exactement, reprend le trans d'une voix d'outre-tombe. Pas d'échographie. Il faut imaginer la stupeur d'une femme déjà plaquée, par mon père, lâche-t-elle avec un sourire forcé, infirmière à domicile sans trop de ressources qui accouche d'un premier enfant, puis dans la foulée d'un deuxième. Elle n'a pas supporté. C'est ce qu'elle a raconté en tout cas, pour se justifier à l'heure des comptes. Une femme issue d'une famille de mineurs qui s'est faite toute seule et qui pensait tout maîtriser.

« Une fois que ses petits monozygotes ont eu atteint l'âge de trois ans, poursuit-elle avec une légèreté feinte et un nouveau rond de fumée destiné à jouer les trompe-l'œil, elle s'est débarrassée de l'un d'entre eux. Comme un chiot à peine sevré devenu encombrant… Le plus jeune, soi-disant, achève-t-elle avec une moue méprisante.

La psychiatre hausse un sourcil.

— Elle lui a trouvé une famille d'adoption… Et n'a plus eu de nouvelles pendant quinze ans.

La tête renversée contre le dossier de son fauteuil, Adèle semble absorbée dans la contemplation de la fumée de sa menthol. Les volutes de sa cigarette sont une échappatoire à l'évocation de ces souvenirs. Soudain elle se redresse et écrase son mégot.

— Elle l'avait rayé de sa vie. Et il a eu beau vouloir revenir, rien à faire. Il lui rappelait notre père biologique. Alors que nous nous ressemblions comme deux gouttes d'eau…

— Je ne saisis pas bien… C'était lui, ou c'était vous ? l'enfant abandonné…

Adèle cille à peine. Rompue à l'art du mensonge. Mensonge de son apparence, de son sexe, de sa vie. Son sourire artificiel — lèvres gonflées et prothèses dentaires — laisse le médecin de marbre.

— Après la déchirure de la séparation et quinze ans passés l'un sans l'autre, coupés de notre moitié, vous savez, on s'est retrouvés. En tous points identiques… Pour conjurer la séparation que nous avait imposée notre mère, on a décidé d'inverser nos vies. Il est devenu moi, et je suis devenu lui.

— Vis-à-vis de votre mère ? demande Suzanne incrédule, malgré elle à nouveau prise dans les filets de ce discours gluant.

— Vis-à-vis de tout le monde. Ça a pris du temps. On se racontait tout ce qu'on avait vécu. On assimilait vite : on avait l'impression de se connaître comme si on s'était jamais quitté. On changeait par intermittence. Pour que l'un et l'autre puissent bénéficier de l'affection de notre mère. À son insu… cette vieille pute. Je l'aurais tuée quand elle m'embrassait en prononçant le nom de mon frère.

À nouveau le malaise que son intuition de cette gémellité avait dissipé. Malaise ressenti dès sa première apparition et qui à chaque fois ne l'a quittée que plusieurs heures après son départ. Rien à voir avec son transsexualisme, elle en a trop fréquenté pour éprouver le moindre trouble en leur présence. Même lorsqu'elle découvrait cet univers, et qu'à plusieurs reprises elle s'était trouvée en face d'individus au sexe indéterminable — femme aspirant à la masculinité ou l'inverse. Il s'agit d'autre chose : le regard, ses aveux glissants, poisseux, cette impression de manipulation... Et peut-être celle, soudaine, de l'avoir déjà vue quelque part. Mais où ? Et quand ? Comme si ces yeux — sans lentilles ni cosmétiques peut-être ? — s'étaient déjà posés sur elle. Cela aussi, Suzanne l'avait oublié. Mais à mesure que sa patiente s'épanche et la détaille, ce sentiment se renforce.

Où t'ai-je déjà vue, Adèle-Jacob ? Tu étais encore un homme, ou déjà une femme ?

— Mais alors qui était qui ? hasarde-t-elle.

— Qu'est-ce que j'en sais ? Et qu'est-ce que ça peut faire ? ajoute-t-*elle* en jouissant de la confusion qu'elle décèle chez la psychiatre.

Adèle ferme les yeux. Sur son visage Suzanne croit lire la nostalgie de ces années révolues. Mais elle est lasse de ces mensonges.

— Il a commencé à gagner de l'argent dans l'import-export, poursuit-*elle* sans lui laisser le temps de la réflexion. Après il s'est lancé dans des affaires plus lourdes. Avec un certain Ménard, ou Médard, mort cinq ans plus tard. Une disparition soi-disant accidentelle après laquelle ses affaires ont vraiment décollé. Vous commencez à comprendre, docteur ?

— Que dois-je comprendre ?

Adèle-Jacob sourit, énigmatique.

— Les secrets de famille ne sont pas les plus simples à divulguer.

— Vous n'avez pas répondu à ma question.

— Votre question... Qu'est-ce qui a pu me pousser à le trahir ? demande-t-elle avec une fausse ingénuité. Sinon le dépit amoureux, et le besoin de soulager mon âme ?

— Le dépit amoureux ?

Adèle éclate de rire dans sa pantomime habituelle : buste légèrement cambré et tête rejetée en arrière, le tout dans des convulsions saccadées. Soudain Suzanne trouve qu'il fait trop sombre et tend le bras pour allumer les lampes au-dessus de la bibliothèque. Sur les rayons, les ouvrages apparaissent dans leur alignement rassurant.

— Jusqu'à l'assassinat de ce Ménard, j'étais au courant de ses secrets, de la façon dont il éliminait les obstacles sur sa route... Ça a duré une vingtaine d'années. Cette symbiose... Nous ne faisions qu'un. Jusqu'à ce qu'il rencontre une femme...

— Après la mort de votre mère ?

Ses yeux : deux lasers sous les meurtrières de ses paupières.

— Je ne vois pas d'autre explication. Parce qu'il y a eu d'autres femmes, avant l'actuelle... Peut-être que notre mère était pour lui le seul lien entre nous. Et qu'une fois disparue...

— Et cette femme ?... hasarde Suzanne.

Avec une expression méprisante, Adèle secoue la tête en signe de dénégation.

— Il s'en débarrassera aussi vite que du reste. Quand il aura réalisé qu'elle aussi pourrait l'abandonner.

Au cours de la vie intra-utérine déjà, il arrive que l'un des deux embryons s'accapare tout le sang nourricier au prix de l'anémie progressive de l'autre. À l'accouchement, sur les deux jumeaux, un seul est vivant, l'autre n'étant plus qu'une petite momie parcheminée à la manière d'un papyrus, et en conséquence appelé fœtus papyracé.

Adèle aura attendu plus longtemps, pour tuer son jumeau.

— Vous savez où pourraient le conduire vos aveux ? Pour peu que vos accusations s'avèrent exactes.

De son fauteuil Adèle contemple la psychiatre avec un regard de sphinge.

— Suis-je le gardien de mon frère ? répond-*elle* enfin avant de se lever.

« Vous ne savez pas ce dont il est capable, poursuit-*elle* son pépin à la main. Je fais ça pour le protéger. Pour lui éviter d'aller trop loin. Tenez, pour vous.

Avec un temps de retard, Suzanne la voit lui tendre trois billets.

— Au fait ! Joyeux Noël ! C'est ce soir, le réveillon. Vous n'avez pas oublié ?

Suzanne n'a pas eu le temps de se lever que sa patiente a disparu derrière la porte capitonnée. Dans son sillage les relents de sa haine ont remplacé le parfum qu'elle avait coutume de laisser.

Le trottoir a commencé à sécher. Les quelques pas jusqu'à chez elle chaperonnée par Patrick et Jean-Claude devraient lui changer les idées. Encore secouée par ces confidences, elle lève les yeux vers le ciel. Un vent pousse des nuages qui réfléchissent le halo lumineux de la ville, et dans leur course parfois laissent apparaître la lune. Parvenue en bas des escaliers rue Monge, elle aperçoit la silhouette tressautante d'Adèle qui s'éloigne vers le boulevard Saint-Germain. Une fraction de seconde elle songe à la rattraper mais renonce.

Parce que c'est elle qui aurait tué leur mère, la raison pour laquelle le jumeau aurait voulu échapper à son influence?

— C'est pas trop tôt!

En poussant la porte de chez elle, Suzanne est accueillie par Angélique et Emma qui terminent de décorer un sapin. Une guirlande court sur le plateau de la cheminée, une autre au centre de la table dont le couvert a été mis. Et tandis que son regard perçoit tous ces détails, rassurée par la présence de sa fille aînée, elle a une fois de plus la douloureuse impression de ne pas être à la hauteur, et que sa patiente, avec la nature de ses confessions, est parvenue à lui faire oublier Noël.

— Abel n'est pas là? demande-t-elle surprise de ne pas le trouver à la maison.

— Il a appelé pour dire qu'il aurait du retard. Un travail à finir…

Suzanne tressaille.

— En fait, au départ j'ai cru qu'il appelait pour dire qu'il ne viendrait pas. Et il a vraiment fallu qu'Angélique et moi on insiste, pour qu'il se décide à venir, ajoute Emma avec un air important.

19

La maison fume encore. Le vent a dû tourner dans l'après-midi, pour que l'odeur ne l'assaille pas plus tôt. S'il avait soufflé vers lui, il aurait sûrement pu intervenir.

La première chose qui frappe Hermann Alter après avoir coupé le moteur de sa camionnette, c'est le silence et l'aspect désert des lieux. Son chien saute sur le gravier recouvert de givre.

— Allez, viens Max.

Le malinois le suit comme son ombre.

Seule la maison a brûlé. Les dépendances, les ateliers et les autres bâtiments de la cour sont intacts. Par miracle le feu ne s'est pas propagé au-delà de l'habitation principale. Pour peu que l'on puisse parler de miracle.

Toutes les vitres ont sauté. De longues traînées de suie noire maculent la façade.

— Y a quelqu'un ? crie-t-il, impressionné par sa voix qui résonne entre les murs.

Au centre, la toiture s'est effondrée après que la charpente a lâché. Il pousse la porte d'entrée et fait un pas parmi les débris qui jonchent le sol. Du verre pilé grince sous ses chaussures de chantier. Les marches de l'escalier sont à moitié calcinées. Il lève la tête pour apprécier l'état du plafond et s'avance avec précautions dans la première pièce sur sa gauche. Ses pieds heurtent des objets indéterminés, des morceaux de bois, des assiettes, des plats, des couverts sur lesquels il dérape.

Avec suspicion il pousse jusqu'à la cuisine.

Cette absence totale de réaction l'inquiète. Samedi dernier encore ils sont venus lui rendre visite — l'éternelle visite hebdomadaire — arrivant par le chemin avec leur démarche raide, leur dégaine inimitable et leurs regards d'oiseaux. Et leur émerveillement devant les porcs. Il a fini par s'y habituer, aux innocents.

Et à chaque fois il les regarde s'éloigner comme des canards en file indienne, avec l'impression que les grands arbres vont les écraser.

La cuisine aussi semble avoir été repeinte à la suie. Certains placards se sont décrochés du mur et la vaisselle est en morceaux sur le lino en partie fondu. Le plastique brûlé lui fait frémir les narines.

— Oh ! Y a quelqu'un ?

En l'absence de réponse il revient sur ses pas jusqu'au vestibule et explore l'autre côté. Partout la même désolation, des meubles affaissés, éventrés et noircis. L'explosion des vitres a dû provoquer un appel d'air et raviver les flammes. À certains endroits le sol fume encore.

De plus en plus affolé il rebrousse chemin et se décide à monter. Il pose le pied sur la première marche qui grince sous ses 103 kilos et son *Bier Bauch*[1]. Pour éviter de peser au milieu, il rase le mur et progresse à pas de souris. Un long couloir distribue l'étage de part et d'autre. Des lattes de bois n'ont pas résisté à la chaleur. Avec la hantise de passer à travers le plancher, il ouvre une à une les portes des chambres. Quatre piaules contenant chacune quatre lits carbonisés. Des penderies aux cintres fondus et aux vêtements en lambeaux, des

1. Bier Bauch : littéralement « ventre de bière ».

illustrés bizarrement à peu près intacts, des jouets fondus ou en cendres.

Mais aucune trace des enfants.

Dans l'autre partie du couloir, d'autres chambres dont celles de Christina et de Candida, elles aussi calcinées.

Il ne comprend pas ce qui a pu arriver et ignore où ils sont passés. Il n'a rien entendu pendant la nuit. Aucune sirène, aucun appel au secours. S'ils avaient évacué, ils seraient forcément venus jusque chez lui.

Grand brasier solitaire, qui en été se serait propagé à la forêt.

Les mains noires d'avoir ouvert les portes, il redescend avec autant de précautions qu'en montant, et sort prendre l'air dans la cour l'esprit vide.

Un aboiement en provenance du vestibule l'arrache à son hébétude.

— Max ! Qu'est-ce que tu fais ? Tu as trouvé quelque chose ?

Max est planté devant une porte sous l'escalier qu'Hermann Alter n'avait pas vue.

— Eh bien mon vieux Max. Qu'est-ce qu'on trouve derrière cette porte ? fait-il la main sur le bouton de la poignée.

La porte résiste et le chien recommence à gémir.

— On va pas se laisser embêter par une porte qui résiste, hein ?

Dans l'atelier de menuiserie, il trouve une hache et revient au pied de l'escalier avec. Un premier coup entame le bois tandis que le chien gémit de plus en plus. Un deuxième et la lame passe au travers, un troisième mieux ajusté fait sauter la serrure. Du pied, Hermann Alter pousse la porte qui s'efface dans un gémissement sur un gouffre sombre et enfumé.

Machinalement il cherche un interrupteur qui claque sans effet. Dans ses jambes, le chien s'est rué sur les premières marches et renifle une forme en travers de l'escalier.

— *Mein Gott !* s'exclame l'éleveur penché sur un corps.

Les jambes tremblantes il court jusqu'à sa camionnette et revient avec une lampe torche. Le faisceau instable s'attarde sur le cadavre de Candida. Le cœur battant, l'éleveur l'enjambe et entreprend sa descente au fond de la cave. Une deuxième forme lui barre le chemin au milieu de l'escalier. Christina. Ni l'une ni l'autre n'ont été la proie des flammes. Le sous-sol n'a pas brûlé mais a été envahi par les émanations toxiques de l'incendie.

Pas encore parvenu au niveau du sol, Hermann Alter balaie la pièce avec sa torche. La fumée noire et ses yeux piquants l'empêchent de distinguer quoi que ce soit. Sur le point de défaillir il s'appuie contre le mur. Il tousse et suffoque. Écœuré par l'odeur il veut se boucher le nez et laisse tomber sa lampe dont le verre et l'ampoule se cassent.

— *Scheisse !* jure-t-il avant de remonter vers Max en courant.

Et les gosses ? Où sont-ils ? Au fond de la cave eux aussi morts asphyxiés ? Encore invisibles à cause de la fumée noire ? Enfermés à clef avec Christina et Candida ? Qui a pu faire une chose pareille ?

Il se souvient avoir aperçu la silhouette d'un homme dans l'encadrement de la porte du bûcher, un jour qu'il était venu livrer de la charcuterie sans s'annoncer. Il en avait fait la réflexion à Christina qui avait éludé avec son rire habituel. Peut-être aurait-il dû insister.

Assis derrière le volant de sa camionnette, le gros éleveur de porcs éclate soudain en sanglots incontrôlables, et ses larmes roulent le long de ses joues couperosées, tandis que son malinois tente de le consoler la gueule posée sur sa cuisse gauche, de la vapeur sortant de ses naseaux dans le froid de ce 25 décembre.

Et dans le silence de la cour, ses pleurs et les gémissements du chien à cet instant sont les ultimes manifestations du monde.

20

Jamais Gérard Geestemunde n'avait connu un tel succès. Et sans doute cette gloire inattendue n'était pas pour lui déplaire, lui d'ordinaire habitué à la solitude des chambres froides et à ses « patients » au mutisme légendaire.

Au sein du groupe Steiner, parmi les différents services de la Criminelle, quai des Orfèvres, très vite le rapport d'autopsie d'Elsa Carpentier constitua un must, un collector presque, tant l'affaire, par son mode opératoire sordide, la quasi-absence d'indices et la beauté de la victime, à l'existence déjà chaotique et d'apparence si fragile, fascinait.

Trois, c'était le début d'une série.

Et vu la façon dont le tueur s'y prenait, sauf coup de chance, le début d'un jeu pouvant s'avérer très long.

Autrement dit le début du cauchemar, pour un flic aussi concerné que Steiner.

On s'était arraché ces quelques pages dactylographiées, agrafées entre elles et dûment tamponnées, au langage aride et aux descriptions rébarbatives. On les avait photocopiées en de multiples exemplaires, on les rapportait chez soi pour les consulter tranquillement, certains pour les conserver dans leurs archives personnelles, précautionneux préparant déjà, des années à l'avance, leurs souvenirs de temps troubles, héroïques et révolus. Nombreux étaient ceux à les avoir lues et relues à s'y abîmer les yeux, cherchant dans les plus petits détails un indice, un début de piste.

Le moindre OPJ pouvait dire ce qu'elle avait avalé dans les heures précédant sa mort : des sushis au saumon, des beignets de légumes, de crevettes, des sashimi au thon ; ce qu'elle avait bu : de la bière et du whisky. Le tout ingurgité au cours d'un vernissage organisé pour un plasticien japonais dans une galerie de la rue Louise-Weiss, entre la gare d'Austerlitz et la Très Grande Bibliothèque, dans un entrelacs de rues aux immeubles refaits à neuf et investis par un groupe de galeristes ambitieux.

Elle avait également fait glisser dans son tube digestif un Xanax avant de se rendre à cette sauterie, ce qu'attestait la présence d'une boîte de ce médicament sur une tablette de sa salle de bains.

On connaissait son taux d'alcoolémie au moment de sa mort — 1,2 gramme par litre. Cet état d'ébriété lui avait selon certains épargné une trop grande peur et une trop grande souffrance, le passage de vie à trépas d'après les mêmes, facilité par cette demi-conscience éthylique. Cet état ayant surtout annihilé son instinct de survie, pensait de son côté Christiane Valdeck, sur cette affaire aussi tenace qu'un pitbull suspendu à un pneu par les mâchoires.

Mais aucune trace de substances laissant supposer une quelconque soumission chimique. Manifestement, l'homme à l'ADN, l'Homme qui rit, ne jugeait pas nécessaire d'avoir recours à ce genre de moyens.

On connaissait l'heure de sa mort : 00 h 45, à quelques minutes près ; celle à partir de laquelle on ne l'avait plus vue dans cette galerie : 22 heures.

Parmi les personnes interrogées, aucune n'était capable de dire si elle avait quitté les lieux seule ou accompagnée. On avait pourtant pris la liste des invités et interrogé chacun d'eux, photo d'Elsa à l'appui, scrutant dans leurs regards, leurs silences et leurs emplois du temps la moindre probabilité de culpabilité.

En vain, comme pour Héloïse et Chiara on avait interrogé sa famille, ses amis, ses voisins, et assisté au spectacle de la douleur muette des parents.

À défaut, ces interrogatoires à la chaîne avaient permis de dresser le portrait de la victime, ce qui indirectement était un moyen de cerner le tueur, d'affiner son profil.

Steiner n'avait pas découvert grand-chose de plus que ce qu'il avait appris dans l'appartement : l'endroit même et sa décoration sous-entendaient un niveau de vie décent, un goût prononcé pour l'art contemporain ; les photos souvenirs, une famille présente. Surtout sur celles où elle figure avec une bonne dizaine de kilos en moins, le visage émacié, les yeux cernés. Ex-junkie sortie des griffes de la drogue grâce à la patience et au soutien de ses proches, pour tomber dans celles plus expéditives de l'Homme qui rit.

Ex-junkie également passée par la case hôpital psychiatrique, à Perray-Vaucluse. Petite Cendrillon échappée de l'enfer, qui après quelques années de dérive était parvenue à reconstruire sa vie le temps de croiser la route du tueur. Ses grands yeux rêveurs avaient ému tous ceux qui les avaient vus, sur le portrait d'elle distribué à la préfecture et dans les rédactions.

On ignorait l'heure à laquelle elle était rentrée : personne ne l'avait vue franchir la porte de son immeuble ni gravir l'escalier jusqu'à chez elle, passage du Désir.

Tout comme on ignorait si elle était rentrée avec son bourreau ou seule, lui ayant ouvert une fois chez elle. L'absence d'effraction sur la porte d'entrée excluait toute autre hypothèse.

À en croire les conclusions de Geestemunde, il l'avait étranglée avec la cordelette retrouvée autour de son cou.

À part la mutilation faciale et la peau du cou vraiment meurtrie, dans laquelle il avait retrouvé des fibres en nylon de la cordelette, Geestemunde n'avait relevé aucune autre contusion, entaille ou plaie. Ce qui laissait supposer que le sac plastique avait bien été enfoncé sur sa tête après.

De son sexe dépassait le manche des ciseaux qui y avaient été enfoncés, ceux-là mêmes qui avaient servi à lui dessiner le sourire de l'Homme qui rit. Aucune intention de mutilation sexuelle pourtant, bien que leur pointe ait provoqué de légères lésions internes.

Pour Elsa comme pour Héloïse et Chiara, derrière la prose à première vue glaciale et technique de Geestemunde, Steiner avait décelé une certaine complaisance, un style très particulier, voilant à peine, ou dévoilant justement, la personnalité du légiste, son amour pour son métier, cette activité consistant à ouvrir des corps, écarter des cages thoraciques, sortir les organes un à un, scier des boîtes crâniennes… et leur arracher leurs ultimes secrets.

Une tournure de phrase recherchée, une formule incongrue émaillaient par endroits une description d'une précision clinique, comme un ornement hors de propos frisant le mauvais goût.

Pour le lien autour du cou par exemple, il avait employé l'expression « *serré en collier de chien* » qui dénotait une certaine coquetterie, une once de dandysme peu courant, et à certains égards odieux, dans ce type de rapports.

Pour la perruque d'Héloïse, il avait parlé d'une « *mantille de deuil souillée par sa propre sueur* ».

Évidemment ces trois victimes constituaient des morceaux de choix pour Geestemunde : jeunes, belles, de leur vivant quelques heures plus tôt inaccessibles pour un homme comme lui, et, pour couronner le tout, intactes, hormis les hideuses balafres et ces meurtrissures au cou formant un « *collier de douleur* », comme il l'avait écrit à propos d'Elsa, son lyrisme exacerbé par cet endroit de leur anatomie.

Sous un certain angle, Elsa constituait même une aubaine pour cet obscur médecin haut comme trois pommes, au visage poupin, aux manières lisses et à la voix trop aiguë.

Surtout trois jours seulement après Chiara et sept semaines après Héloïse, qui elles aussi avaient subi ses scalpels et son attention clinique.

Mais les deux premiers rapports d'autopsie étaient moins extraordinaires que celui d'Elsa Carpentier. Sans doute parce que cette dernière était la plus belle, la plus vulnérable en apparence, et que, troisième sur la liste, elle avait cet aspect fascinant que peut conférer la répétition et ce qui permet d'entrevoir la naissance d'une série.

De cette fascination, Geestemunde n'avait rien laissé transparaître, de manière explicite en tout cas, lorsqu'il avait commenté son rapport de vive voix. C'est à l'écrit que la verve de cet homme discret s'épanouissait. Mais en lui-même, Steiner avait été saisi par son contentement, son onctuosité, perceptible à sa façon de décrire ses gestes de sa voix fluette, allant jusqu'à les mimer, avec une lueur dans les yeux et un sourire à la surface duquel affleurait la concupiscence.

Steiner en avait vu d'autres; et par sa longue pratique dans les couloirs de la préfecture en connaissait un rayon sur la nature humaine et ses faiblesses. Ce qui lui importait, c'était le professionnalisme du légiste, cette réputation de ne rien accorder au hasard, de ne jamais abandonner ; et en définitive, de laisser le moins de chance possible aux éventuels coupables.

La perversité de Geestemunde, tant qu'elle ne nuisait pas à son travail, tant au contraire qu'elle lui profitait, Steiner n'en avait rien à faire. À ses yeux, elle était même nécessaire pour sonder des cadavres à longueur de journée.

Surtout, le commandant connaissait le quotidien du légiste : noyés au corps gonflé d'eau, SDF lardés de coups de couteau, vieillards retrouvés chez eux après des jours de décomposition, putes tabassées à mort, suicidés au crâne en bouillie, à l'estomac gavé de cachets, grands brûlés…

En ce sens, Steiner pouvait concevoir que, même défigurées, Héloïse, Chiara et Elsa puissent représenter des cas *agréables*.

Mais il préférait les avoir vues chez elles qu'après être passées entre les mains de Geestemunde.

On s'était également penché sur les rapports des techniciens de la police scientifique. Gants chirurgicaux, pince à épiler, CrimeScope, Luminol et microscope à balayage électronique. Travaillant sur des échantillons parfois invisibles à l'œil nu, fibres de tissu, de peinture, grains de sable, particules de terre, traces de pas, poudre, morsures, empreintes digitales, labiales, particules de peau sous les ongles de la victime, échantillons d'ADN, salive, sang, sperme, urine, matière fécale ; analysant le plus petit détail suspect au moyen d'appareils ultra sophistiqués ; capables de ficher un individu, décrire ses vêtements, les endroits où il a mis les pieds, son groupe sanguin, les maladies dont il est affligé, sa façon de s'alimenter, de baiser, de tuer aussi, on en revenait toujours à ça, à partir de riens

Depuis des années on s'extasiait sur ces nouveaux Sherlock Holmes, sur leur œil infaillible, sur l'avènement prochain d'un taux d'homicides impunis ramené à zéro. Mais chez Elsa comme chez Héloïse ou dans l'appartement que Chiara faisait visiter, les rats de laboratoire n'avaient pas eu grand-chose à se mettre sous la dent. Des miettes. Des empreintes digitales appartenant à des proches à peine identifiés que déjà disculpés. Des traces de pas multiples attestant une vie sociale chargée. Ou cet ADN masculin sur le cou du petit Quentin, qui sans autre précision ne menait nulle part…

Tous les éléments dans cette affaire s'étaient ligués pour en accroître le mystère.

Alors Steiner avait préféré s'en remettre à d'autres lumières. Aux siennes, à son intuition ; à celles des membres de son groupe ; à la ténacité d'une Christiane Valdeck ; à la hargne parfois mauvaise d'un Francini ; au calme d'un Melchior ; au sérieux méthodique et presque scolaire d'un Montesantos… et à celles des multiples renforts mis sur l'affaire, tous professionnels en leur genre, et indispensables là où le travail de fourmi s'impose. Enfin, à celles du docteur Lohmann.

Et ceci malgré la publicité et la pression dont il se serait passé : le déchaînement des médias, les coups de fil de la hiérarchie, l'attente de résultats *dans les plus brefs délais*.

Mais comment ne pas mettre en garde la population de la présence dans les rues d'un prédateur amateur de jeunes femmes ? Un tueur sans incarnation ni odeur, sans traces, invisible, un fantôme. Les marchands de sensationnel s'en donnaient à cœur joie.

Paranoïa-sur-Seine.

Au moins cela éviterait-il peut-être à certaines une erreur fatale.

Pendant que la police pédalait dans le vide cherchant à faire d'improbables recoupements entre les victimes de l'Homme qui rit.

Dans le bureau converti en isba, Suzanne a laissé affluer les souvenirs de leur première rencontre, l'état d'extrême anxiété dans lequel elle était alors, les coupures de presse, les portraits de Pouchkine et de Rimbaud, l'invraisemblable capharnaüm en un lieu pareil, gants de boxe, samovar et avirons, et le sourire du grand flic l'en ayant distrait.

À peine assise à la même place exactement que deux ans plus tôt, emplie de ces évocations amères, elle réalisait que c'était avant, dans sa vie précédente. Quand elle n'était qu'une psychiatre anonyme et pouvait encore faire machine arrière, suivre sa carrière d'une façon linéaire, et tenter de vivre en bonne intelligence avec Gilbert. Lui serait toujours en vie, et elle ne vivrait pas la peur au ventre.

En face, l'immuable Steiner s'applique à servir deux tasses de thé gonflé au Jack Daniel's. Il a les traits tirés et les poches sous les yeux d'un flic que la pression accable.

Dans le dossier, les photos d'Elsa, Chiara et Héloïse ont remplacé celles de Pamela l'inconnue de l'aquarium du Trocadéro dépecée deux ans plus tôt. Chacune la tête recouverte d'un sac plastique. Trois fragments d'un puzzle à l'auteur encore mystérieux.

Pour Suzanne, la différence par rapport à l'affaire de l'aquarium, c'est que ces femmes n'ont pas été tuées par sa faute.

— À quoi pensez-vous ?

La voix rauque du commandant la tire de sa rêverie.

— À Patrick Bateman. Le personnage d'*American Psycho*, ajoute-t-elle devant son air d'incompréhension.

Broker new-yorkais trucidant jusqu'à l'écœurement dans un Manhattan rongé par le matérialisme. Une activité dématérialisée et un argent facile qui ensemble aboutissent à une absence de contraintes, à une déconnexion du réel, ainsi qu'à une disparition des sentiments… Et, pour pallier cette lacune, à un recours à la torture et au meurtre.

« On pourrait être tenté de faire le rapprochement avec notre homme, reprend-elle après un silence. Qui a sans doute une certaine aisance, pour endormir la méfiance de ses victimes. Un bon niveau social, un bon job peut-être, des ressources élevées, quelqu'un d'intégré. Je ne vois pas comment, dans le cas contraire, il aurait pu séduire trois femmes si semblables et si différentes.

Elle a parlé avec pondération, une certaine hésitation éloignée du ton doctoral qu'il lui connaissait pour ce type d'exposés, montrant qu'elle s'aventure sur des terres inconnues.

— Qu'est-ce que vous voulez dire ?

— Un même type de femmes, trois personnalités radicalement différentes, ce qu'en ont dit leurs proches le confirme. Je doute que les trois aient pu se laisser entraîner par un marginal. Une je veux bien, deux à la rigueur, mais pas trois.

« C'est Chiara Christensen qui m'a mise sur cette voie. On n'a peut-être aucun témoin, mais elle n'aurait pas pris la peine de faire visiter cet appartement à un SDF. Son assassin doit nécessairement bien présenter, pour paraître susceptible d'être intéressé par ce genre de bureaux et la mettre en confiance.

— Accordé.

— Et par conséquent, qu'est-ce qui nous garantit que toutes les trois n'ont pas, au moins au départ, été séduites, ou en tout cas qu'elles ne se sont pas laissé approcher, sans méfiance…

— On n'a trouvé personne dans les relations d'Héloïse susceptible d'avoir rempli ce rôle, objecte Steiner. Et avec son enfant chez elle, elle n'aurait pas pris le risque de ramener un inconnu. Tous ceux qui la connaissent ont été formels sur ce point.

— Héloïse présente le cas le plus problématique. Mais Chiara s'est laissé abuser par un homme se faisant passer pour un client potentiel, et Elsa a très bien pu faire une rencontre et l'inviter. Pour le coup ça colle avec ses antécédents.

— Un séducteur ?

Suzanne hausse les épaules, manière de signifier qu'elle ne sait pas.

— Ce qui me gêne, c'est l'absence de traces de viol alors que l'on est face à des affaires qui par ailleurs ont les caractéristiques de crimes sexuels. Ce qui n'exclut pas la possibilité de relations sexuelles consenties.

Le flic la regarde comme s'il n'avait pas bien entendu. Devant son silence il prend le relais :

— L'usage d'un préservatif peut effacer toute trace de rapports sexuels en l'absence de lésions, si c'est ce à quoi vous faites allusion. Mais ça me paraît hautement improbable…

— Je n'en sais rien. Il y a là un mystère. Comme il y en a un dans cet acharnement systématique à leur enfoncer un objet dans le sexe. Il y a nécessairement une signification derrière ce geste.

— À quoi penseriez-vous ?

Surprise, Suzanne se retourne. Elle n'a pas entendu le capitaine Valdeck entrer qui, les bras croisés, appuyée au chambranle de la porte, lui adresse un regard dubitatif. Elle aussi a l'air de fonctionner aux excitants.

— Il peut y avoir une volonté de tourner en dérision la dimension sexuelle de ses victimes, d'un certain type de femmes correspondant sans doute à sa mère, ce que la mutilation faciale indiquerait… Ou volonté de tourner en dérision la fonction reproductrice de la femme… Ou encore une intention d'introduire une représentation phallique… Tout étant bon pour les satisfaire… À moins qu'il s'agisse du complexe de castration…

Christiane Valdeck lui adresse un sourire au mieux poli, au pire narquois, et s'éclipse.

— Mais en admettant que j'aie vu juste sur l'aspect de notre homme, sur son côté socialement intégré, dit Suzanne à nouveau tournée vers Steiner, il a dû subir un sacré traumatisme, pour devenir ce qu'il est. Pour commettre de tels actes.

— Du genre ?

— Du genre enfance qui vous marque à jamais. Les exemples abondent. La mère de Henry Lee Lucas, celui qui a longtemps œuvré en binôme avec Otis Toole, des dizaines de victimes à leur actif, faisait des passes devant son fils… Mais ça ne permet pas de l'identifier.

Le flic lève les yeux au ciel.

— Comme Albert DeSalvo, l'étrangleur de Boston. À la fin dominé par des pulsions toujours plus fréquentes entraînant des passages à l'acte de plus en plus rapprochés. Lui aussi pénétrait chez ses victimes sans effraction, en les convainquant de le laisser entrer pour évaluer de futurs travaux… Il avait un boulot et une famille…

Les pieds sur le bureau, dos en appui sur son fauteuil en équilibre, sa tasse reposant sur son ventre entre ses mains en coupelle, de ses yeux froids sous leurs paupières lourdes il l'observe.

— Tout cela ne nous donne aucune indication plus précise…

Pour un peu elle rirait de son embarras. Grand flic dans son antre tapissé de coupures de presse trahissant sa nature enfantine. Mais démuni face à un tueur aux mobiles irrationnels, et aux victimes par conséquent imprévisibles, si ce n'est une tranche d'âge, et peut-être une certaine catégorie socioprofessionnelle. Trop peu d'éléments pour sérier le problème. Alors obligé de faire appel à une spécialiste comme elle des maladies mentales, familière des troubles de l'esprit et des grands pervers.

— Mais on n'a pas grand-chose, dit-elle comme s'il s'agissait d'excuser ses tâtonnements.

— Trois victimes... Dont deux en trois jours...

À son tour de rougir.

— Le fait qu'il les a toutes les trois choisies brunes ne peut pas être anodin, réfléchit-elle tout haut. Peut-être cherche-t-il à retrouver une image de sa propre mère... pour mieux la souiller. En parvenant à ses fins sans avoir recours à la violence, il se prouve à lui-même la séduction qu'il exerce sur elles... et donc sur sa mère, puisqu'elles en sont l'image. Et c'est uniquement une fois qu'il les a eues et qu'elles ne représentent plus rien pour lui qu'il les méprise et les tue. Peut-être n'a-t-il l'idée de les tuer qu'à ce moment précis, ce qui expliquerait le fait qu'il n'éveille aucune méfiance chez ses futures victimes.

— Vous voulez dire que même après trois fois, il ne sait pas en abordant une femme qu'il va la tuer ?

En se penchant pour reposer sa tasse sur le bureau, la psychiatre jauge l'air dubitatif du commandant.

— Dans son genre, cet homme est un esthète.

— Un esthète qui défigure l'image de sa mère, dit-il avec une moue dégoûtée.

— Il y a forcément une explication à ce sourire... Je vous l'ai déjà dit : la mère, première rencontre qui précède et conditionne toutes les autres.

— Ma mère me voyait pianiste.

— Je vais y aller, réplique-t-elle soudain tendue. Je n'aime pas traîner dans les rues tard le soir en ce moment.

En serrant la ceinture de son imperméable, elle jette un regard froid sur les photos des victimes étalées comme un jeu de cartes obscènes sur le bureau.

Illuminées par les projecteurs, les tours de Notre-Dame se détachent dans le ciel noir. Sur le parvis, un arbre de Noël géant autour duquel filent comme des fourmis des touristes et des fidèles nombreux en ce 25 décembre. Sans un mot Steiner engage sa voiture sur le pont conduisant rive gauche. Face à eux, la rue Saint-Jacques gravit la montagne Sainte-Geneviève. Déconcerté par le changement soudain d'humeur de la psychiatre, il a fini par se rappeler qu'elle a perdu sa mère très tôt. Il en a déduit que sa réflexion sur les ambitions de la sienne à son propos était déplacée. Ceci ajouté au fait qu'il lui demande son aide alors que l'Anaconda est dehors expliquant son revirement subi.

— Les sacs…

Il se tourne vers elle, surpris de l'entendre briser le silence.

— Deux d'entre eux viennent d'une pharmacie. Je me trompe ?

— Pour Elsa c'est sûr. Pour Chiara je ne sais pas. Pour Héloïse c'est possible. Je vérifierai tout à l'heure.

— Parce que si c'était le cas, ça pourrait constituer une piste… Surtout s'il s'agit des deux dernières… Ça pourrait faire partie d'un rituel qui n'était pas au point la première fois. La première fois il y a rarement un rituel élaboré. Ce n'est qu'après qu'ils chargent leurs actes de symboles.

Tout à sa conduite, le flic lui lance un regard en coin. Elle regarde devant elle, les feux des voitures, les ombres traversant au pas de course sous leurs roues… À cet instant il a le sentiment que ces problèmes sont les seuls qui la captivent. Il suffit de lui en soumettre un pour que son esprit n'ait de cesse de le résoudre. Disque dur tournant sans répit jusqu'à l'apparition de la solution. Comment cette femme au profil si fin et d'un abord si séduisant peut-elle ne s'animer que pour ce genre de déviances ? Elle vient de formuler plusieurs hypothèses qui vérifiées représenteraient un progrès considérable.

— Pour l'instant rien n'est sûr, reprend-elle le regard toujours fixé au-delà du pare-brise. Mais à partir du moment où on a intégré certains mécanismes, ce n'est pas si compliqué. Même intelligents, les tueurs de ce type fonctionnent selon des schémas éprouvés depuis longtemps qui les rendent assez prévisibles… Et eux-mêmes, qui par mépris cherchent à objectiser leurs victimes, deviennent à leur tour de simples objets au centre et au bout de l'énigme qu'ils nous posent…

Ils vous fascinent… lâche-t-il en s'apprêtant à couper dans la rue Monge.

— Ils sont intéressants par l'énigme qu'ils posent et par le danger qu'ils représentent. Mais une fois tombés, ils deviennent d'une banalité déprimante. Égocentriques, narcissiques, et prêts à toutes les bassesses pour sauver leur peau et assurer leur légende… Des êtres sordides qui ne méritent pas l'intérêt qu'on leur porte, croyez-moi. Comme Mangin par exemple, qui en interrogeant Kovak pensait le comprendre. En fait il n'y a rien à comprendre… Rien qui tienne en plus de quelques phrases… Joseph ! Que se passe-t-il ?! hurle-t-elle soudain d'une voix stridente.

Elle lui a agrippé l'avant-bras.

Devant son immeuble, une camionnette rouge, gyrophare tournant, barre la rue. L'arrière est ouvert sur une civière que deux pompiers hissent à l'intérieur.

Steiner n'a pas le temps de la retenir qu'elle s'est déjà précipitée dehors.

À sa rencontre, Abel l'intercepte dans sa course et la prend dans ses bras. Elle s'arrache à son étreinte et se rue sur le brancard à l'intérieur du fourgon pour y découvrir Angélique la tête émergeant d'un drap, inerte, un masque à oxygène lui couvrant la moitié du visage.

Image du désespoir maternel qu'à l'abri de sa portière ouverte, debout à l'extérieur de sa voiture, le commandant Steiner sans voix observe. Jusqu'à ce que les pompiers referment les portières sur elles deux.

21

Le minivan Volkswagen aux joints de carrosserie picotés par la rouille progresse sur la route détrempée. Les deux tournesols en tissu synthétique dodelinent sur leurs tiges plantées dans la grille de ventilation au-dessus du tableau de bord. De part et d'autre de la route, les arbres forment les rideaux sombres et dégoulinants de la mer Rouge s'ouvrant devant le peuple hébreu.

Les mains sur le volant gainé de cuir, Matthias Dorfmayer prête attention au ronronnement du moteur ainsi qu'au bruit des pneus sur le bitume détrempé. Le pare-brise à la verticale percute soudain deux, puis trois et quatre gouttes de pluie qui explosent sur la surface vitrée. Sans quitter des yeux la route, de la main droite Matthias Dorfmayer actionne les essuie-glaces qui se mettent à balayer son champ de vision dans un couinement régulier.

Très vite l'habitacle résonne des milliers de chocs de la pluie sur le toit.

380 000 kilomètres au compteur et aucun problème mécanique majeur. Si ce n'est cette usure aux jointures, petits grincements, légères fuites d'huile, boulons grippés qui rendent le véhicule plus attachant. Sorti des chaînes de production depuis vingt-six ans. Son van et lui sont nés la même année. 1979. Un bon cru, à en croire leurs parcours respectifs. Le VW n'a jamais flanché, lui non plus, continuant son petit bonhomme de chemin ni vu ni connu depuis l'école. La qualité des

automobiles « *made in Germany* » se félicite-t-il. Lui ne le possède que depuis six ans, mais il connaissait le premier propriétaire. Son père.

Après sa mort on l'avait rangé dans un hangar où il a pu rouiller pendant cinq années. C'est lui qui l'a ramené à la vie, en le bichonnant comme un animal de compagnie.

Il se demande souvent combien de temps il pourra le garder. Combien de kilomètres avant qu'il ne rende son dernier soupir. Encore 120 000, pour atteindre le demi-million ? À raison de 30 000 par an ça ne fait jamais que quatre années. Et lui, que deviendra-t-il, quand son extension mécanique sera à la casse ? À la casse aussi ? Il ricane. À vingt-six ans une voiture est déjà une antiquité. Il voit bien que des gens commencent à la montrer du doigt avec des regards pleins de nostalgie. Pas bon, ça. À force, le pouvoir du gris passe-partout de la peinture s'en trouve annihilé.

Un petit frère s'avérera bientôt nécessaire pour continuer à passer entre les gouttes. Un successeur. Il suffira de transposer des éléments de celui-ci dans le prochain, pour recréer une impression de bien-être familier. Comme les tournesols. Et peut-être le rétroviseur intérieur. Et le pare-soleil aussi. Avec les photos.

Les gouttes de pluie en rangs serrés sur la chaussée forment un spectacle fascinant. Il allume ses feux. Des millions de microchampignons atomiques liquides giclent sur le sol et scintillent dans la lumière des phares. Par précaution il ralentit. Il ferme sa vitre et met le ventilo. Il inspire et goûte l'humidité qui imprègne l'habitacle et le parfume. L'odeur du skaï et des vieux caoutchoucs.

Il se penche en avant et lève la tête. Le ciel est noir.

Une tache attire soudain son attention sur la route. Qui fait un bond.

Puis deux, trois, quatre, et vingt autres, et cent autres. Petites taches noires qui bondissent à son approche vers les bas-côtés.

Le pneu avant droit amortit le choc de la première grenouille écrasée, et Matthias Dorfmayer éclate de rire.

L'incident réveille en lui un souvenir oublié.

Quand il était petit, Matthias n'aimait pas la vivisection, ricane-t-il.

Ploc, ploc, il les imagine affolées. La nouvelle du génocide a déjà fait le tour de la colonie. Elles bondissent en tous sens comme des folles.

En sciences naturelles, le petit Matthias n'aimait pas découper les batraciens, fredonne-t-il en donnant un coup de volant pour en écraser une autre. Le corps aplati comme une gaufre provoque une infime onde de choc que le chauffeur intègre, aussitôt occupé par la prochaine.

Coup de volant à droite, microchoc, coup de volant à gauche, microchoc.

Les mains agrippées au volant, Matthias Dorfmayer saute d'excitation sur son siège en rugissant à chaque grenouille écrasée. Il chante, sur un air de comptine improvisé :

En sciences nat, la vivi c'était pas son truc, au p'tit Matthias.

Et il regarde dans le rétro pour tenter d'apercevoir les cadavres. Mais la lunette arrière ruisselle, le minivan soulève un nuage de particules liquides dans son sillage, et la chaussée est trop sombre.

Alors il reporte son attention sur ses cibles.

Ploc, ploc, pour fuir le Léviathan vrombissant.

La bête qu'on collait dos sur la paillasse et qu'on ouvrait en deux malgré le cœur qui la secouait tout entière. Un vrai soufflet, la grenouille sur le billard.

Ploc, ploc, leurs gros corps flasques passant sous les Dunlop.

La peau qu'au scalpel on épluchait comme celle d'un fruit, pour mettre au jour les muscles des cuisses et les entrailles.

Ploc, ploc, les Dunlop avalent les grenouilles à la chaîne.

Il passe sa main sur le pare-brise pour essuyer la buée, ricane encore de son tartare.

Mais la route lui semble soudain moins encombrée. Ses phares n'éclairent plus que l'eau qui rebondit et quelques grenouilles éparses, les éternelles inconscientes et retardataires.

Une dernière pour le compte, se dit-il en braquant sur la droite.

Le pneu avant droit aplatit la bestiole.

Il veut redresser mais le VW ne répond plus. Il a quitté la route. Un instant même le sol en passant par-dessus le fossé. Il sent les cahots du talus, l'herbe frotter sous le châssis, et s'agrippe au volant en regardant grandir le rideau d'arbres.

Il ne faut pas qu'on trouve mon petit fourbi, il ne faut pas qu'on trouve mon petit fourbi, répète-t-il affolé.

Il appuie de tout son poids sur le frein mais le VW semble glisser sur l'herbe mouillée et prendre davantage de la vitesse.

Encore une fois il veut tourner le volant mais le véhicule file droit sur les arbres.

Il ne faut pas qu'on trouve mon petit fourbi… entonne-t-il comme une incantation pour conjurer le sort.

Il pousse un cri en levant les mains pour se protéger.

Le pare-brise vole en éclats.

Matthias Dorfmayer est projeté en avant, percute du front le montant central divisant le pare-brise en deux, et retombe inconscient au-dessus du volant.

Malgré la calandre en miettes, un phare a échappé au désastre et éclaire la base d'un tronc et une bande d'herbe.

Ce faisceau lumineux justement qui un quart d'heure plus tard à travers la pluie attire l'attention de Ralf Schutz. Il fait signe à Bernd Hoffer et se gare sur le bas-côté.

Ciré sur le dos, les deux hommes sortent de leur voiture et enjambent le fossé. Des rafales de pluie les cinglent de front et l'eau ruisselle de la visière de leurs casquettes. En approchant ils entendent le bruit métallique et sourd de la pluie sur la carrosserie.

Le bas du pantalon détrempé, Bernd Hoffer ouvre la portière côté conducteur.

L'homme est inconscient mais vivant. Il le redresse. Un filet de sang coupe son visage en deux depuis le cuir chevelu jusqu'au menton. À son contact le jeune homme reprend connaissance. Il ouvre les yeux, encore sonné, regarde l'homme puis voit la visière blanche de la casquette et tend les mains comme s'il s'attendait à ce qu'on lui passe les menottes.

La main gauche levée derrière lui, le policier claque des doigts et son coéquipier approche. Ensemble ils aident le type à sortir. La pluie noircit immédiatement sa chevelure blonde.

— C'est à cause des grenouilles, dit-il alors que l'eau commence à dissoudre la traînée de sang sur son front. C'est à cause des grenouilles.

— Qu'est-ce qu'il dit ?

— À l'école, Matthias aimait pas disséquer les grenouilles.

Ralf Schutz se tourne vers son coéquipier en se tapant la tempe droite avec l'index.

— J'ai jeté un œil à ses pneus. Pas étonnant qu'il se soit foutu dans le décor tout seul.

Puis il s'assied à la place du conducteur et coupe le contact. Le phare s'éteint.

— Comment vous appelez-vous ? demande l'autre policier.

Le type fixe le sol sans réaction.

— Votre nom ? Vous vous rappelez pas votre nom ?… On va vous emmener avec nous.

Dans le minivan, Ralf Schutz a ouvert la boîte à gants.

— Matthias Dorfmayer. Il s'appelle Matthias Dorfmayer, dit-il, penché sur un permis de conduire.

— Alors, monsieur Dorfmayer, il est préférable qu'on vous emmène. Et il vaut mieux faire soigner cette blessure aussi. On fera dépanner votre véhicule plus tard. Vous avez des affaires à prendre avec vous ?

Le type fixe toujours le sol, mais sa bouche dessine un curieux sourire. L'eau ruisselle des mèches qui lui tombent sur le front.

— Il est sonné. On va devoir l'emmener à l'hôpital. Les grenouilles ! Y vont même lui faire une radio du crâne, ouais ! Tu viens ?

Un long sifflement lui répond. Il tourne la tête et voit son coéquipier hypnotisé par le pare-soleil.

— Tu lui passes les menottes aux poignets et on appelle vite fait le central. Mon vieux, je crois qu'on a décroché le gros lot, dit-il, une série de pièces d'identité à la main. Barbara Sanditz, Gabriela Banhof, Eva Baiersdorf, Inge Blutt. Elles sont toutes là, dis donc.

La main droite sur la crosse de son automatique sous son ciré, la gauche en quête d'une paire de menottes, Bernd Hoffer ne quitte pas le jeune homme des yeux.

— Ne pas leur offrir de résistance, ne pas leur offrir de résistance, ne pas leur offrir de résistance, répète Matthias Dorfmayer les poignets tendus.

22

Jamais elle n'oubliera sa terreur en voyant sa fille sur un brancard, embarquée dans un véhicule de première urgence. Instantanément elle avait pensé à l'Anaconda.

Sur le coup, elle n'entendit pas les mots d'Abel. Le bleu du gyrophare l'éclaboussait à la cadence de la vie s'échappant du corps de sa fille. Affolée elle ne voulait qu'une chose : être auprès d'elle, la toucher, l'embrasser.

Dans le fourgon, le pompier lui parla de crise d'épilepsie sans doute provoquée par un choc émotionnel massif. Quel choc émotionnel ? Qu'est-ce qui avait provoqué une telle réaction ? L'attente sous les néons de l'hôpital fut une interminable traversée d'angoisse. À la culpabilité d'avoir été absente une fois de plus s'ajouta celle, depuis quelques mois oubliée mais en un instant ressurgie, d'être l'unique responsable de ce désastre.

Au réveil d'Angélique, aussi pâle que ses draps, les cheveux étalés en rayons noirs sur l'oreiller, son regard ne la délivra pas du mal qui la rongeait. Il était misérable. Et le spectacle de cette enfant deux ans plus tôt auréolée de toutes les promesses était celui de son propre échec. Et lorsqu'elle crut y lire un reproche, dans ce regard transmis du fond d'un lit d'hôpital, à côté d'un autre lit occupé par un gamin écoutant la télé à tue-tête, Suzanne s'effondra.

Ces effusions n'étaient pas ce qu'il fallait à Angélique. Ou peut-être si. À cet instant elle ne savait pas, réalisait qu'elle n'avait jamais su, ou plus depuis longtemps.

Elles n'en seraient pas là sinon, à tenter de refaire ensemble un bout du chemin aux voies disjointes, et ce malgré les questions, les réponses, les applaudissements et la musique du jeu télévisé que le voisin manifestement dur d'oreille suivait avec un air captif, du bout des lèvres encourageant ou débinant les candidats, la tête et le dos enfoncés dans une pile d'oreillers.

Après vingt-quatre heures d'observation, Angélique a quitté l'hôpital. Le temps pour Suzanne de réfléchir à l'enchaînement des événements et à ce qu'elle avait raté. C'est Abel qui l'a découverte au sol, le dos en arc de cercle, les yeux révulsés, les membres agités de convulsions et la bouche écumant de bave. Une symptomatologie épileptique classique que l'électroencéphalogramme a pourtant démentie.

Malgré ses absences et ses mystères, Abel était présent au bon moment, tandis qu'elle s'est avérée incapable de protéger sa propre fille, toujours absorbée par son travail, ses patients, l'enquête sur l'Homme qui rit et Kovak.

Kovak justement. C'est la vision de sa photo anthropométrique diffusée au journal télévisé qui a provoqué la crise d'Angélique. Suzanne a finalement obtenu le fin mot de l'histoire une fois que sa fille a été capable de raconter ce qui s'était passé. Kovak dont la seule apparition sur un écran l'a plongée dans un tel état, révélant ainsi son immense fragilité. Lorsque Abel l'a découverte devant la télé, d'autres infos avaient succédé sur l'écran au retour du psychopathe, l'empêchant ainsi de faire le lien.

Et puis un événement chassant l'autre, l'impensable est survenu, ce à quoi elle ne s'attendait plus depuis des années, nouvelle trop extraordinaire pour la taire, et trop récente pour en parler à n'importe qui. Séisme biologique la laissant confondue devant les mystères insondables de l'existence.

Pour la quatrième fois la maison carbonisée apparaît sur le poste de télévision, la cour envahie par des véhicules de secours. Gros plan sur les civières posées sur le gravier, descente à la cave avec les silhouettes dessinées sur les marches à la craie, plan de coupe, intrusion dans la chapelle ardente improvisée dans un bâtiment de la municipalité voisine, foule des anonymes pressés devant les cercueils entourés de cierges. Forêt de lumières pour accompagner l'ascension des âmes aux cieux.

En deux jours à peine, l'intuition de Steiner a été vérifiée puis réfutée : Laurent Kovak était bien où il l'avait pressenti, mais n'avait rien à voir avec les disparitions. Les deux femmes responsables de cette institution ont été victimes de son orgueil. Si seulement il avait laissé faire Breton et son équipe de l'OCPRF… En pressant son homologue allemand, le commandant Wetzhausen, de lancer un avis de recherche, il a ignoré les risques que cela pouvait faire encourir à des inconnus.

Miraculeusement les gosses s'en sont tirés. Ils sont parvenus à s'extraire un à un de la cave par une sorte de soupirail, boyau rectangulaire d'un mètre cinquante de long creusé en biais et débouchant au pied du mur de la façade extérieure, abrité des regards par une lourde plaque en fer qu'il a fallu soulever. Un passage d'à peine plus de vingt centimètres de hauteur par lequel les deux femmes n'ont pu se glisser, poussant alors les petits dans l'interstice pour les aider à gagner l'air libre, tandis que la fumée peu à peu les envahissait. Même les plus frêles ont eu la peau des membres et du buste complètement râpée.

Avec le feu aucun n'a pu ouvrir la porte de la cave. Aucun n'a osé ni même eu l'idée d'aller chercher Hermann Alter. Par crainte du retour de l'homme, suivant les indications de Christina Schluss, ils se sont terrés dans la forêt jusqu'aux hululements des sirènes et au déploiement des secours dans la cour. Guidés par l'éleveur de porcs, les pompiers se demandaient où avaient pu passer les enfants, lorsqu'ils les ont vus débarquer en file indienne.

Ils sont restés une douzaine d'heures enfouis sous des buissons comme des marcassins, et en sont ressortis complètement traumatisés, certains dans un état de régression totale, incapables de parler, le visage noirci par la terre et la fumée, affaiblis par la peur, le froid, la soif et la faim, la plupart réclamant Christina dont la dépouille était déjà dans un sac à fermeture Éclair.

Avec des trésors de patience et d'attention, on est parvenu à reconstituer les événements ayant entraîné cette tragédie : la main tendue vers le poste de télévision, le petit Ernst Traümer les a mis sur la voie, après leur avoir posé une énigme supplémentaire en leur montrant une tronçonneuse ainsi qu'un jeu de petits chevaux. L'un des urgentistes a suggéré de se référer aux programmes de la veille. Et l'on s'est repassé les actualités.

L'incendie du Blumenwald a éclaté comme une bombe : quelques heures après que l'éleveur de porcs bavarois eut sonné l'alerte, les agences de presse se sont emparées de l'événement et le diffusaient aux quatre coins du continent. Équipes de télévision, photographes et reporters affluant dans la clairière avec un empressement de chercheurs d'or, en quête de photos des enfants, de témoignages des familles et du voisinage, comme autant de pépites à exposer aux yeux du monde.

Autant d'explosions au souffle variable en fonction des actualités locales en cette période de fin d'année et de préparation festive. Un événement surgi du néant avec la force et la soudaineté du destin, propagé avec la rapidité des ondes courtes et des hautes fréquences, frappant d'une stupeur violente mais passagère, le temps que l'oubli remplisse son office.

Et c'est le moment qu'a choisi l'Anaconda pour sortir de son hibernation, songe Steiner tandis qu'à l'écran le présentateur enchaîne sur la traque au point mort du tueur en série parisien.

La sonnerie stridente de l'interphone interrompt le cours dépressif de ses pensées.

— Joseph ? Suzanne. Je peux monter ?

Surpris, il appuie sur le bouton d'ouverture.

Il ouvre la porte puis se rend dans la cuisine, au-dessus de l'évier se passe la tête sous l'eau.

— Lendemain de fête difficile ?

L'ironie de la question lui arrache un sourire. Il écarte le torchon de son visage. Elle aussi a les traits tirés. Mais il y a dans son regard cerné et son front soucieux une attention qui le touche.

Il ouvre le frigo, en sort une bouteille de Perrier, puis deux verres d'un placard en formica qui claque en se refermant.

Le salon apparaît à Suzanne dans sa nudité. L'ouverture de la fenêtre provoque un courant d'air qui chasse la fumée.

— Vous étiez injoignable. Qu'est-ce qui se passe ? demande-t-elle en remarquant les photos de Chiara, Elsa et Héloïse dépassant de chemises étalées sur la table basse.

D'un trait il vide son verre et le remplit à nouveau.

— Ce n'était pas Kovak pour les disparues. Ils l'ont arrêté hier. Matthias Dorfmayer, vingt-six ans. Un enfant de la région. Propre sur lui, un peu hippie sur les bords. Une tête d'ange. Vous verriez sa photo… Sans profession. Il vivait sur un héritage.

— Vous avez suivi votre intuition. C'était la bonne… C'est lui qui va payer.

Il lève les sourcils.

— Après un acte pareil, même un Kovak ne peut pas rester indemne.

Assis dans le canapé, il la regarde avec un air dubitatif.

— Ses précédents crimes répondaient à une nécessité psychiatrique qui en occultait l'horreur à ses yeux. Celui-ci répond à une nécessité de survie. Et les victimes ne sont pas celles sur lesquelles il a l'impression de prendre une revanche.

— Je vous trouve bien optimiste quant à l'humanité de sa nature.

Le flic se frotte le visage entre les mains. Sur l'arête de son nez elle regarde la marque de la fracture qu'on lui a faite deux ans plus tôt en Bretagne. Sans le savoir ils traquaient déjà l'Anaconda.

Puis elle le voit tâtonner sur la table basse jusqu'à trouver son paquet de cigarettes. Le tabac grésille sous l'effet de la flamme du briquet. La première bouffée de fumée lui chatouille les narines.

— Au fond, je préfère l'aspect ascétique de votre appartement au trop-plein de votre bureau, dit-elle avec un regard circulaire sur les murs blancs. Trop de souvenirs. Au départ c'est séduisant, mais ça finit par être suspect.

— Si vous vous êtes mis en tête de me psychanalyser, vous vous êtes trompée d'adresse.

Elle rit.

— J'aurais besoin d'un autre renseignement.

— Je vous écoute, soupire-t-il les yeux égarés sur l'étalement de photos des victimes.

— Ma patiente inconnue à l'état civil. Elle tient une boutique rue Cambon, Adèle. J'y suis passée pour vérifier. Au moins sur ce plan elle ne m'a pas menti. Mais j'aurais besoin d'en savoir plus. Sur elle et sur son éventuel jumeau. Ainsi que sur un certain Ménard, ou Médard, mort en 1993. D'après elle, ce n'était pas un accident, contrairement à la version officielle. À l'en croire, son frère serait un prédateur prêt à tout pour aplanir sa route, psychopathe intégré socialement, dont la nature violente se révèle dès qu'il se sent en danger.

— Vous n'en avez pas marre, d'évoluer dans cet univers ?

Elle hausse les épaules.

— J'allais oublier un détail. C'est au lettré que je m'adresse. « *Suis-je le gardien de mon frère ?* », ça vous dit quelque chose ? Elle m'a dit ça à la fin de sa dernière consultation. Ça m'a semblé préparé.

Arrachant ses yeux à la fascination morbide des clichés, il pose sur elle un regard vide d'expression, jusqu'à ce que d'un coup une lueur brille et qu'il s'anime, d'une voix lointaine psalmodiant presque :

— *L'Éternel dit à Caïn : Où est ton frère Abel ? Il répondit : Je ne sais pas ; suis-je le gardien de mon frère ?*

Elle émet un sifflement admiratif.

— Attendez la suite.

Il lève la main, l'air de se concentrer :

— *Et Dieu dit : Qu'as-tu fait ? La voix du sang de ton frère crie de la terre jusqu'à moi. Maintenant, tu seras maudit de la terre qui a ouvert sa bouche pour recevoir de ta main le sang de ton frère. Quand tu cultiveras le sol*, reprend il après une infime hésitation, *il ne te donnera plus sa richesse. Tu seras errant et vagabond sur la terre.*

— Vous connaissez la Bible par cœur ?

— Vous savez qu'on a souvent assimilé Caïn et Abel aux jumeaux mythiques, comme Romulus et Remus ? En tout cas, votre patiente aussi a lu la Bible.

— Elle s'est jouée de moi en s'appropriant certains crimes pour éveiller mon intérêt avant de me conduire à découvrir l'existence de son frère, et l'accuser de ces mêmes crimes. Une façon de m'instrumentaliser. Ce qui n'aurait pas marché si elle était venue me trouver en le dénonçant.

Par la baie vitrée ouverte qui laisse s'engouffrer l'air froid, elle regarde filer les voitures sur l'avenue. Des automobilistes en route pour leur domicile après une journée de travail. Le commandant l'observe lui tournant le dos, une main accrochée au rideau.

— C'est Kovak qui vous préoccupe…

Elle ne se retourne pas, toujours absorbée par le flot ralenti des voitures.

— Il y a autre chose…

— Oui ?

— Je suis enceinte. Je sais ça depuis hier…

Elle l'entend se lever.

— Et… vous êtes heureuse ? Il faut vous féliciter ?

Elle se retourne :

— C'est encore un peu neuf. Il faut que je m'habitue à l'idée. Et puis il faut que je m'occupe d'Angélique, elle a besoin de moi.

Il lui renvoie un sourire qu'il voudrait encourageant. D'un hochement du menton, elle désigne les photos sur la table basse.

— Rien de nouveau. On s'active. Une vraie ruche.

— Vous avez vérifié pour le sac ayant recouvert Héloïse Beck ?

— Vous aviez raison. Trois sacs de pharmacie.

— Alors il ne s'agit pas d'un hasard, mais d'un message. Un rapport certain avec les professions médicales ou paramédicales, ajoute-t-elle les yeux dans le vide.

Il s'approche, lui pose les mains sur les épaules. Elle se dégage.

— Les hommes du service vous attendent en bas ?

En guise de réponse elle cligne des yeux.

— Prenez garde à vous.

Elle a disparu. À travers la porte d'entrée il entend l'ascenseur s'ouvrir à l'étage, puis se refermer avant de redescendre. Sur les murs de son appartement, son regard n'a aucun endroit où s'accrocher. Le docteur Lohmann l'a surpris dans son dénuement le plus absolu.

Au dernier moment il a rebroussé chemin. La route qu'il emprunte est encombrée de cars de touristes. Il a laissé à sa gauche le château de Schwansee. D'ici une heure il devrait avoir gagné l'Autriche.

La radio le tient éveillé. Il croise des cars d'enfants, des cars de vieux, des cars d'étrangers. Tous se pressent pour voir les châteaux de Louis II. Mais lui ne les voit pas, il focalise son attention sur la route et lutte pour ne pas fermer les yeux. Depuis son départ il a accompli tous ses gestes de façon machinale : s'enfoncer dans la forêt, arracher le premier conducteur à son volant et le mettre dans le coffre, rouler sur l'Autobahn, faire demi-tour, trouver une autre voiture sur le parking d'une station-service, reprendre la route.

Un jingle annonce un flash d'informations. Résigné, il attend des nouvelles du Blumenwald. Christina et Candida. Première fois qu'il n'en tire ni joie ni fierté, mais au contraire une certaine amertume inconnue jusqu'alors, qui surpasse même l'agacement éprouvé lorsque son nom a été prononcé… par un présentateur le désignant comme le responsable de cet holocauste ; avant de parler de périmètre bouclé, de routes barrées et de battues. Mesures trop tardives pour être efficaces.

Il monte le son.

« … *l'arrestation de celui qu'on avait surnommé l'Ogre de la Forêt. Un jeune homme de vingt-six ans, à l'apparence inoffensive, dont le minivan Volkswagen avait percuté un arbre sur le bord de la route. Barbara Sanditz, Gabriela Banhof, Eva Baiersdorf, Inge Blutt, les quatre disparues de ces dernières semaines, leurs pièces d'identité se trouvaient en sa possession…* »

Kovak éteint la radio et se gare sur le bas-côté. Il sort de la voiture, fait quelques pas sur le bord de la route. À quelques heures près, il serait parmi eux. Il les entend à nouveau tambouriner contre la porte de la cave. Ses seuls amis. Sa vraie famille. Hurlant, l'implorant et toussant derrière la porte. Qu'il a voulu réduire au silence. Le destin n'a pas voulu. Des voitures et des cars le frôlent. Il rentre la tête dans les épaules, remonte dans la Mercedes et arrache quelques mottes de terre avant de rejoindre la circulation des autocars.

TROISIÈME PARTIE

23

En quelques pressions sur le clavier, il est parvenu à positionner correctement les briques pixelisées qui matérialisent deux rangées pleines, et à réduire à l'état de poussière le mur qui menaçait d'envahir son champ de vision. L'écran de l'ordinateur affiche un message de félicitation accompagné par quelques notes d'une mélodie synthétique. Abel détache son regard de ce spectacle déprimant.

Son bureau compte plusieurs maquettes de ses réalisations immobilières, mondes parfaits sous plexiglas auxquels des figurines qui se croisent devant le bassin d'un patio, ou devisent sur les bancs d'atriums paysagés, apportent une illusion de vie.

Vestiges de son ancienne vie et faux-semblants comparables à ce qu'est devenue son existence. Suzanne le croit toujours dans la finance. À l'affût, de la bonne affaire, de la société sous-évaluée sur laquelle faire main basse avant que la meute à son tour ne découvre la pépite. Ils sont quelques-uns à maîtriser les rouages du capitalisme et à profiter du système. Sans structure ni raison sociale, fantômes volatils comme l'air, ayant transformé la Terre en tapis vert à leur usage. Des prédateurs, lui dit-elle, qui en connaît un rayon sur la question.

Depuis qu'ils vivent ensemble il n'a pas effectué la moindre opération. Ses journées, qu'elle croit consacrées à l'analyse de données financières, le sont en réalité au Tetris ou aux parties de patience sur son ordinateur, habitude contractée avec le fils de Claudie, Vianney, l'obsédé de jeux vidéo.

Briser un équilibre établi de longue date et tenter de construire une nouvelle vie avec cette femme rencontrée par hasard a soulevé des difficultés imprévues. Comme si elle représentait un bonheur dont l'inaccessibilité peu à peu le privait de tous ses moyens. Et comme si, par effet domino, l'édifice d'une vie menaçait de s'effondrer. Le voile de prospérité dont il a su s'entourer ne saurait éternellement masquer les failles de son passé, surtout vis-à-vis d'une femme aussi avertie de ce genre de problématiques. Sa seule véritable action depuis qu'ils vivent ensemble : sauver Angélique. Sauvetage dû au seul hasard de sa présence, mais dont le principal résultat a été de le grandir aux yeux de Suzanne, et par conséquent de prolonger son aveuglement.

Suzanne qui n'a pas renoncé à chasser le psychopathe.

À côté de la télévision branchée sur Bloomberg, graphiques et tableaux occupent les écrans, fenêtres sur le monde vu par le prisme de l'argent, vision transformant tout en valeurs numériques : les idées, les produits, les accidents et les hommes.

Il a relancé une partie : unique moyen qu'il a trouvé pour endiguer le flot de ses pensées. Horizontales ou verticales, les petites briques pixelisées descendent de plus en plus rapides et nombreuses sur le mur dont il tente d'empêcher l'érection. Paradoxal pour un ex-promoteur immobilier. Fébrilement, dans leur descente il les déplace sur la droite ou la gauche et les retourne pour combler les vides du mur. Dans la panique il parvient à faire sauter une, deux ou trois rangées d'un coup, mais hypnotisé se dit qu'un écran envahi par les briques signifierait sa propre fin.

L'accumulation de ses richesses l'a rendu à une oisiveté dangereuse qui le laisse trop souvent face à lui-même : un adversaire imprévisible qui a tendance à le dominer. Un adversaire qui n'en peut plus et enrage sous la chape de plomb dont il a recouvert son passé.

C'est généralement pour une quête spirituelle que l'on se détache de la matière, pas pour le néant. Il a abandonné le béton pour la finance qu'il est en train de délaisser, soldé sept années de vie commune avec Claudie comme une position sur un compte titre ; pour une femme qu'il n'ose aimer et qui déjà porte son enfant.

Après trois malheureuses étreintes.

Plutôt que d'aller consulter chez un psy il en a séduit une, mais s'avère incapable de lui parler, de lui ouvrir les portes de son passé, de son esprit. Comment pourrait-il seulement évoquer ce qui le hante ?

Le sentiment d'imposture n'a jamais été aussi vif que depuis qu'elle lui a annoncé sa grossesse. Comme si l'avènement prochain de cette paternité jusqu'alors inenvisageable soulignait sa propre vacuité. Il a dû lui demander de répéter. Il était bouleversé. Une telle nouvelle annoncée comme si de rien n'était, allongée dans son canapé sur fond musical. Son habituelle retenue s'est fissurée : des larmes sont apparues au coin de ses yeux avant de ruisseler le long de ses joues.

Il s'était interdit d'y songer, vu ce que ce simple mot et la réalité qu'il recouvre pouvaient avoir de vertigineux. Tandis que sur l'écran de son ordinateur, sur un air entêtant les briques de couleur dégringolent à une vitesse angoissante, en trois clics Abel annihile cette vision cauchemardesque, avant de claquer la porte et d'aller rejoindre la mère de son futur enfant.

Suzanne sur les traces de l'Homme qui rit, comme ils l'ont judicieusement baptisé. Il l'a constaté dans le dossier que par négligence sans doute elle avait un jour laissé traîner dans le tiroir de sa table de chevet.

Le capitaine Valdeck a la paupière gauche animée d'un clignement nerveux, signe chez elle d'une intense fatigue. D'ordinaire susceptible, elle est désormais irritable.

Mais elle connaît les trois affaires Beck, Christensen et Carpentier sur le bout des doigts, elle est allée plus loin que quiconque dans la recherche et l'analyse des détails en apparence les plus anodins, et malgré son état d'épuisement n'est jamais prise en défaut ni ne paraît près de lâcher prise. La tension qui émane d'elle et la maintient debout est la mauvaise conscience des membres de son groupe. Les plus acharnés n'en font pas la moitié, et même Francini, machiste et chatouilleux, se voit obligé de respecter ses sautes d'humeur.

Sur sa tempe et sa joue gauches, les veines dessinent le réseau des canaux, affluents et bras d'un fleuve irriguant une région vue du ciel. Elle doit avoir les mêmes sur les seins, imagine le commandant Steiner, qui par leurs arabesques bleutées en accentuent la délicatesse. Des seins pâles surmontant des côtes apparentes sous une peau aussi tendue qu'un tambour. Une femme en veines et en os, au nez agrémenté d'une légère bosse sur l'arête. Les deux grains de beauté sur son visage appellent des petits frères ailleurs, sur les épaules, le torse ou les cuisses.

Elle n'est pas une femme que l'on déshabille au premier regard, mais figure parmi celles qui retiennent l'attention.

Steiner ne s'adonne pas à cet effeuillage mental en esthète encombré de critères rigoureux. Chaque corps réserve à ses yeux d'heureuses surprises, un grain ou une odeur de peau, une ride émouvante, un genou, le dessin d'une épaule, évoquant un souvenir particulier dont l'intéressée même ne peut avoir conscience...

Imaginer comment les gens réagissent face à leur propre nudité s'avère parfois un moyen de les percer à jour. Rapide, nerveuse, Christiane Valdeck ne doit pas s'appesantir sur elle-même. Ses yeux, pâles eux aussi, sont occupés d'autres choses que de son propre corps. Comme ces malheureuses, qui ne la laisseront pas en paix avant d'avoir été vengées.

Trois fleurs fauchées dans leur épanouissement le plus éclatant.

Pour chacune, elle a répertorié l'ensemble des relations, professionnelles, familiales, amicales et autres, histoire de ne négliger aucune possibilité de rencontre. De leur vivant les trois victimes étaient, dans le cadre de leur travail, en contact permanent avec l'extérieur. Héloïse Beck dans sa maison de production avec la foule des plateaux télé, Chiara Christensen avec ses nombreux clients qu'elle emmenait souvent dans des appartements vides. Idem pour Elsa Carpentier recevant chaque jour des visiteurs dans une galerie de tableaux.

Il suffisait d'une fois pour que le type en question ne soit plus exactement un inconnu et qu'elles aient abandonné toute méfiance. Mais la liste des possibilités est trop longue et leurs interlocuteurs trop nombreux pour tout vérifier. Et les premières recherches n'ont dévoilé aucune connaissance commune aux victimes.

L'idée d'un type travaillant dans un bureau, avec des collaborateurs, une hiérarchie, peut-être une famille, séduisant au point de se faire inviter chez ses victimes, et capable ensuite de les étrangler avant de les défigurer, ne cadre avec aucun des schémas auxquels elle a été confrontée. Ni à la passion, ni à la colère, ni à l'appât du gain, ni à la vengeance. Jamais elle n'a envisagé un homme possédant apparemment tout, et pourtant contraint à tuer et à avilir, pour assouvir un besoin irrépressible.

Alors Christiane Valdeck s'est penchée sur les hypothèses formulées par la psychiatre, s'en remettant à son expertise dans une affaire relevant autant de la psychiatrie que de la criminologie : le traumatisme subi dans la petite enfance, le personnage de la mère qui certainement a joué un rôle déterminant à l'origine de sa pathologie, et qu'il cherche à atteindre à travers ses victimes.

Toute théorie offre la séduction de la logique, mais n'avance pas à grand-chose. Et en l'absence d'éléments nouveaux, le docteur Lohmann n'a rien pu ajouter.

Seule consolation : à en croire la psychiatre et les nombreux exemples étayant sa théorie, rongé par la culpabilité, le tueur devrait finir par se dévoiler lui-même. Peut-être de façon intentionnelle. Pour qu'enfin soit mis un terme à son cauchemar.

Mais cela exige d'attendre qu'il repasse à l'acte. Peut-être à plusieurs reprises. Ce que le capitaine Valdeck ne peut se résoudre à admettre.

Dans le ciel gris, des nuages passent en trombe, comme des populations chassées par quelque fléau. Une demi-heure encore et il fera nuit. Un instant absorbé par le spectacle de cette fuite céleste, Joseph Steiner reporte son attention dans la pièce. La cellule chargée de l'enquête est réunie pour le point quotidien.

Rien à voir avec la traque d'un individu déjà appréhendé dont on met les relations sous surveillance ; un repris de justice dont on connaît le visage, le passé, les habitudes et la personnalité ; un agresseur auquel aurait échappé une victime en ayant donné une description, même sommaire, incomplète ou faussée par la terreur et le ressentiment.

Juste l'ombre d'un tueur inconnu, et donc impressionnant.

Trois victimes en près de deux mois dont les deux dernières en trois jours. Tous les voyants sont au rouge : dans les médias, à la direction de la Brigade, au ministère même. Habitué à encaisser, Steiner fait le dos rond, priant tous les soirs pour que le lendemain ne leur apporte pas une nouvelle moisson sanglante.

D'une oreille distraite il écoute les derniers comptes-rendus : l'énumération des démarches de la journée, autant de portes à ouvrir, d'appels à passer, de listings de délinquants sexuels à compulser, certains, par acquit de conscience, à aller visiter ; autant de coups dans le vide ; routine fastidieuse en l'absence de progrès.

Ne croyant pas à un récidiviste classique, depuis le début il doute que la solution vienne de ce genre de travail. Plutôt un type sorti de nulle part, inconnu des services de police, qui n'a jamais commis le moindre crime auparavant, ou de façon clandestine, et qui pour une raison particulière agit désormais au grand jour.

Dans sa main son téléphone émet un hurlement disgracieux coupant le sifflet à Montesantos. Steiner fait signe à l'OPJ de poursuivre. En deux pas il est à la fenêtre. Noire et miroitante, la Seine s'écoule sous ses yeux.

— Je vous écoute, aboie-t-il une main plaquée sur l'oreille droite.

Il a reconnu la voix de l'officier d'état civil, nasillarde et légèrement traînante, bien qu'animée par le caractère exceptionnel de la requête. *Vous me tiendrez au courant, hein ?* lui avait-elle demandé, cette voix, pas plus tard que la veille. Et puis la voix lui donne enfin l'info.

Et le flic a une seconde d'absence provoquée par la stupeur. Les éclats renvoyés par le fleuve sont autant de ces étoiles que l'on observe en tourbillon autour de soi après avoir reçu un coup sur la tête.

— Vous pouvez répéter ? demande-t-il à tout hasard, sachant qu'il a très bien entendu, et que la voix va redire la même chose.

Les scintillements du fleuve ne parviennent pas à lui faire oublier sa surprise, ni les exclamations soudaines dans son dos.

En se retournant vers son groupe, il réalise qu'il doit avoir une drôle d'expression pour que Valdeck, qui a succédé à Montesantos, interrompe son exposé et que l'ensemble des flics présents dans la pièce se tourne vers lui.

Elle agite à son intention un sachet transparent contenant un petit objet qu'à cette distance il ne distingue pas.

— Rouge à lèvres, lâche-t-elle consciente de son effet. Apparemment le même que celui ayant servi à maquiller les victimes. Dior.

Une seconde elle marque une pause comme s'il s'agissait de savourer le silence, avant de reprendre :

— L'appartement de la rue Marbeuf. J'y suis retournée dans l'après-midi. Une intuition… Le tube a dû rouler sous l'évier. Il était dans un interstice entre le plancher et le mur. Invisible sans se glisser là-dessous et impossible à récupérer sans outils. Ça m'a pris près d'une heure pour démonter le faux plancher. Je donne ça au labo. Il y a un fragment d'empreinte visible à l'œil nu…

— L'intuition, n'est-ce pas ? lâche le commandant admiratif.

À présent tous les regards sont tournés vers elle. Le visage empreint d'une certaine gravité, et dans la main un sachet plus précieux qu'un ticket gagnant de l'Euro Millions.

Un tueur laisse toujours quelque chose derrière lui. Parfois une évidence, plus souvent un détail, un fil presque invisible sur lequel il suffit de tirer pour dérouler toute la pelote. Un étui de cartouche, un jet de salive, de sperme, une façon de tuer, d'entraver sa victime ou de fracturer une porte, une trace de pas, un poil ou un cheveu, un morceau d'étoffe, une silhouette, un signe particulier dans la mémoire d'un témoin imprévu...

Christiane Valdeck n'en a jamais démordu : même les assassins au fait des dernières techniques de la police scientifique, qui pensent effacer toutes les traces derrière eux, laissent un souvenir.

Comme si une loi supérieure stipulait que cet acte aussi grave, qui consiste à supprimer une vie, aussi grave que celui qui consiste à la donner, ne pouvait être anonyme. Comme si à chaque fois un élément devait permettre de faire le lien entre la victime et le tueur ; un lien presque métaphysique qu'un petit nombre de spécialistes s'ingénient à savoir lire pour que justice soit faite.

24

Après l'Autriche et la Suisse, la Bourgogne. À Vevey il a troqué la Mercedes pour une Audi passe-partout qui avale les kilomètres sans fatiguer son V8. Son propriétaire a dû se réveiller, dans le container pour déchets urbains ; à l'heure qu'il est ayant sûrement raconté sa petite histoire au commissariat le plus proche. Pas grand-chose en fait : tout juste le temps d'ouvrir la portière de sa voiture et un grand choc sur le sommet du crâne. Gerhard Becher, restaurateur. C'est écrit sur ses papiers dans la boîte à gants. Pas passé loin du pire, Gerhard. S'il savait, il irait sans doute faire une prière au temple, ce gros bourgeois. Les deux précédents n'ont pas eu cette chance : s'il s'était retourné, comme eux il serait mort.

À la radio ils ont dit comment les gosses s'en sont sortis. Par le soupirail dont il n'avait pas bloqué l'accès. Ce qui signifie que le petit Ernst a survécu. Le seul ami qu'il a jamais eu, de près de quarante ans son cadet. Amitié de quelques semaines dont il a conservé le dessin aux serpents bleus qui ne remplacera pas sa présence innocente.

La succession des kilomètres et des paysages l'a aidé à retrouver son calme. Les mains, à mesure de sa progression, moins serrées sur le volant. Le ciel bleu, les montagnes aux crêtes enneigées, les petites routes bordées de pâturages apparaissant par plaques sous la couche de neige encore fine et discontinue, les chalets de carte postale, le drapeau suisse comme sur une tablette de chocolat, les villages paisibles traversés au pas en vrai citoyen modèle.

À nouveau sur les routes comme lorsqu'il voyageait au volant du camion arche de Noé. Les reptiles et leur garde-manger sur pattes. De l'Écosse à l'Andalousie, des Pays-Bas à la Hongrie, la Bavière au centre, envisagée comme base de repli en cas de problème.

L'ivresse et la monotonie combinées de la route. Le continent au fil des nationales et des autoroutes. Suivi et précédé par les autres camions du convoi. Les forains... Grâce à eux il a pu sillonner l'Europe en toute impunité pendant vingt ans.

À chaque étape une victime. Règle à laquelle il n'a pas dérogé. Parfois deux, trois ou plus selon l'urgence et la puissance de ses pulsions. Rythme biologique intime auquel il était forcé de se soumettre.

Les essuie-glaces évacuent la pluie sur le pare-brise avec une efficacité germanique. Paris 380 kilomètres. À peine cinq heures, s'il n'avait à se débarrasser de l'Audi dans un cours d'eau et trouver un autre véhicule. À Auxerre peut-être. L'endroit lui a réussi, sept ans plus tôt.

Ses souvenirs ont fini par modifier sa perception de la géographie. Il a oublié les prénoms mais pas les lieux. Ni les visages ni les réactions ni les endroits, de prélèvement, de rituel et d'enfouissement. Depuis Würzburg il est passé à proximité de quatre d'entre eux. Manière unique de se sentir partout chez lui. Les lieux ont la mémoire de ces événements. Ils en acquièrent une certaine gravité, comme les champs de bataille de la Grande Guerre.

Près de Bresse il a croisé un chemin menant à l'une de ses sépultures. Des flocons ont recouvert la route d'une fine pellicule encore vierge avant le passage de ses roues. À trois kilomètres après la route, puis à sept cents mètres sur la gauche dans les bois. Elles sont deux à y reposer. Il les avait prises en stop une soixantaine de kilomètres plus au sud, naïvement rassurées par leur chiffre deux. En comprenant, l'une était restée tétanisée, tandis que l'autre avait tenté de résister.

Il ne doit plus en rester que les os. Enterrés trop profondément pour que des animaux y aient accès. Le sol doit être dur en décembre. C'était en avril. Après avoir comblé le trou il l'avait recouvert de feuilles mortes. L'un des lieux qu'il n'a pas indiqués lors de ses aveux aux enquêteurs et que personne à sa connaissance n'a encore découvert. Sa marque à lui de son passage sur Terre.

Passer à quelques kilomètres de cet endroit lui a permis de revivre la scène ; et de retrouver l'énergie que l'incendie du Blumenwald lui avait fait perdre.

Sur le tableau de bord, la jauge de carburant s'allume, signe qu'il est temps de changer de véhicule.

25

Une éponge savonneuse entre les poings, agenouillée, Suzanne lave le sol de la chambre d'Angélique à l'endroit où elle est tombée. Pour la troisième fois en cinq jours.

Distraite, elle met moins de hargne à râper la moquette peluchée par ses assauts. Depuis plus d'une heure une idée fait son chemin dans son esprit. Intuition à première vue absurde, qui pourtant ne la lâche pas.

Pour son quatrième entretien, Adèle Charon lui a fait faux bond. Oubli ? Peu probable pour une manipulatrice de son calibre. Manière de signifier qu'elle a dit tout ce qu'elle avait à dire et que ces rendez-vous ne sont plus nécessaires ? Alors face au fantôme narquois de sa patiente, Suzanne a tenté de démêler l'écheveau de son discours tortueux et dérangeant.

C'est par l'évocation de ce jumeau qu'elle est entrée dans son jeu. Auparavant elle était restée à une distance orthodoxe : hors de portée. Et son absence aujourd'hui signifie que c'était sur ce terrain qu'elle voulait la conduire. Mais dans quel but ?

En observant tourner le temps sur sa pendule de voyage du XIXe siècle, Suzanne a donc employé ce moment qu'elle aurait dû passer face à sa patiente, à relire ses notes.

Et au-delà de cette gémellité supposée, une autre idée, plus troublante, lui est venue à l'esprit, intuition née d'une collision entre deux aspects de son univers professionnel a priori étrangers l'un à l'autre : et si cette patiente et le tueur dont elle est chargée d'établir le profil ne faisaient qu'un ? Et si c'était le sien, le mystérieux ADN trouvé sur le cou du petit Quentin ? Et si c'étaient les siennes, les empreintes digitales prélevées sur le tube de rouge à lèvres trouvé par Christiane Valdeck ? Ce tube Dior, qui justement paraît correspondre à celui dont elle l'a vue s'enduire les lèvres, dans ce même fauteuil ?

De nombreux détails dans le discours d'Adèle-Jacob, et dans son profil même, correspondent, jusqu'au choix de son prénom, Adèle H comme Hugo : sa mère, infirmière à domicile, à laquelle peuvent renvoyer les sacs à l'enseigne de pharmacies ; sa mère qui lisait les classiques, dont Victor Hugo ; ces objets systématiquement enfoncés dans le sexe de ses victimes, pouvant symboliser le phallus manquant qu'hésitante elle a évoqué devant Steiner et Valdeck… Et ses allusions répétées à la peur de ce dont elle est capable… S'agit-il de ces meurtres de femmes ? Et les homicides dont elle a parlé, n'était-ce pas une façon déguisée d'évoquer les autres, bien réels ceux-là ? Par sa première victime n'aurait-elle pas symboliquement tué sa mère, à qui elle aurait toutes les raisons d'en vouloir, qui l'a coupée de sa moitié, qui a fait d'elle ce qu'elle est devenue ? Ces jeunes femmes, brunes comme sa mère sans doute, qui pourraient donc à ses yeux la symboliser, et qui représentent ce qu'elle ne sera jamais, malgré toutes les transformations qu'elle s'est imposées.

Et le petit Michel noyé, une façon détournée d'évoquer Quentin ?… Pour la deuxième fois de la journée, à l'idée que sa patiente a pu se pavaner dans son bureau après avoir commis une telle atrocité, un frisson de dégoût la parcourt.

Adèle qui par jeu se serait auto-baptisée Charon, du nom du passeur de l'Achéron, fleuve séparant les Enfers du monde d'en haut… N'est-ce pas le rôle qu'elle jouerait auprès de ses victimes? Adèle-Jacob transsexuel dont la perversité le pousserait à toujours aller plus loin dans la transgression : prendre l'identité de son frère jumeau, changer de sexe, prendre la vie des autres et, ultime jeu avec le feu sans doute, venir la trouver elle, qu'un article de presse a justement présentée comme la profileuse chargée de guider la police sur les traces de l'assassin d'Héloïse Beck.

À la fin de cette *consultation fantôme*, impressionnée par ses propres déductions et soucieuse de ne pas s'emballer trop vite, de ne pas sauter à des conclusions méritant vérifications, Suzanne a fermé boutique et tenté de penser à autre chose, sous l'escorte de ses anges gardiens à l'attention redoublée depuis que l'Anaconda a refait surface.

Mais à peine s'est-elle penchée sur la moquette d'Angélique que ces idées l'ont assaillie, très vite acquérant la force de l'évidence. Tous ces éléments ne correspondent-ils pas parfaitement? Et tout ceci n'expliquerait-il pas le malaise qu'elle a toujours ressenti en sa présence? Avertir Steiner? Qu'est-ce que ça coûte? Se taire, c'est risquer une récidive, pour peu qu'elle ait vu juste…

Sachant qu'il suffirait d'un simple test pour découvrir l'ADN de sa patiente, et ainsi confirmer ou au contraire dissiper ses soupçons.

Mais alors pourquoi le jumeau?

— À ce point c'est de la démence! Comment est-ce qu'on appelle ça? Un TOC? Trouble obsessionnel compulsif?

Elle a reconnu la voix d'Abel. Elle se redresse et, par la porte ouverte, le voit apparaître dans l'escalier.

— N'en fais pas trop quand même. Tu dois te ménager, non ?

La sonnerie du téléphone les interrompt.

— Tu veux que je réponde ?

— Je veux bien. Je doute qu'Angélique décroche.

— C'est un immense progrès tu sais, qu'elle soit dans le salon et non plus confinée dans sa chambre, dit-il avant de dévaler les marches.

— Je sais.

Suzanne regarde l'auréole grisâtre à l'endroit où elle a passé sa rancœur et sa rage. Une plaisanterie d'Abel adressée à un interlocuteur encore mystérieux, puis ses pas dans l'escalier détournent son attention des vestiges peu reluisants de son naufrage personnel.

— Steiner, dit-il en accentuant la prononciation à l'allemande. Si tu veux bien t'extraire un instant de tes tâches ménagères. Pendant que vous évoquez vos souvenirs, je vais préparer le dîner.

— Vous tombez bien.

— Vous êtes bien assise ? la coupe-t-il.

Comme d'habitude aucun préambule.

— Kovak ?

Un soupir :

— Pire.

Elle sent son estomac se nouer.

— Vous êtes seule ?

— Pardon ?

— Je vous demande si nous pouvons parler tranquillement.

— Mais… oui, dit-elle en regardant vers l'escalier.

— Votre transsexuel…

— Oui ?

— Il s'appelle Frontera, Jacob Frontera. Et son frère jumeau, hésite-t-il, c'est Abel Frontera.

Seule vision à laquelle se raccrocher : l'auréole de moquette usée jusqu'à la trame.

— Qu'est-ce que vous dites ? parvient-elle à prononcer d'une voix proche de se briser.

— J'ai consulté son dossier. À plusieurs reprises il a eu affaire à la police, pour des histoires de mœurs, de rixes, d'ivresse sur la voie publique, de trafic de stupéfiant, de vol et d'escroquerie… Une plainte a été déposée contre lui. C'était à l'occasion d'une revue de travestis qu'il avait tenté de monter. Jamais de quoi l'envoyer à l'ombre, mais ça lui fait quand même un CV très chargé à votre patient.

Adèle qui à présent joue à la créatrice de mode…

— D'après l'état civil il s'appelle toujours Jacob.

— Ce qui signifie qu'il n'a pas suivi la voie officielle. J'aurais pu m'en assurer, dit-elle pour elle-même.

— J'ai également vérifié pour Marcel Ménard, le patron d'Abel, reprend le flic. Mort sur un chantier en 1990. Accident. Abel Frontera avait été interrogé. Il apparaît qu'il a été le principal bénéficiaire de l'héritage… Mais c'était un accident, à en croire les conclusions de l'enquête.

Une odeur d'oignons frits lui parvient de la cuisine. Abel doit préparer un risotto.

Abel, jumeau monozygote d'Adèle ? En théorie se ressemblant comme deux gouttes d'eau, indiscernables pour des étrangers… À chaque fois que sa patiente était face à elle, elle avait la photo d'Abel sous les yeux, et ne s'est jamais étonnée d'une quelconque ressemblance. Adèle transformée jusqu'à nier sa précédente identité, son précédent visage et sa morphologie, fardée comme pour un bal masqué, les artifices de sa tenue détournant l'attention. Sans oublier la chirurgie, les dents et le nez refaits, l'ovale du visage modifié par les hormones…

Les yeux, comment sont les yeux ? Des lentilles… Les mains ? Fines… Peut-être en effet…

Adèle-Jacob qui aurait choisi ce prénom pour mieux coller à son frère… Soudain ses récentes déductions lui sautent à l'esprit avec une force décuplée. Et un nouvel abîme s'ouvre sous ses pieds.

— Suzanne ?

— C'est un cauchemar ? demande-t-elle en fixant le carrelage. Dites-moi que c'est un cauchemar et que je vais me réveiller. Je ne peux pas y croire, vous m'entendez Joseph ? Je n'arrive pas à croire ce que vous me racontez. Tout simplement pas. Ça…

— Calmez-vous.

— Me calmer ?

Elle tiendrait presque en horreur le combiné collé à son oreille. La voix d'Abel lui parvient de l'étage inférieur :

— Suzanne ? Combien de blanc pour la cuisson ?

— Oh ? Un petit verre ! crie-t-elle affolée la main sur l'émetteur.

— Qu'est-ce que c'était ? lui demande Steiner au bout du fil.

— Rien, un détail culinaire. Je crois que je deviens folle.

— Ce que vous devez comprendre, ce sont les intentions de votre patient. Parce qu'il n'est pas venu vous trouver par hasard, n'est-ce pas ?

Adèle-Jacob débarquée quelques semaines après son installation avec Abel. *Suis-je le gardien de mon frère ?* En effet elle comprend pourquoi elle est venue la trouver, elle, et pas un autre de ses confrères.

— Suzanne ?

— …

— Je n'aurais jamais dû vous dire ça au téléphone…

L'odeur de cuisine est de plus en plus écœurante. Elle se rappelle ses premières grossesses, son odorat exacerbé, le souvenir de vomir tous les jours pendant plusieurs semaines.

Et la voix d'Édith Piaf qui soudain lui parvient, tonitruante. Abel, ou Angélique, l'un des deux l'aura mis sur la sono.

Tu me fais tourner la tête,
Mon manège à moi c'est toi,
Je suis toujours à la fête,
Quand tu me tiens dans tes bras…

Le carrelage vert pâle s'éloigne et se rapproche en un mouvement hypnotique. Elle lâche le combiné et agrippe la lunette des toilettes dans lesquelles elle vomit toute la tension accumulée.

La lunette est comme une bouée de sauvetage dans la tempête. L'estomac essoré par des spasmes d'arrière-garde. Et ce goût d'amertume biliaire dont un filet s'échappe de la commissure gauche de ses lèvres.

— Mon ange ! Mais qu'est-ce qui t'arrive ?

Ses spasmes calmés elle entend à nouveau la sono.

Ah ce qu'on est bien tous les deux,
Quand on est ensemble nous deux,
Quelle vie on a tous les deux,
Quand on s'aime comme nous deux.

Une main se pose sur son épaule : Abel, qui dans cette même pièce a sauvé sa fille et dont le contact à l'instant la glace. Sur le carrelage elle aperçoit le téléphone duquel s'échappe la voix de Steiner. Elle s'en empare :

— Je vous rappelle, dit-elle en faisant un effort pour maîtriser sa voix.

Sa respiration est enfin régulière, avec ce léger sifflement toutes les quatre expirations si caractéristique, qu'elle ne songerait pas à produire éveillée. Il enfile son pantalon, attrape ses chaussures et gagne la porte.

Il ne l'a jamais vue comme ça. Même Angélique était plus bavarde que sa mère abritée derrière un malaise soi-disant dû à son état. Il a tenté de la faire parler, allant jusqu'à évoquer l'Anaconda, et même l'Homme qui rit. Ses réponses ont été nettes. Il ne s'agit pas de ça. C'est dirigé contre lui. Il l'a senti à ses regards fuyants, à sa façon de se raidir et de se pelotonner dans son lit. Steiner lui a donc annoncé autre chose.

Dans la pénombre du salon deux yeux lumineux l'observent : le chat. Il retire la barre du haut. Il va devoir passer devant le flic en faction sur le palier. Il hausse les épaules : qu'est-ce qui lui interdirait d'aller faire un tour ? Il referme la porte et adresse un signe au fonctionnaire penché sur sa Game Boy.

— Pas trop long ?

— Ça manque de vue.

Le flic désigne la cage d'escalier.

— Je vais acheter des cigarettes. Vous voulez quelque chose ?

— C'est gentil merci.

Sur le trottoir il adresse un signe de tête à la silhouette au premier en face derrière la fenêtre : Suzanne aussi protégée qu'un juge antiterroriste.

Sans surprise, la clef s'insère dans la porte. En trois pas il est dans le cabinet de consultation. Le divan dont la tête est recouverte d'une serviette en papier lui tire un sourire narquois : pas pour lui, ce type de voyage.

Il s'assied derrière le bureau et s'empare du carnet de rendez-vous. Il n'a pas à remonter loin pour trouver ce qu'il cherchait. Son intuition a été la bonne, comme toujours lorsqu'il s'agit de son double. Unis par ce lien gémellaire qui parfois confine à la télépathie. Il a lu plusieurs témoignages sur le sujet, de jumeaux ressentant une vive douleur au moment même où leur double, pourtant distant de plusieurs centaines de kilomètres, était victime d'un accident, ou succombait après une longue maladie. Tous deux en ont fait l'expérience, au moment de la mort du petit Michel et la peur primale qui s'en est suivie. Ou plus récemment encore.

D'un claquement sec il referme l'agenda.

Ses yeux parcourent la pièce, le patchwork du divan, les étagères chargées d'ouvrages, le fauteuil, la photo qui le représente avec Suzanne, celle de ses filles, le sous-main de cuir, le pot à crayons, jusqu'à ce qu'il tombe sur le meuble bas sur sa gauche. Un dossier suspendu par patient. Autant de misérables secrets serrés dans ces chemises en carton. Il extrait celui de son *frère*, et retrouve les événements intimes retracés par l'écriture pressée de Suzanne : la mort de sa mère, dont la seule évocation sur cette feuille lui noue l'estomac, celle du petit Michel, celle de Ménard également, la transformation, Adèle H, ce jumeau qu'*elle* ne nomme pas, leur échange d'existences… mots elliptiques, scandés par les points d'interrogation.

Après ces révélations, sa curiosité l'emportant sur le respect du secret médical, Suzanne aura demandé à Steiner de se renseigner sur l'identité de ce jumeau ; et c'est ce soir qu'il l'a appelée avec la réponse. Il imagine le choc : à la faire vomir, tandis qu'il la prenait dans ses bras pour la réconforter. Il revoit son regard incrédule, cherchant sans doute dans sa physionomie, dans ses yeux peut-être, un élément lui rappelant sa patiente, pour confirmer, ou au contraire infirmer l'affirmation du flic.

Du regard il embrasse l'horizon quotidien de Suzanne. Ses mains tiennent toujours le dossier de son frère Adèle. Son double, dont la véritable dimension lui était apparue à l'occasion de son changement de sexe. Mutation pour lui aussi fascinante que répulsive, comme si son propre visage se transformait en celui d'une femme. Et ce prénom d'Adèle choisi pour ajouter à la confusion.

L'idée de cet autre lui-même embobinant Suzanne dans ce fauteuil lui arrache un sourire. Adèle avec qui il a coupé les ponts et qui manifestement ne l'entend pas ainsi.

Comment es-tu venu jusqu'à Suzanne ? Comment as-tu su pour elle et moi ?

L'air froid de la nuit lui fait du bien. Avant de rentrer rue de Navarre, il pousse jusqu'à la place de la Contrescarpe en quête d'un paquet de cigarettes.

26

Grossi par l'effet de loupe, le poisson rouge paraît deux fois son volume. Comme les précédents, il sera à peine libéré dans l'aquarium qu'il retrouvera son aspect réel : moins impressionnant, et beaucoup plus vulnérable.

De ses doigts malhabiles, Jacques Mangin défait le cordon enserrant la pochette. À plusieurs reprises il s'est dit qu'il ferait aussi bien d'avoir une réserve, un vivier où puiser quand le besoin s'en fait sentir.

D'un autre côté, ces détours par l'animalerie lui fournissent un but, aussi dérisoire soit-il : promenade de chien qui fait partie de ces riens auxquels il se raccroche depuis sa mise à pied, comme allumer la radio le matin, ou acheter le journal en espérant y trouver des nouvelles de ce tueur parisien, qui un jour pourrait atterrir en unité psychiatrique, une fois qu'on aura enfin mis un nom sur ce fantôme.

Autre raison de surveiller l'actualité : Kovak. Il ne s'attendait pas à en entendre parler si vite, ni dans des conditions pareilles, décidément toujours au-delà de ce que l'on pourrait imaginer, et de ce point de vue jamais décevant.

Avec l'idée d'anticiper son prochain mouvement, il a relu leurs entretiens ainsi que ses notes, qui depuis son évasion ont perdu leur pouvoir de talisman à ses yeux.

Laurent Kovak a emporté ses propres espoirs de renommée internationale et lui a coûté sa place. Le scandale est remonté jusqu'au ministère. On a feint de découvrir la présence de Kovak dans son service. Il a fallu un bouc émissaire : il était tout désigné. C'est donc lui qu'on a fait payer : pour la mort de Dante, la paralysie de Julien Hiturbe, et pour l'opprobre tombé sur le système.

À son tour il a connu le déchaînement des médias, ces phrases assénées comme des coups de machette et ces jugements trop vite portés qui vous salissent une réputation jusque dans les couloirs de votre immeuble.

Il a fallu faire le dos rond, comme jadis habitué à attendre son heure, sachant que ces déchaînements n'ont qu'un temps ; que les gens ont la mémoire courte et qu'il suffit parfois d'un rien pour qu'ils oublient.

Suzanne Lohmann s'était fendue d'un coup de fil pour lui dire que c'était de la folie d'avoir admis Kovak malgré la présence de Dante… Pour qui se prenait-elle, à lui donner des conseils après avoir démissionné ?

Il aurait dû être plus méfiant et transférer le schizo ailleurs. Au moins ne lui reprocherait-on pas cette mort…

Il a joué et perdu. Et il faudrait un coup du sort invraisemblable, pour qu'il rétablisse la situation. Le localiser serait le meilleur moyen, il en a conscience. Mais en dépit de ses efforts, ce qu'il sait de lui ne permet pas de retrouver sa trace. Alors les journées sont longues, à attendre une nouvelle affectation, qui ne pourra être que déprimante.

Sa consommation de whisky a fait un bond. Une bouteille par jour. De quoi se maintenir dans un état de flottement du matin au soir en attendant d'avoir digéré le désastre. En homme de l'art il sait que l'alcool est moins néfaste que les neuroleptiques, somnifères et autres antidépresseurs. Des anesthésiants mentaux occasionnant des ravages parmi les neurones et leurs connexions. Le scotch aussi abîme, mais de façon moins pernicieuse.

En deux pas il est au-dessus de l'aquarium, grand bac posé à même le sol, le sachet entre les mains, son pensionnaire aux yeux grossis par le renflement du plastique reflétant son inquiétude. D'un geste auguste, le psychiatre en disponibilité déverse le contenu du sachet — liquide et occupant — dans le bain. Des plantes, des rochers empilés, une colonne de bulles d'oxygène remontant à la surface... un éden aquatique, comparé à la poche dans laquelle il a effectué sa transhumance de l'avenue du Maine à ici. Encore étourdi, le poisson rouge semble observer son nouvel environnement, et mettre quelques secondes à s'y adapter, avant de comprendre : au repos à proximité de la remontée d'oxygène, l'anguille a perçu l'arrivée de son prochain repas, et montre des signes d'excitation. Joli spécimen, un bras d'enfant à force d'être gavé, pour lequel il a investi dans ce bac de près d'un mètre cube. Le prédateur fond sur l'offrande. En deux ondulations il a franchi la distance les séparant. Affolé, le poisson rouge parvient à éviter un premier assaut en frôlant le monstre avant de fuir éperdument dans la direction opposée, et de percuter la paroi de verre.

Jacques Mangin se ressert un double, devant le seul spectacle parvenant à lui tirer un sourire, par les temps qui courent. Toute la sauvagerie de la lutte pour la vie, et un échantillon de la chaîne alimentaire dans son salon. Les dents de la mer à Montparnasse.

L'espérance de vie du poisson rouge ne dépasse jamais trente secondes. Celui-ci est parvenu à esquiver une deuxième attaque. La panique transparait dans sa façon de se mouvoir. Une fébrilité désespérée perceptible dans ses coups de nageoire frénétiques, comparés à la grâce implacable de l'anguille.

Fascinant, comme les signaux de la panique peuvent être identiques chez un homme comme chez un poisson, remarque le psychiatre pour la centième fois. Beaucoup plus caractéristiques encore que les signaux de l'excitation sexuelle, qu'un individu évolué parvient à masquer, et qu'il n'a jamais été en mesure d'observer chez un poisson. Chez un pigeon ou un chien oui, jamais chez un poisson.

Il fait glisser une rasade de scotch dans sa gorge sans perdre une seconde du drame qui se joue sous ses yeux, et se dit que le prochain assaut sera le bon.

Un coup de sonnette à l'entrée le distrait dans sa contemplation. Le temps qu'il faut au prédateur pour fondre sur sa proie et lui éperonner le flanc gauche.

Depuis la chair déchiquetée se répand un mince filet de sang aussitôt dilué dans l'eau. Sonné, privé de 50 % de ses facultés motrices, toute tentative de fuite étant désormais illusoire, le poisson rouge n'a plus qu'à attendre d'être dévoré vivant ; pendant que l'anguille immobile à une dizaine de centimètres de sa victime fait durer le plaisir.

Jacques Mangin se dirige vers la porte d'entrée de son appartement. Il a à peine le temps d'ouvrir qu'il est projeté en arrière et à reculons fait le chemin en sens inverse, avant de percuter la table basse en verre et d'en briser le plateau en s'effondrant dessus.

Son whisky s'est répandu sur la moquette. Il se redresse. Les éclats de verre glissent les uns contre les autres dans des crissements désagréables. Il a dû se couper.

L'alcool dont il est imbibé émousse sa perception de la douleur et son acuité mentale. Plus sobre et pas survolté par la prédation, il aurait demandé, avant d'ouvrir.

Encore au sol il lève la tête et instantanément se liquéfie : Laurent Kovak le domine, l'index de la main droite appliqué contre ses lèvres pour l'enjoindre au silence.

Dans sa position, accroupi sur le sol, il paraît immense. Il porte des chaussures de chantier, un pantalon de toile beige et une parka militaire, et non plus les savates et le pyjama bleu ciel des pensionnaires du pavillon Pinel. Il s'est rasé la tête, et semble beaucoup moins accommodant que lors de leurs entretiens, quand lui-même s'imaginait avoir apprivoisé le monstre.

Il lui avait donné son adresse. Submergé par les ennuis, il avait oublié ce détail. Il était déjà sous sa domination ; pas autant que depuis qu'il lui a ouvert la porte de son deux-pièces.

— Tu vis toujours seul ?

Le psychiatre hoche la tête, impressionné par la dureté de la voix.

— T'as été viré ?

Nouvel hochement de tête.

— Alors tu peux rester chez toi sans que personne se pose de questions.

Même réponse.

Toujours immobile, Laurent Kovak observe la pièce. Le canapé et les deux fauteuils en cuir noir, la chaîne hi-fi et les rangées de CD, les bouteilles de Johnny Walker sur le buffet en alu brossé, la table à pied éléphant sur laquelle sont posées les retranscriptions d'entretiens, les notes le concernant et l'ordinateur portable, l'assiette sale et la casserole de pâtes séchées, aux murs les affiches sous verre de Dubuffet et de David Hockney, les lampes à abat-jour de plastique translucide, l'aquarium avec le poisson rouge flottant à la surface, quelques fines arêtes ressortant comme les côtes d'un cadavre en putréfaction. Le télescope également.

Cube de béton à l'agencement reflétant la personnalité de son occupant dans cet immeuble construit au cours des années 1970.

Soudain, le psychiatre semble percevoir une lueur d'intérêt dans le regard de l'Anaconda sujet à l'irrésistible attraction de la façade à environ 200 mètres en face.

Treize escaliers classés de A à M, dix-sept étages, des centaines d'ouvertures, autant de pièces à l'origine identiques, à présent marquées par chacun des occupants, fenêtres ouvrant sur autant de parcelles de vie en partie masquées par des rideaux, assez éloignées pour ne pas se sentir épié, mais assez proches pour percevoir ce qui s'y passe. Deux mille habitants, la population d'un gros bourg.

En collant son œil dans le viseur, le grossissement fois 30 permet d'isoler une alvéole de la ruche. À l'intérieur, malgré l'uniformité de l'ensemble, un univers différent, dont il perçoit les moindres détails. Les visages lui apparaissent comme s'ils étaient dans la même pièce. Et ses sujets d'observation acquièrent alors une personnalité que les mouvements de leur silhouette, observés à cette distance, ne permettaient pas de percer à jour. La plupart du temps, ce rapprochement brutal provoque un décalage entre l'impression rendue par la figurine et son visage tout à coup ridé, expressif, ingrat ou au contraire réservant une heureuse surprise.

À force, certaines cases ont retenu son attention. Au neuvième, la septième en partant de la gauche abrite une exquise poupée qui parle des heures au téléphone en s'épilant les jambes. Au huitième, la cinquième en partant de la droite est occupée par une beauté d'une cinquantaine d'années extrêmement bien conservée, chez qui une demi-douzaine d'hommes ont leurs habitudes. Sa préférée, une masseuse kinésithérapeute, sixième étage, dix-septième en partant de la droite, ravissante brune dont les mouvements, penchée sur ses patients, recèlent toujours une sensualité délicieuse.

Comme d'autres arrêtent au hasard la rotation d'une mappemonde pour connaître leur prochaine destination, lui imprime à son télescope d'amples mouvements pour tomber de façon aléatoire sur tel ou tel échantillon de vie, moyen de tromper sa solitude avec ces voisins à leur insu devenus des familiers.

Femmes arrangeant des bouquets de fleurs, faisant des exercices dans leur salon, hommes seuls dans leur cuisine, penchés des jours entiers sur un ordinateur, ados dansant dans leur chambre aux murs recouverts de posters, enfants en pyjama empilant des ours en peluche sur le bord de la fenêtre, pièces obscures éclairées par la seule télévision, familles attablées, vieillard en slip fumant à longueur de journée, maniaques du ménage et du rangement, amis des bêtes, perruches, chats assoupis derrière les vitres chauffées par le soleil, disputes, couple en plein coït, peintres en blanc dans des pièces vides…

Rien de palpitant, des arrivées et des départs à heures fixes, le couvre-feu presque général après une heure du matin : le spectacle de ses semblables et les fantasmes qu'ils suscitent.

Sa main gauche saigne abondamment. En bougeant il provoque des crissements de verre qui sortent l'Anaconda de sa contemplation.

En trois enjambées il a éteint les deux lampes et allumé la sono dont il monte le volume. La pièce n'est plus éclairée que par l'ampoule de l'aquarium. Dès les premières mesures, Jacques Mangin se rappelle avoir laissé un CD de Léo Ferré dans le lecteur. Sa voix s'élève, rapidement enveloppée par le violon :

Une robe de cuir comme un fuseau

Qu'aurait du chien sans le faire exprès
Et dedans, comme un matelot
Une fille qui tangue, un air anglais.

Dans un même mouvement, Kovak l'attrape par les cheveux et le traîne jusqu'à l'aquarium avant de lui plonger la tête dans l'eau.

Il n'a pas eu le temps de prendre son souffle. L'eau agit sur lui comme une claque. Malgré la terreur il cherche à comprendre, dans la mesure du possible à garder son sang-froid. Tandis qu'il lutte contre l'asphyxie, il est assailli par une multitude d'idées différentes. La musique : pour que les voisins n'entendent pas ses cris. Comme les deux lampes éteintes : pour ne pas risquer d'être vu.

Il s'est pissé dessus. Cette chaleur humide le long de la cuisse… L'arête du bac lui comprime la pomme d'Adam et lui scie la gorge. Le poing du psychopathe lui arrache les cheveux tout en lui maintenant la tête dans l'eau glacée.

Sur le point d'étouffer, il se sent tiré en arrière, ouvre la bouche pour reprendre son souffle. L'air pénètre dans ses poumons comme la première fois.

Et la chanson de Ferré qui à nouveau lui parvient aux oreilles :

Des cheveux qui tombent comme le soir
Et de la musique en bas des reins…

En surimpression, la voix de Kovak, sans pitié :

— L'adresse de Lohmann.

— Qu… quoi ?

Les cheveux tirés et cette pression sur le crâne, la plongée avec l'anguille et l'arête du bac appuyée sur sa gorge. De l'eau dans la bouche qu'il n'a pas eu le temps de fermer. Ainsi qu'un objet visqueux qu'il manque avaler : le poisson rouge qu'il tente de recracher. Son vomi coincé dans sa gorge avant de se déverser dans l'aquarium. La tête qu'il secoue pour tenter d'échapper à la pression. Les cheveux arrachés par poignées. La certitude qu'il va y passer.

Nouvelle traction en arrière, à lui briser la nuque. Et l'air qui à nouveau afflue dans ses poumons.

— Où ? croit-il entendre.

Il n'est plus question de biaiser, encore moins de jouer les héros.

— Rue… rue de Navarre, parvient-il à éructer.

— Au combien ?

— Au 1 ter.

L'Anaconda relâche ses cheveux en le poussant vers l'aquarium, dont l'arête lui entaille la joue sous l'œil gauche.

Lorsqu'il a repris son souffle, la main palpitant au rythme de ses pulsions cardiaques, le pantalon imbibé d'urine, le cuir chevelu enflammé et le visage coupé par une balafre qu'il aperçoit dans le reflet glauque de l'aquarium, à la surface parsemée de ses propres rejets sous lesquels affleure l'anguille repue, c'est pour voir Laurent Kovak penché sur les feuilles dactylographiées de son dossier.

— Ne me dis pas que t'as cru toutes ces conneries ? lui demande-t-il sans relever la tête.

Tandis que Léo Ferré chante toujours :

Les bateaux comme les filles
Ça fait bien du chiqué
Mais quand on s'fout à l'eau
Faut savoir naviguer.

Une seconde, le psychiatre se dit avec effroi que cette affirmation s'applique parfaitement à sa situation actuelle.

Jusqu'à l'intervention de l'Anaconda :

— Il fait froid ici. Comment est-ce qu'on monte le chauffage ?

27

Ils ont quitté la route goudronnée. La vigueur des roseaux de part et d'autre du chemin rappelle la présence des roubines d'irrigation pour les cultures voisines. Les suspensions de la Twingo absorbent tant bien que mal les chocs provoqués par les ornières. Jaloux de leur tranquillité, Olga et Serge n'ont jamais voulu aplanir l'unique voie d'accès à leur retraite. Après 100 mètres de secousses, la cour apparaît. Le platane dénudé ne protège plus la maison dont les murs ne lui ont jamais paru si décrépis.

Une ambulance est garée devant l'entrée : Olga l'avait prévenue qu'après trois jours d'hospitalisation, Serge rentrerait aujourd'hui. Et malgré ces circonstances, elle ne lui a pas demandé de différer sa venue.

Jean-Claude coupe le contact et serre le frein à main. Franck ouvre sa portière. Suzanne est dehors. Elle aurait préféré entreprendre cet aller-retour seule, mais ils ont été inflexibles.

À mesure que le train l'éloignait de Paris, son regard glissait sur les paysages d'hiver, plaques de givre irisant les champs selon les sillons, maisons aux cheminées dégageant des panaches de fumée grise, vaches au pré pour lesquelles on avait froid. Elle sentait s'alléger le poids de son oppression. Comme si le fait d'empiler les kilomètres entre elle et Abel, qu'elle retrouverait le soir même, permettait de résoudre ses problèmes.

Elle ne lui a rien dit, trop bouleversée pour aborder le sujet, trop effrayée par ce qu'elle pourrait découvrir. Mille questions pourtant lui ont brûlé la langue : sur l'abandon par sa mère, son enfance, les retrouvailles avec son jumeau, sa réaction face à son transsexualisme, ce Marcel Ménard… Autant d'éléments expliquant son mutisme à propos de sa famille et de son passé.

Et pour compliquer encore la situation, cette vie qui palpite en elle, éclose à son insu, tant cette éventualité ne lui avait pas traversé l'esprit depuis des années.

Elle a dans son portefeuille une photo d'Abel dont elle a masqué le visage, ne laissant apparaître entre l'interstice laissé par ses index que les yeux. Ils pourraient aussi bien être ceux de sa patiente.

Sans que le moindre doute soit permis.

De quel secours pourra lui être Olga ? Qu'est-ce que sa sagesse et sa perspicacité pourront lui dicter face à une situation aussi étrange et enchevêtrée ? Seule personne à laquelle elle a pensé, qui évitera toute dramatisation et lui permettra peut-être d'y voir clair. À présent au pied du mur, elle doute du bien-fondé de sa démarche.

Le sol est plus dur que poussiéreux. À l'ombre de la grange, une flaque d'eau gelée attire son attention dans cet endroit d'ordinaire écrasé par la chaleur.

Elle s'attendait à voir surgir Sosthène, bâtard aux origines épagneules auquel Serge était attaché. D'un naturel fugueur, il était souvent au bout d'une chaîne à présent roulée au pied de la grange. Olga lui avait parlé de sa mort en juillet dernier. Chez un couple de retraités vivant reclus, la disparition d'un chien peut revêtir des allures de tragédie. Elle n'en avait pas eu conscience, sur le coup.

Les bras levés au milieu de la cour, Franck s'étire. Son blouson découvre son arme de service. Jean-Claude a déjà entrepris de faire le tour des bâtiments.

Suzanne pénètre dans la maison. Ils doivent être affairés à installer le vieil homme affaibli dans sa chambre, se dit-elle gênée de tomber si mal. Dans l'encadrement d'une porte apparaît un infirmier en blouse blanche, puis un second suivi par Olga.

— Je raccompagne ces messieurs, lui dit la vieille femme.

Elle dresse l'oreille en direction de la chambre de Serge. Face au silence, elle préfère ne pas bouger.

— J'ai surpris tes anges gardiens en train de faire des exercices de kung-fu dans la cour, annonce Olga de retour dans le salon avant de l'embrasser. Je les ai installés dans la cuisine.

— J'allais te le demander. Comment va Serge ?

— On l'a connu plus vaillant.

— Je peux aller le voir ?

— Il ne vaut mieux pas. Je vais préparer un thé.

La pièce n'a pas bougé depuis la dernière fois. Amoncellement d'objets hétéroclites rassemblés au cours d'une vie, et d'ici quelques années dispersés. Suzanne est venue s'en remettre à la sagesse des anciens, mais ils sont sur le point de disparaître.

Olga revient de la cuisine son plateau entre les mains, la théière couverte d'une housse matelassée et le service complet, sucrier, pot à lait, passoire en argent. De ses gestes lents elle va procéder au rituel, plus important que le breuvage en lui-même.

— Tu viens me voir pour cette histoire de tueur parisien ? Mais tu n'as plus besoin de moi à présent.

Suzanne prend la tasse que la vieille femme lui tend : jolie porcelaine anglaise façon retour des Indes. C'est vrai qu'elle ne fait le déplacement que lorsqu'elle a besoin des lumières de son ancien maître, trop intelligente pour s'en formaliser. Au téléphone elle ne lui a donné aucun détail. Maintenant elle ne sait pas par où commencer. Derrière ses verres rectangulaires, le regard d'Olga n'a rien perdu de son acuité.

— Le tueur… j'ai cru l'avoir identifié… en la personne d'un de mes patients transsexuels, Adèle, à la naissance baptisée Jacob, qui me parlait de différents meurtres, et m'a amenée à deviner l'existence de son jumeau. En réalité c'est là qu'elle voulait en venir… Et puis j'ai eu une sorte d'illumination le jour où elle ne s'est pas rendue à sa consultation. Tout collait avec ce qu'ont révélé les trois scènes de crime successives. Je ne voulais pas m'emballer mais c'était trop beau…

— Et alors ?

— Jusqu'à ce que Steiner m'apprenne que le jumeau en question c'est Abel.

Elle émet un petit rire d'autodérision.

— Je ne t'avais encore jamais parlé de lui. J'aurais préféré le faire en d'autres circonstances.

Sa tasse fumante entre les mains, la vieille femme s'adosse au canapé. De la cuisine leur parviennent des éclats de rire.

— Monozygotes ?

Un reflet sur les verres de ses lunettes masque la lueur d'intérêt illuminant ses yeux. Suzanne hoche la tête.

— Et tu n'as vu aucune ressemblance ? demande-t-elle dubitative. La similitude des prénoms ne t'a pas mis la puce à l'oreille ?

— Sans le savoir, personne n'aurait rien vu, crois-moi. Elle a un aspect très théâtral, et a été très retouchée… Et je n'ai surtout jamais songé à faire le lien. Elle est aussi exubérante et extravertie qu'Abel est discret.

— Assez fréquent chez des jumeaux, remarque-t-elle. Et… Abel ne t'en a jamais parlé ?

— Ni de son jumeau ni même de sa famille ou de son passé. Il éludait. Ce que je peux comprendre, avec le recul. Il m'a juste dit un jour n'avoir jamais connu son père. Ce que ma patiente m'a dit également.

— Et ça ne te gênait pas, ces mystères de la part d'Abel ?

— Il faut croire que non. Cette absence de père pouvait expliquer sa réticence à parler de son enfance… Et puis nous nous connaissons depuis moins de trois mois, se justifie-t-elle.

Avec un sourire gêné, Suzanne supporte le regard inquisiteur. Elle se doutait qu'elle devrait en passer par ce type de questions.

— Dis-moi ma chérie… au-delà de cette gémellité, quel est ton problème ?

Olga l'implacable, qui ne s'encombre pas de détails et va à l'essentiel. Elle sait très bien que son ancienne élève ne serait jamais venue pour ça. Suzanne inspire, avant de se lancer.

— Le problème, c'est que pour de tout autres raisons, avance-t-elle en mesurant ses mots, j'ai le sentiment qu'Abel pourrait aussi bien être celui que l'on a surnommé l'Homme qui rit.

— Précise.

Olga n'a pas même tressailli. Suzanne imagine son impact sur ses « clients » lors des expertises psychiatriques. Face à elle les simulateurs ne s'obstinaient pas plus de quelques minutes.

— Il correspond au profil que j'avais établi avant de penser à mon transsexuel. Dans son cas aussi, tout colle. L'un et l'autre ont subi le même traumatisme dans l'enfance, du fait de l'abandon de l'un d'eux par leur mère et de la déchirure gémellaire qui s'en est suivie.

— Lequel a été abandonné ? la coupe Olga.

— Mon patient, le transsexuel.

— Bien sûr. Abel le fils préféré, comme dans la Bible. Perverse également, la mère des jumeaux, pour avoir appelé ses fils Abel et Jacob. Pourquoi pas Caïn et Abel, ou Jacob et Esaü ? Elle aurait voulu créer une situation explosive entre eux qu'elle ne s'y serait pas prise autrement. À quel âge, l'abandon ?

— Trois ans.

— Avant que ne s'opère chez eux l'identification de l'image propre de l'un par rapport à l'autre… C'est-à-dire que dans la petite enfance, les vrais jumeaux ont du mal à se distinguer l'un de l'autre. Criminel, ou en tout cas très déstabilisant, cet abandon. C'est quel genre, ton transsexuel ? Primaire ? Secondaire ?

— Un Thierry Paulin très efféminé qui aurait pris des hormones et serait passé sur la table d'opération. Fêtard, attiré par ce qui brille, toxicomane, grand pervers, manipulateur… Après tout, il m'a menée où il le souhaitait.

— Revenons-en à l'éventuelle culpabilité d'Abel, tu veux bien ?

Suzanne soupire et poursuit :

— L'un et l'autre auraient donc de sérieuses raisons d'en vouloir à leur mère — ce que tu viens de dire ne fait que le confirmer — et pourraient agir selon le même rituel : la mutilation faciale pour marquer la lectrice de Victor Hugo — elle m'a parlé de ces lectures —, le sac de pharmacie pour coiffer l'infirmière, l'objet dans le vagin pour tourner en dérision la fonction reproductrice d'une mère capable de se séparer de sa progéniture.

— Continue.

— Vu l'absence d'effraction, de traces de lutte, et les personnalités des victimes, j'avais penché pour un homme plutôt séduisant pour avoir endormi leur méfiance, quelqu'un d'intégré socialement.

Un chat qu'elle n'avait pas remarqué lui frôle les mollets. Elle se penche pour passer une main dans son pelage.

— Ensuite Abel est… comment dire… étrange. Il vivait depuis sept ans avec une femme dont il s'est séparé du jour au lendemain après m'avoir rencontrée. Comme si elle n'était qu'un objet… Comme s'il était incapable d'éprouver le moindre sentiment. Sur le coup j'étais aveuglée, mais maintenant… Il est très secret, très mystérieux, non seulement sur son passé, mais sur ses activités même… Selon Steiner il a hérité de son patron mort accidentellement sur un chantier… Aujourd'hui il n'a plus de contraintes, un emploi du temps très libre, et il vit déconnecté de la réalité. Évidemment, sans Adèle je n'aurais jamais pensé à lui… Mais avoue que c'est troublant… Ses absences même coïncident avec les trois meurtres.

— Pardonne mon indiscrétion, mais sexuellement, comment se comporte-t-il ?

La bouche de Suzanne dessine une moue gênée.

— Pas très assidu, concède-t-elle enfin.

— Sais-tu que séparés, les vrais jumeaux ont tendance à accentuer leurs ressemblances ? Comme si la séparation révélait un fort déterminisme héréditaire… Il ne serait donc pas étonnant que deux êtres aussi semblables que des jumeaux monozygotes puissent l'un et l'autre se voir attribuer la paternité de tels actes, même aussi barbares. Et ceci malgré le fait que l'un des deux a décidé de changer de sexe. Il faut voir aussi quelle enfance chacun des deux a vécue…

« Je me suis intéressée à la question des jumeaux autrefois. Passionnant dès lors que l'on tente de démêler la part de l'hérédité et celle du milieu dans la construction d'un être. À tel point qu'Hitler encourageait les recherches gémellaires alors que Staline les interdisait.

« Mais en admettant que ton intuition soit bonne, pourquoi cette patiente serait-elle venue te trouver ?

Question piège, réalise aussitôt Suzanne.

Pour attirer l'attention sur sa personne, et par désir inconscient d'être reconnue ? Et donc arrêtée... Ultime transgression... Ultime pied de nez à la société...

— La dernière fois que je l'ai vue, répond-elle enfin, alors que je lui demandais pourquoi elle dénonçait son frère à propos de la mort de ce Marcel Ménard, l'entrepreneur, elle a cité la Bible : *« Suis-je le gardien de mon frère ? »*

À peine a-t-elle prononcé cette phrase qu'elle en saisit l'éventuelle signification. La nuit est tombée. Elle n'avait pas envisagé les choses sous cet angle et se demande si elle a bien fait de venir. À présent Suzanne a peur qu'Olga enfonce le clou.

— Caïn et Abel, on y revient. Caïn et Adèle en l'occurrence. Ton patient étant à la fois l'un et l'autre : Adèle le transsexuel et Caïn prêt à tuer son frère Abel, dit la vieille femme les yeux plantés dans ceux de Suzanne. Excuse-moi, je vais voir Serge, je reviens.

La silhouette d'Olga disparaît dans le couloir des chambres. Veiller sur son mari doit être l'ultime rôle qu'elle s'est fixé. Rien ni personne ne l'en détournera. Une fois seule, Suzanne est prise d'un vertige face à ce qu'elle vient d'entendre. Cette gémellité qui explique le malaise éprouvé face à Adèle et l'impression de l'avoir déjà vue.

Le visage ne laissant transparaître aucune émotion, le maintien toujours aussi droit rehaussant sa petite taille, Olga revient dans la pièce. Dans sa jupe de tweed et son col roulé, elle semble avoir renoncé à toute coquetterie.

Mais pas à sa vivacité d'esprit.

D'une poche de son shetland, elle tire un étui à cigarettes et son embout de bakélite, comme Adèle, remarque Suzanne. Elle s'arrête au milieu de la pièce, allume sa Craven A et revient s'asseoir.

— Je n'ai jamais aimé les hôpitaux. Serge non plus.

Suzanne se demande si cela sous-entend qu'Olga a préféré ramener Serge chez eux pour ses derniers jours. Elle lui adresse un sourire navré.

— En rencontrant Abel, tu as manifestement à ton insu interféré dans une relation très particulière entre ces deux frères. Une certaine Maria Schiller, une Allemande, a étudié les liens entre jumeaux monozygotes. Elle considère qu'ils sont liés par des liens d'amour qui rendent difficile le mariage de l'un ou de l'autre. Or il semblerait que tu as provoqué l'éloignement d'Abel, ce que ton patient n'aurait pas supporté… après avoir été abandonné par sa mère.

« Je pense également aux travaux d'un autre chercheur, italien, Luigi Gedda, qui s'est penché sur la question dans les années quarante. D'après lui, si l'amour sensuel existe dans les relations gémellaires, il s'agit de cas morbides extrêmement rares, ce qui pourrait s'appliquer à tes jumeaux. Qui dit que paradoxalement ce Jacob ne s'est pas transformé en Adèle pour se rapprocher de son frère ? Inconsciemment, un jumeau aime son frère comme un autre soi-même. On touche là l'instinct de survie.

À cette idée Suzanne tressaille.

— D'après Gedda, poursuit Olga, en matière de conflit, la situation gémellaire obéit à la loi du tout ou rien. Soit les conflits sont insignifiants, soit ils sont d'une extrême gravité. Comme si à la force d'attraction avait succédé une force, égale ou contraire, de répulsion. Il semblerait que l'on se trouve dans ce cas de figure…

« C'est pour ça qu'il est venu te trouver toi, et pas un autre psychiatre. Avec l'intention de te manipuler, comme tu en as eu l'impression. Mais dans quel but ?

— Me faire prendre conscience de l'homme avec qui je vis… risque Suzanne.

— Ou te faire apparaître à ses yeux comme une menace.

Suzanne hausse les sourcils.

— En t'ayant mise au courant de ses crimes.

— Qu'est-ce que tu sous-entends ? demande-t-elle d'une voix atone.

— Suppose que son frère soit effectivement un assassin. Au courant de ses crimes, tu deviens dangereuse pour lui… Ça ne va pas ?

Une phrase d'Adèle lui est revenue à l'esprit : « *Quant à sa femme, il pourrait s'en débarrasser aussi vite que du reste.* » Sur le moment elle n'avait pas réalisé que c'était d'elle qu'il s'agissait.

— Je peux te parler franchement ?

Secouée, Suzanne hoche la tête. Elle n'est plus à une vérité près.

— Ce n'est pas pour rien que tu as découvert l'existence de l'Anaconda. Le fait que tu aies manifesté cette sorte… d'intuition de même que l'intérêt que tu portes au crime et à la folie ne sont pas innocents.

— Où veux-tu en venir ?

— Ne sous-estime pas ton attirance pour l'abîme, qui n'est peut-être pas uniquement professionnelle.

Olga écrase sa cigarette.

— Est-ce que tu n'aurais pas pressenti chez cet Abel une dimension plus sombre sous un aspect… lisse, que Gilbert avait déjà, et dont tu avais fini par te lasser ?

Suzanne est prise de vertige face à ce que ces paroles sous-entendent. Elle reconnaît avoir été sensible à la manière brutale d'Abel : cette façon de la draguer après l'avoir renversée, de quitter Claudie… Son travail solitaire, de prédateur financier, déconnecté de la réalité, son absence de famille, d'amis, ses mystères… Par certains aspects un côté sociopathe.

— Et reconnais que les accusations de ton patient le confirmeraient, ajoute la grande fumeuse qui allume une nouvelle cigarette. Mais il ne s'agit que d'une hypothèse, n'est-ce pas ? De même qu'en l'absence de preuves la culpabilité de l'un ou de l'autre jumeau reste une hypothèse. C'est toi qui les connais, toi qui peux savoir. Toi seule. Moi, je ne suis qu'une vieille femme au chevet de son mari…

Suzanne esquisse un sourire qu'elle imagine pitoyable. Est-elle venue entendre ce qu'elle espérait entendre ? Elle aurait dû le savoir, depuis le temps : Olga qui a toujours eu cette terrible qualité de dire ce qu'elle pense.

Surtout lorsqu'on vient la consulter pour ça.

Avec la désagréable impression d'être à nouveau livrée à elle-même, Suzanne repense à ce qu'elle avait dit à Steiner à propos du jumeau d'Adèle, sans savoir alors de qui il s'agissait : « *Un psychopathe intégré socialement, dont la nature violente se révèle dès qu'il se sent en danger, ce que sa paranoïa lui dicte à la moindre occasion…* »

28

Après l'agitation de la journée, les couloirs du 36 sont déserts. Les seuls bureaux allumés sont ceux du groupe de permanence et de celui de Steiner, qui a d'autres préoccupations que fêter l'avènement d'une nouvelle année. Une dernière goutte extraite du samovar ondoie sur la surface brune de la tasse. Face à la fenêtre, le commandant regarde le fleuve, inattentif à son propre reflet dans la vitre : chemise blanche, visage gris et déjà ridé encadré de cheveux ondulés. Dans son dos, les membres de son groupe réunis pour un énième débriefing, par habitude plus que par conviction : deux mois et demi après les premières victimes, double homicide d'Héloïse et de son fils, aucun résultat. Les deux suivants ont à chaque fois renforcé leur sentiment d'impuissance face à ce tueur mystérieux qui s'est payé le luxe de leur laisser son ADN et de récidiver, en toute impunité. Chez certains a germé le fantasme d'une société où l'ADN de chacun serait enregistré à la naissance et répertorié dans une banque nationale de l'identité biomoléculaire. À part ce genre d'utopie, aucun progrès n'a été enregistré, en dépit des enquêtes de voisinage, des interrogatoires, des prélèvements, des autopsies, des recherches dans les fichiers de délinquants sexuels et autres criminels, et des hypothèses formulées par la psy.

Celles-ci esquissent un portrait d'ombres et de suppositions : entre vingt-cinq et quarante-cinq ans ; enfance brisée par ce qu'il a dû considérer comme une haine maternelle ; père vraisemblablement absent ; mère brune, noir corbeau ; profession médicale (?) ; de la mère (?) ; intégré socialement ; convaincant (?) ; organisé ; méticuleux ; séducteur au faîte de sa puissance, mais affecté d'une faille mortelle et indécelable au premier abord ; haute estime de soi pour exposer ainsi ses crimes ; lettré (?) (le surnom dont on l'a affublé aurait-il fait mouche ?)... En d'autres termes, un fantôme.

Steiner se retourne, d'un regard il embrasse son groupe. Melchior, Montesantos, Valdeck, Francini, chacun d'entre eux le teint hâve et des poches sous les yeux. À part la femme et lui, tous mariés, vivant au milieu d'une famille, et pourtant tous présents, en ce soir de réveillon. Présents et impuissants.

Le visage du Corse se fend d'un sourire rapide.

— La hantise, ce serait qu'on n'entende plus jamais parler de lui. Vous imaginez ?

Steiner lui renvoie un regard sans aménité.

— Pas bien, non.

Au-delà de toute considération hiérarchique ou médiatique, c'est sur lui que repose cette enquête, c'est à lui qu'incombe la tâche de donner une identité à celui qui a fait ça, à trois reprises ; avec ce sourire sorti d'un cauchemar. À tout prendre, il préférerait encore une victime supplémentaire et un indice leur permettant de remonter jusqu'au tueur, plutôt qu'un néant qui les renverrait, lui et les membres de son groupe, à leur propre inutilité.

Bien sûr qu'il a songé à un arrêt brutal de la série, à un tueur qui en disparaissant laisserait un certain nombre d'esprits sans repos, parmi les familles des victimes et les flics chargés de le mettre hors d'état de nuire. Il a évoqué cette hypothèse en présence de Suzanne à qui cela paraît plus qu'improbable. La psychiatre n'imagine pas qu'il puisse s'arrêter du jour au lendemain. Malgré sa maîtrise, elle le voit comme un malade rongé de l'intérieur par une sorte de cancer aux métastases envahissantes, un possédé dominé par des pulsions auxquelles il ne peut se soustraire, qui le laisseront sans répit jusqu'à la fin.

Jamais depuis l'Anaconda Steiner n'avait autant eu le sentiment que de son travail pouvaient dépendre certaines vies. Les vies de jeunes femmes encore inconscientes du danger planant sur elles, et dont le seul tort serait de croiser le tueur, et de correspondre à certains critères provoquant chez lui sa folie meurtrière. Et cette pression est la plus intense qu'il ait eu à supporter.

Mais le pire, il y a également pensé, serait une quatrième victime, voire une cinquième, ces dernières s'accumulant sans que ces nouvelles sacrifiées leur permettent d'avancer d'un pouce.

Le grelot du téléphone opère une diversion qu'il accueille d'un œil morne. D'une détente il décroche le combiné antédiluvien posé sur son bureau.

— Steiner j'écoute.

— Breton.

Il lui faut une seconde pour comprendre à qui il a affaire : le commandant de l'OCPRF chargé de l'Anaconda dont il a reconnu la voix avant le nom. Ce type à l'allure de colonel de parachutistes qui appréhende ses missions avec une rigueur quasi scientifique.

— Il semblerait que notre oiseau soit de retour.

Le fauteuil du commandant grince sous son poids lorsqu'il s'y assied.

— Qu'est-ce qui vous fait dire ça ?

— Würzburg. Une mobylette assurée au nom de Christina Schluss, la responsable de l'institution pour jeunes tarés, y a été retrouvée dans une benne à ordures. Les Allemands ont vérifié les numéros de série. À partir de là, ils ont répertorié les voitures volées dans la ville au cours de cette même nuit correspondant à l'incendie du Blumenwald. Ils ont retrouvé une BMW série 5 sur un parking de station-service où une Mercedes, une 230 E si ça vous dit quelque chose, a été volée, toujours en Bavière. Le proprio, un certain… Franz Rumenige, ânonne-t-il, est toujours porté disparu.

— Ça signifie que l'Anaconda en est réduit à improviser, intervient Steiner sous un faisceau de regards soudain intéressés. Ce qui pourrait le conduire à commettre des erreurs.

— Cette Mercedes a été retrouvée à Vevey, poursuit le commandant Breton d'une voix sans émotion, où un certain Gerhard Becher a été assommé. Il s'est réveillé dans un fossé avant d'aller trouver la police locale. Son agresseur, qu'il n'a pas eu le temps de voir, lui a volé son Audi, une A8 flambant neuve immatriculée en Suisse. Laquelle a été retrouvée dans un canal à Auxerre. C'est là que ça devient miraculeux : sans un riverain insomniaque qui a assisté à la scène, la voiture serait toujours au fond de l'eau.

— Chapeau, lâche Steiner en attrapant sa tasse déjà froide.

— J'aime quand les différents rouages de la machine travaillent en coordination, lui répond d'une voix flûtée son interlocuteur aux cheveux en brosse et aux verres teintés, seuls détails que Steiner a retenus de lui.

— Il est revenu pour la psy.

— J'ai prévenu l'équipe chargée de sa protection, répond Breton imperturbable. Voilà, commandant. Je tenais juste à vous tenir au courant. Mais si vous avez une idée de point de chute où notre oiseau a pu se brancher, prévenez-moi. Alors à bientôt, et bonne année, achève-t-il sur un ton un peu trop précieux.

Pavillons en meulière, terrains vagues, barres HLM, usine de traitement des eaux, avenues sans âme bordant la voie ferrée, successions d'entrepôts et commerces, concessionnaires auto, cuisinistes, grossistes informatiques, fast-food… Feux tricolores, lampadaires et néons crevant l'obscurité, zones d'ombres, zones en friche. La banlieue sud avant d'entrer en gare, mornes paysages périurbains, après la France à toute allure vue comme un diorama géant. À mesure que la vitesse décroissait, Suzanne sentait s'accentuer la pesanteur de la réalité, le train l'ayant quatre heures durant soustraite aux lois de l'attraction. Quatre heures mises à profit pour mesurer l'ampleur du champ de mines au milieu duquel elle s'est aventurée.

Séparés d'elle par la travée centrale, Franck Mignon et Jean-Claude Pastré, le premier absorbé par *Armes et munitions*, le second par *Budo magazine*, veillaient à sa tranquillité. Au centre de ses préoccupations, le miroir gémellaire propre aux monozygotes qui marque certaines différences ou oppositions : Abel travailleur, réservé, plutôt introverti, cherchant à oublier sa blessure par la réussite financière — Adèle exubérante et extravertie, cherchant à attirer les regards, perverse. Abel qui comble sa solitude par sa quête financière, Adèle par un cocktail de drogue, paillettes et strass. Abel qui selon Olga pourrait éprouver vis-à-vis d'Adèle amour, gêne et répulsion, Adèle éprouvant pour son double envie, attirance et haine.

Abel à propos de qui elle n'a jamais nourri le moindre soupçon, jusqu'à l'irruption dans son cabinet de cette Adèle certainement jalouse de ce qu'il est devenu par rapport à elle. Ce double d'abord préféré par leur mère, et à nouveau élu des dieux, si l'on se base sur sa réussite financière.

Adèle qui n'est pas à un mensonge près, qui a pu mettre sur le dos de son frère la mort accidentelle de cet entrepreneur, pour insinuer le doute.

Alors non, elle n'a encore rien dit à Steiner, ne pouvant se baser sur de simples intuitions pour accuser qui que ce soit, surtout pas l'homme qui a sauvé Angélique. Abel que pour la même raison elle estime incapable de représenter une menace pour elle ou ses filles, de toute façon sous protection policière. Abel dont elle comprend les zones d'ombre, les silences, les mystères, la difficulté à aimer, à se confier... Retranché dans son univers financier d'où les sentiments sont bannis.

Mais elle compte s'ouvrir à lui dans la soirée, pour mettre un terme à cette situation insupportable. Elle y a suffisamment réfléchi. Quelles qu'en puissent être les conséquences. Il sera toujours temps d'avertir Steiner, en cas de doute persistant. À défaut d'un prélèvement d'ADN impossible à leur imposer, on pourra mettre les jumeaux sous surveillance.

En espérant qu'il ne soit pas déjà trop tard.

Mais si tout cela n'était qu'affabulations provoquées par son désir impérieux de connaître la vérité ? De trouver le coupable ? Qu'Adèle tente de la séparer de son frère, soit, mais pourquoi vouloir lier l'un ou l'autre à l'Homme qui rit ?

Quatre heures durant, le TGV a traversé l'hiver à la vitesse des cauchemars.

Avec qui vit-on vraiment ? La question ne se posait pas avec Gilbert rencontré à vingt ans, qu'elle croyait connaître et qui pourtant n'a pas évolué comme elle l'avait imaginé. Mais elle peut se poser vis-à-vis de quelqu'un rencontré sur le tard ; dont on ignorait l'existence avant de tomber sous son charme et qui a déjà toute une vie derrière lui.

Se pourrait-il qu'à son insu elle ait été séduite par un monstre ? En dépit des insinuations d'Olga après tout peut-être animée par une certaine amertume, elle se refuse à croire à cette hypothèse.

Sur le quai encombré par une foule pressée, ses anges gardiens l'aident à se faufiler dans le flot des voyageurs. Leur tension est contagieuse. Elle a le mérite de faire diversion.

Il s'est instauré une étrange connivence entre elle et ces hommes qui veillent sur sa personne avec une attention jalouse. Dans leur langage, elle est un « colis », une « cliente », voire une « cible », elle a surpris ce vocable, se doutant depuis qu'elle fait l'objet de plaisanteries.

Comme si le moindre contact entre eux allait provoquer un incendie, dans l'ascenseur exigu Franck retient son souffle pour ne pas l'effleurer. D'habitude ces prévenances la font sourire, mais à mesure que la cabine s'élève, ce soir elle sent la pression monter, anxieuse à l'approche de son explication avec Abel.

À peine a-t-elle ouvert la porte qu'elle est accueillie par des exclamations de bienvenue. Le salon est éclairé par des dizaines de bougies disposées sur le manteau de la cheminée, les étagères et tout ce que la pièce compte de surfaces planes. Emma jaillit de la cuisine tandis qu'Angélique regarde les nouvelles.

Une fois de plus aveuglée par ses obsessions, elle en a oublié la date.

— Abel n'est pas là ? demande-t-elle soudain paniquée de ne pas le voir.

À la seconde où l'horloge de son ordinateur indiquait minuit, il faisait voler en éclats les dernières rangées de briques du mur multicolore; et avec une infime satisfaction, dans la minute suivante, entamait une nouvelle partie.

C'est à ce moment que le téléphone s'est mis à sonner : inlassablement. Combien de sonneries à présent? Quinze? Vingt? Il ne les a pas comptées, trop occupé à retourner et déplacer latéralement les briquettes pour compléter les rangées empilées. Et il a eu beau diminuer le volume du téléphone, à sa gauche le clignotement du voyant le gêne.

Ses yeux le brûlent, à force de fixer ces pixels excités, unique source de lumière dans son bureau plongé dans la pénombre. Il sait qu'ils se reflètent sur la peau de son visage, désormais lui-même support de ce matériau virtuel. Et le téléphone qui s'obstine. Tandis que la pluie de parpaings monopolise son attention.

En penchant la tête il pourrait voir le fronton de la Madeleine doré sous les projecteurs. Mais il faudrait pour cela détourner son attention de l'écran que les briques envahissent, achevant finalement de l'emmurer.

Excédé il décroche.

— Oui?

— …

— Qui est là? demande-t-il d'une voix tendue.

Sur l'écran, une sorte de bouffon pixelisé se moque de lui. D'une pression sur une touche il le fait disparaître.

— Abel? Qu'est-ce que tu fais?

Il soupire. Ça ne pouvait être qu'elle. Sa voix est mal assurée. Elle l'attendait pour le réveillon. La chasseuse de monstres n'échappe pas à un certain sentimentalisme bas de gamme. Faut-il lui en vouloir?

— J'ai préféré m'éloigner. Le temps de régler un problème, dit-il en démarrant une nouvelle partie.

— Jacob ? hasarde Suzanne.

Il ricane.

— Jacob, oui.

— Je me suis inquiétée, tu sais.

Il sent qu'elle voudrait en dire plus, la mère de son futur enfant. L'un et l'autre savent donc, désormais, pour Jacob. Mais qu'y aurait-il à ajouter ? Tant que tout cela n'est pas réglé.

— Je vais raccrocher.

— Il faudra qu'on se parle, tu sais.

— Je sais. Bonne année Suzanne. Je te dis ça du fond du cœur, ajoute-t-il d'une voix que ni lui ni elle ne reconnaissent.

— B... Bonne année, répète-t-elle d'une voix encore plus mal assurée, sans doute consciente de l'absurdité de la situation.

À peine a-t-il reposé le combiné sur son support que dans l'obscurité les briques l'accaparent.

29

Jacques Mangin s'était dit qu'il ne lui accorderait pas cette satisfaction une seconde fois ; mais au bout de quelques heures, il n'a plus tenu et s'est relâché. Sur le moment il en a surtout éprouvé un immense soulagement irradiant depuis sa vessie à l'ensemble de son organisme. À présent, son urine a refroidi et son pantalon lui colle à la cuisse.

À sa manière, Kovak a bien fait les choses, il est obligé de le reconnaître. La balle de golf enfoncée dans sa bouche et maintenue avec de l'adhésif l'empêche de crier, et le matelas sur lequel il l'a ligoté l'empêche de donner des coups dans le plancher pour alerter les voisins du dessous. Les gémissements qu'il peut émettre au risque de se râper le palais avec la balle sont couverts par la musique que sa sono diffuse. Les sketches l'insupportent le plus : une bande de comiques à l'humour grossier qui, dans sa situation de soumission absolue, lui paraissent d'une vulgarité inouïe.

Dans sa position, il ne peut apercevoir que le dernier étage de l'immeuble de la rue du Commandant-Mouchotte et il demeure donc également invisible aux yeux de ses occupants.

Seul spectacle susceptible de le distraire, à deux pas de son télescope inaccessible sur son trépied, celui de l'anguille que son tortionnaire a sortie de son aquarium et qui, par moments, sort de sa léthargie et évolue à coups de sinuosités nerveuses sur la moquette imbibée d'eau.

Kovak a poussé le chauffage au maximum et s'est ensuite employé à déverser des litres d'eau sur le sol, créant ainsi les conditions de séjour propices au reptile auquel il s'assimile.

Un quart d'heure plus tard, une légère vapeur se dégageait de la moquette et les baies vitrées étaient recouvertes de buée de condensation rendant toute observation depuis l'extérieur impossible.

Malgré l'extrême précarité de sa situation Jacques Mangin l'observait, accroché à cette faculté comme à une bouée de sauvetage, trop content d'avoir un sujet d'étude de la trempe de Kovak en liberté, et non plus dans l'univers asséchant des hôpitaux psychiatriques, à travers le prisme réducteur d'un questionnaire ou d'un test de Rorschach.

Pieds et torse nus, la peau couverte de ses tatouages comme un reptile de ses écailles, silencieux dans la pénombre trouée par la seule ampoule de l'aquarium, il faisait parfois quelques pas marqués par les bruits de succion de la moquette spongieuse, restait planté face à la baie dans la buée de laquelle il avait ménagé un regard, ou s'installait dans le canapé, jouant avec l'anguille dont la queue claquait à intervalles réguliers contre ce qui devait être son torse. À deux reprises, il a écopé l'aquarium pour en disperser une partie du contenu sur le sol.

Le pantalon trempé, sentant sa propre urine dans cette atmosphère moite, la main animée d'élancements douloureux, torturé par la soif, Mangin se gavait d'images qui le hanteraient jusqu'à la fin de ses jours. Lorsqu'il se penchait sur son sort, il songeait à un rongeur dans le vivarium d'un grand serpent ayant pour l'instant décidé de ne lui accorder aucune attention.

Ce n'est qu'avant de partir qu'il l'a ligoté. Prendre cette précaution signifie lui laisser la vie sauve ; le temps de vérifier l'adresse de Lohmann.

Ensuite, il n'aura plus besoin de lui.

Depuis cette déduction, il ressasse les différentes méthodes de Kovak pour achever ses victimes, avec une prédilection pour l'éviscération et la décapitation.

La sonnerie du téléphone couvre cette perspective et les bêtises de la radio. Cinq coups avant le déclenchement du répondeur. L'anguille ondule sur la moquette dans un chuintement douteux.

Qui peut bien l'appeler, lui qui ne reçoit jamais aucun coup de fil ? Le voisin du dessous qui aura finalement vu quelques gouttes d'eau perler à son plafond ?

« Docteur Mangin ? Ici le commandant Steiner. Je vous appelle parce que nous avons de sérieuses raisons de croire que Laurent Kovak est à Paris... Et je vous demande de me rappeler dès que vous aurez pris connaissance de ce message. C'est urgent. Vous comprendrez aisément. Je vous remercie à l'avance. »

Une sonnerie discordante lui indique que le flic a raccroché. Le clignotement d'une diode rouge signale la présence d'un message sur la bande du répondeur. Clignotement qu'à son retour Kovak remarquera.

Jacques Mangin voudrait serrer les dents. La balle de golf appliquée contre son palais le rappelle à l'ordre.

Et tandis qu'à la radio un humoriste versé dans les canulars téléphoniques fait passer au micro de la gare de Monaco l'annonce suivante : « *La mienne est plus grosse que la vôtre* », pour la première fois depuis aussi loin que ses souvenirs portent, deux larmes coulent le long des joues couperosées du psychiatre.

30

Son frère habite rue des Lombards. Un de ces immeubles étroits, parties du cœur et de l'histoire de Paris, à deux pas du trou des Halles. Petit pucier dans lequel il n'a mis les pieds qu'une fois, repoussé par le désordre et la poussière. Il se le rappelle fouillant une des deux pièces plongée dans le noir à la recherche d'un accessoire *indispensable* pour mettre le nez dehors. Il l'entend encore fourrager des sacs plastique, pour finalement ressortir avec une de ces besaces poilues que les Écossais portent sur leur kilt en guise de baise-en-ville.

Troisième étage dans un escalier sentant la pisse. La porte à digicode est à cent mètres. Tous les zonards du quartier doivent en avoir l'accès, puisqu'à l'entendre, il faut régulièrement en enjamber un ronflant sous les boîtes aux lettres avant de gravir les marches.

Un talon de douze entre deux côtes, et il irait dormir ailleurs, le débris, puisqu'il s'obstine à porter ces chaussures aussi ridicules. Qu'au moins elles servent à autre chose qu'à lui faire cette démarche d'équilibriste.

Au pied du mur Abel Frontera inspire, de la main gauche se masse les tempes pour tenter d'apaiser la migraine qui ne le laisse pas en paix depuis deux jours et prend sur lui pour réfréner une pulsion de meurtre.

La voix de Nina Simone a succédé à celle de Billie Holiday ; la rythmique efficace de *I put a spell on you* au déchirement tragique de *Strange fruit*.

Une serviette éponge autour de la taille, Adèle se brosse les cheveux en regardant ses seins dans la glace. Helmut Newton l'aurait prise pour modèle, s'ils s'étaient croisés. Elle aurait pu figurer sur les deux images intitulées *Sie kommen*. Quatre mannequins avançant vers l'objectif, vêtues de tailleurs sur la première, les mêmes dans des positions identiques, mais nues à l'exception de leurs escarpins sur la seconde. Quatre beautés froides, jambes longilignes, seins hauts, épaules carrées, attaches déliées, port de tête altier, pommettes saillantes, lèvres charnues et regard hautain.

Qui irait faire la distinction entre un de ces modèles et elle ? s'interroge-t-elle en dénouant la serviette qui lui ceint la taille, laissant apparaître son pubis et ses jambes épilées au laser.

Sans maquillage, seul son visage est moins flatteur. Après quarante ans les marques de l'âge hélas apparaissent au moindre excès.

Comme chaque 31 décembre la fête était convenue. Les mêmes têtes, les mêmes plaisanteries sur le sexe d'untel ou de machine, les mêmes ragots sur la jalousie d'Ivan, l'hystérie d'Eliane ou la dernière collection de John.

Tout ça pour prendre dix ans le lendemain au réveil. Chaque année elle a beau se le dire, chaque année elle recommence.

Elle-même s'était grimée en homme, pour rire, comme ça lui arrive de temps à autre : façon de brouiller les pistes et de jouer avec les genres, parodiant autant celui qu'elle a été que celle qu'il est devenue. Elle parvient pourtant toujours à donner le change, même en tête à tête, n'attirant plus dans ces cas les regards que lui vaut son apparence féminine. Ainsi transformée elle endosse une troisième personnalité, affiche un troisième visage, différent du sien et de celui de son frère, après les interventions de chirurgie qu'elle a subies : ultime transgression pour se donner l'illusion que l'on peut tout être, à l'envi. Mais par cette transgression elle peut sans doute tromper tout le monde, un chauffeur de taxi, une boutiquière, un agent immobilier, sauf elle-même. Et elle n'éprouve à vrai dire aucun plaisir dans ces transformations qui ne correspondent à aucun désir, à aucun fantasme, tout juste à une curiosité trop vite satisfaite. Elle n'est alors plus personne, et ce néant provoque en elle un trouble que le retour à sa véritable apparence ne suffit pas à dissiper.

Seule devant sa glace, elle a d'ailleurs souvent des réflexes masculins qui lui reviennent comme autant de provocations destinées au Créateur : une façon de roter, de cracher dans le lavabo ou de se coller les doigts dans la bouche.

Ses jambes aussi sont féminines, ce qu'hommes et femmes partageraient le mieux. Quant à ses hanches, elles ont, avec la nouvelle répartition graisseuse due aux hormones, acquis un arrondi qui n'était pas le leur.

Nina Simone et les instruments qui l'accompagnent sont soudain dominés par une note discordante. Elle n'a pas le temps d'enfiler un peignoir et de se diriger vers l'entrée qu'Abel l'observe dans l'encadrement de la porte.

Elle ne peut réprimer un tressaillement qui arrache à son frère un sourire.

— La grande actrice a ôté son fard. Tu ne fermes jamais ta porte ? Je n'ai eu qu'à la pousser.

Elle attrape son peignoir.

— Tu m'as manqué. Ça fait si longtemps, dit-elle en l'enfilant.

— Depuis l'enterrement.

Elle hausse les épaules.

— Tu as fait comme si je n'existais pas. Il n'y avait pourtant pas grand monde, et aucun de ses soi-disant amis qu'elle allait régulièrement piquer à domicile. À part quand on est dealer, pas idéal pour créer des liens, les piqûres, glousse-t-elle. Je suis heureuse de te revoir.

Agacé, il détourne les yeux de ce regard avide.

— Laisse. Ça m'intéresse de voir ce que tu es devenue. Tu ne m'as jamais montré.

— Il suffisait de demander, réplique-t-elle pincée.

Il fait un pas vers elle, un sourire déplaisant sur les lèvres. Elle serre son peignoir.

— Ça me fait drôle, de me voir en femme. Pas mal… lâche-t-il avec l'air d'apprécier. Un peu carrée à mon goût.

Elle recule.

— Qu'est-ce que tu veux ?

— Tu sais ce qu'en a fait le chirurgien ? Après avoir coupé ? Qu'est-ce que ça devient, ces choses-là ? Poubelle ? Ou trophée baignant dans le formol à admirer de temps à autre en souvenir du bon vieux temps ?

La colère l'emporte sur la peur.

— Tu perds la tête ?

— Si je perds la tête ? reprend-il en se rapprochant davantage. Tu sais que ça m'a fait mal quand tu t'es fait opérer ? Que je n'ai pas pu bander pendant plus d'un an ? Tu n'y avais jamais pensé, hein ?

Il s'immobilise et finalement ricane.

— J'ai été surpris d'apprendre que tu consultes chez Suzanne. Qui t'a parlé d'elle ?

Adèle tire une cigarette d'un paquet posé à côté du lavabo. Elle exhale la fumée de sa première bouffée en direction du miroir, enveloppant son reflet d'un voile opaque aussitôt dissipé.

— Claudie est venue faire quelques emplettes à la boutique. Toujours aussi dispendieuse. Elle a acheté toute une série d'éventails en plumes de perroquet.

Elle a retiré ses lentilles. En dépit des excès et de ce qu'ils ont dû voir, ses yeux sont les siens, bleu livide, qui le fixent dans l'attente de sa réaction. La douleur sous son front est soudain plus vive. Il grimace.

— Claudie… Mais bien sûr… s'exclame-t-il pour lui-même frappé par cette révélation. Comment ai-je pu ne pas y penser ?

Claudie qu'il avait un peu trop vite effacée de son existence, et qui n'a donc pas trouvé mieux que s'adresser à Jacob pour l'atteindre. Perfide, la garce. Elle a su frapper au défaut de la cuirasse. Elle a fini par la tenir, sa vengeance. En traître.

— Elle m'a raconté la façon dont tu l'as abandonnée dans l'heure. Remarque, tu as de qui tenir… Et tu es coutumier du fait. N'est-ce pas ce que tu as voulu faire avec moi ?

— Ne mélange pas tout. Tu lui as parlé de moi ?

— À ma psy ? lâche-t-elle avec un sourire innocent. Je lui parle de moi, je lui parle de toi. C'est lié, non ?… Mais je ne lui ai ni donné mon vrai nom ni mentionné le tien, si ça peut te rassurer.

— Ne te fous pas de moi. Elle sait.

Avec un sourire de dédain, elle jette sa cigarette dans les toilettes et tire la chasse.

— Elle représentait le seul moyen pour me rapprocher de toi… Je n'y peux rien si elle est trop curieuse. Nous ne faisons qu'un, même si tu fais tout pour nier mon existence. C'est impossible, tu sais bien. Même maman, qui a tout fait pour, n'y est pas parvenue. Tu sais, quand elle m'a abandonné, c'est d'être séparé de toi dont j'ai le plus souffert…

— Qu'est-ce que tu lui as dit exactement ? la coupe Abel que cette évocation une nouvelle fois met au supplice.

— Je lui parle de mes problèmes. On en a tous.

Elle hausse les épaules.

— Tu as vu ce qu'on est devenus…

— Parle pour toi Jacob. Tu lui as parlé de Ménard ?

Son rire parade lui répond.

— Qu'est-ce que je dois faire pour t'empêcher de nuire ?

Sa voix est rauque. Un rictus lui déforme la bouche.

— Tu te souviens du temps où nous prenions la peau de l'autre… Comme on était proches. Même maman n'y voyait que du feu. Personne n'imagine le bonheur que j'éprouvais quand elle me prenait pour toi… Ça paraîtrait plus difficile aujourd'hui, rit-elle, et encore, ça dépend. Qui peut distinguer ce que tu fais de ce que je fais ? Nous formons tellement une seule personne. Sais-tu que nous avons le même ADN toi et moi ? J'ai appris ça récemment dans une étude conduite par un criminologue. Intéressant. Particularité que partagent les vrais jumeaux. L'ADN, c'est bien ce qui distingue un individu d'un autre, non ? Dès lors, comment nous distinguer ? Tu…

La main d'Abel lui enserre la gorge. La tête gémellaire de son frère est à un centimètre de la sienne, comme s'il s'apprêtait à l'embrasser, plus proche que son reflet dans un miroir lorsqu'elle s'épile les sourcils. L'ancien elle-même qui n'aurait pas supporté ce qu'elle est devenue et aurait décidé de la supprimer. Pour échapper à l'insupportable spectacle de cette déviance. Son souffle lui chatouille les narines. C'est la seule chose qu'elle a toujours crainte : une perte de contrôle chez son frère le faisant renoncer aux règles élémentaires de prudence.

Il l'a coincée contre le lavabo. Ses doigts s'enfoncent dans son cou. Elle est au bord de l'asphyxie. Mais elle conserve un espoir : tant qu'il ne la tient que d'une main, il ne devrait pas la tuer.

— Qu'est-ce qu'on va faire de toi, Jacob ? Tu crois que l'assassin que tu as décrit se laisserait arrêter par la perspective de tuer une chose comme toi ?

Son champ de vision est parsemé d'étoiles. Elle n'entend plus que des paroles indistinctes énoncées par une voix qui autrefois était la sienne. Avant de ne plus rien entendre, de ne plus sentir que la pression de sa main sur sa gorge et de perdre connaissance.

Il a parcouru la rue des Lombards en titubant, sous le regard des employés de la voirie vêtus de blanc comme des chasseurs alpins. Tenue d'hiver dans cette nuit glaciale. Les pavés de la rue piétonne reflètent les lueurs des lampadaires. Dans les cafés, des buveurs à moitié cachés par des Pères Noël au blanc d'Espagne sur les vitrines semblaient rire de sa détresse. Sa perception de l'environnement était brouillée par la panique.

Comment pourrait-il en être autrement : le corps de Jacob amolli, lui-même cherchant à le retenir et se retrouvant sur son frère étendu sur le sol, sur lui-même en femme, comme deux amants pressés par l'urgence de leur désir. Mais sur le carrelage de la salle de bains son frère ne bougeait plus. Soudain conscient de reposer sur ses seins de silicone immobiles, avec dégoût il s'est relevé. Dans l'affolement il a regardé autour de lui, n'a pas cherché à savoir, mais à fuir le spectacle de son frère inanimé, fuir le pucier dans lequel il n'aurait pas dû remettre les pieds.

En bas des escaliers gisait le poivrot endormi sur lequel dans la précipitation il a marché, avant d'ouvrir la porte et de se ruer dehors dans ses hurlements, pour recevoir la claque du froid et tenter de reprendre une contenance sous le regard des balayeurs.

L'habitacle de sa voiture de luxe est un cocon. Le ronronnement du moteur enveloppe ses angoisses. Le rythme de son cœur doucement s'apaise. Il a eu cette pulsion irrésistible, et au dernier moment il a flanché. Car il le saurait, s'il l'avait tué. Même sans avoir vérifié il la ressentirait au plus profond de lui-même, la perte de son double.

Ne lui a-t-il pas dit qu'il l'aimait, ce frère unique envers qui par la faute de sa mère il a une dette dont jamais il ne pourra s'acquitter ? Lui l'élu, enveloppé d'un amour maternel à moitié indu, tandis que son double privé de cet amour dérouillait dans sa famille d'accueil et peu à peu devenait cet être étrange avec qui il doit bien composer.

Ce qui signifie qu'il est à sa merci, se dit-il en déboîtant.

Rue de Rivoli le capot de sa voiture réfléchit les lumières des fêtes. La puissance de son moteur est un leurre qui pourrait masquer sa vulnérabilité aux yeux de n'importe qui, mais pas aux siens.

Le même ADN. Qu'a-t-il voulu dire ?

31

À l'angle des rues Jean-Zay et Jules-Guesde, l'immeuble en briques sombres ne compte pas plus de trois étages. Il s'agit d'un bâtiment construit dans les années soixante-dix qui ne doit pas réserver trop de surprises. Seul point critique : une demi-douzaine de mètres au-dessus des rues Vercingétorix et Commandant-Mouchotte, la passerelle qui permet de gagner la gare Montparnasse, dédale de couloirs, escalators, tapis roulants, quais, voies ferrées et lignes de métro. L'endroit idéal pour se fondre dans la masse.

Après deux messages sans suite au docteur Mangin, par acquit de conscience Steiner a préféré prendre les devants, sous l'effet d'une vague intuition dont — collaboration entre services oblige — il a fait part à son homologue de l'OCPRF. Lequel s'est joint à l'équipée avec deux de ses hommes. Six c'est beaucoup pour une vérification de routine, mais pas trop s'il s'agit d'appréhender Laurent Kovak. Or d'après ce qu'on sait de lui, Mangin est le seul Parisien de sa connaissance.

Pour parer à toute éventualité, le commandant a laissé Montesantos et l'un des flics de Breton en embuscade sur la passerelle sous les fenêtres du psy.

À la vue de sa carte de réquisition, la gardienne n'a pas fait d'histoire pour lui remettre la clef de chez le psychiatre pendant que Valdeck et Breton surveillaient l'escalier.

Trois jours qu'elle ne l'a pas vu ; ce qui en soi ne signifie rien de particulier : il aura pu partir pour le réveillon, et ne serait pas encore rentré. Surtout qu'il n'a plus de travail, a-t-elle ajouté pesamment. « *Vous le verriez avec ses poissons rouges dans leurs poches pleines d'eau. Un jour je lui ai demandé ce qu'il en faisait, il m'a répondu qu'il s'agissait d'un maillon de la chaîne alimentaire.* »

Derrière ses voilages clignotait une guirlande encadrant une télé allumée, dernière vision que le flic a emportée dans les étages après avoir obtenu d'elle une idée sommaire de la configuration de l'appartement, et lui avoir conseillé de s'enfermer.

Comme les deux messages laissés sur le répondeur, le coup de sonnette ne provoque aucune réaction : pas le moindre bruit ne filtre de l'intérieur.

Et pourtant la porte n'est pas fermée à clef.

Valdeck et Breton en couverture, le troisième homme de l'OCPRF dans l'escalier commandant l'accès à la rue et au toit, Steiner s'introduit dans le minuscule vestibule qui sur la droite ouvre sur une cuisine, et en face sur le séjour. Au seuil du salon, il est saisi par l'atmosphère moite et une odeur indéfinissable de moisissure et de renfermé, comme s'il avait soudain été propulsé dans quelque forêt tropicale.

Dès les premiers pas ses chaussures font ploc-ploc sur la moquette. Sa pression sur l'interrupteur mural produit un claquement sans effet. L'ampoule d'un aquarium nimbe la pièce d'un halo verdâtre qui effleure à peine les contours des meubles. Derrière la baie vitrée, les immeubles aux multiples ouvertures éclairées lui apparaissent flous, avant qu'il réalise que la vitre est recouverte de buée.

— Commandant ?

La voix fêlée de Valdeck trahit sa tension. D'un geste, il l'enjoint au silence. À droite, un rectangle indique la porte de la chambre. Il s'y dirige, avec l'impression de progresser dans un marécage. Dans son dos, il peut entendre Breton mastiquer nerveusement son chewing-gum.

Un claquement mat et léger, amorti en éclaboussure, comme si un objet était tombé sur la moquette imprégnée d'eau, détourne son attention sur la gauche. Instinctivement il porte la main à son arme et se ramasse sur lui-même. Une silhouette gît sur le sol.

Le claquement se répète, paresseusement, lui semble-t-il.

Une fraction de seconde la lumière l'éblouit : Valdeck a trouvé une lampe. Les yeux exorbités, Jacques Mangin est ligoté sur un matelas. Enfoncée dans sa gorge, une anguille forme une langue interminable et grisâtre agitée de soubresauts nerveux, sur laquelle s'écartèlent les lèvres cyanosées.

Les poissons rouges, la chaîne alimentaire.

Le flic ne peut détacher son regard : avec cet appendice obscène, dans la mort le psychiatre figure une image baroque et inattendue de la folie, que toute sa vie il aura étudiée.

— Il a le sens de la mise en scène, votre serpent.

Steiner se retourne. À l'abri de ses verres fumés, le commandant Breton contemple le cadavre sans s'arrêter de mastiquer.

Une fois la chambre et la salle de bains sécurisées, Christiane Valdeck découvre la scène. Elle détourne la tête. Son regard tombe sur le télescope dirigé vers l'immeuble d'en face, que la buée sur la vitre transforme en mirage.

— Kovak lui a bouché les voies respiratoires avec l'anguille.

La voix du commandant l'arrache à son hébétude.

— Ça a dû avoir lieu il y a quelques heures à peine. Il est encore chaud, ajoute-t-il écœuré.

Immobile, le flic promène son regard dans la pièce, la pile de feuillets dactylographiés sur la table, la chaîne hi-fi, l'aquarium, le canapé de cuir, cet endroit que l'Anaconda a investi avant lui… mortifié de l'avoir raté de si peu. Il remarque le répondeur. Du bout d'un stylo-bille il appuie sur la touche « Lecture » et entend ses propres messages qui en alertant l'Anaconda ont précipité la mort de Mangin.

— À deux heures près on l'aurait en effet sans doute sauvé. Dommage, lâche Breton après avoir posé sa main sur le front du médecin.

— La psy, Valdeck ! La psy ! Il est chez elle !

Valdeck se retourne sur son chef de groupe, mais il s'est déjà rué à l'extérieur de l'appartement.

Jamais Jean Espanglon n'avait effectué la manœuvre pour entrer dans son parking le cou cerclé par un fil à couper le beurre. Un filin d'acier invisible par les policiers en planque dans l'immeuble d'en face, que maintient serré contre sa gorge l'homme accroupi derrière son siège.

Et malgré la panique, il est parvenu à descendre la rampe d'accès sans racler la carrosserie contre les murs, alors que la pression contre sa pomme d'Adam était toujours aussi éprouvante, et qu'un immense désespoir s'est emparé de lui à la fermeture du portail le séparant des policiers qui auraient pu lui venir en aide.

Helléniste et professeur d'histoire à la faculté de Lille, il a souvent dans le cadre de ses écrits évoqué la folie meurtrière, qui au cours de la plupart des périodes de l'Histoire s'est emparée du cœur des hommes. N'y ayant jamais été personnellement confronté à soixante ans passés, il a régulièrement vanté les mérites de notre époque pacifiée.

L'impavidité dont il a fait preuve l'a étonné lui-même, depuis le parking d'Ikea, sur lequel l'individu l'attendait, jusqu'à la rue de Navarre où il habite. Pourtant, quand d'une voix dure il lui a dit « *Rentre chez toi* », il a compris à qui il avait affaire, et a manqué perdre son semblant d'assurance : dès le premier jour de l'installation des policiers dans l'immeuble d'en face, on avait satisfait sa curiosité.

Pendant la demi-heure qu'a duré le trajet, tenu en laisse par l'homme assis à l'arrière, attentif à la circulation et prenant garde de ne pas croiser dans le rétroviseur son regard glaçant, il a pu réfléchir à la façon dont les événements s'étaient déroulés : l'homme avait dû le suivre depuis chez lui jusqu'à Ikea, avec l'idée de se servir de sa voiture comme d'un cheval de Troie pour pénétrer dans son immeuble ; et se rapprocher du docteur Lohmann, qu'il n'avait jamais imaginé acquérir une telle importance dans son existence.

Ainsi va le destin, se dit-il en rentrant dans son box en marche arrière avec son fatalisme coutumier et le recul acquis avec la pratique quotidienne depuis quarante ans de sa discipline.

Les mains en évidence, jointures blanchies à force de serrer le volant pour réprimer son tremblement, avec circonspection il jette un œil dans le rétroviseur et se lance, angoissé à l'idée de la pression supplémentaire du filin sur sa gorge que ses paroles vont provoquer :

— Voilà, nous sommes…

Un coup sec lui brise la pomme d'Adam et l'étouffe, tandis qu'un filet de sang s'épanouit sur son cou en une collerette écarlate, qui aussitôt macule le col de sa chemise et son nœud papillon.

Le trajet de la rue Vercingétorix aux arènes de Lutèce comme dans un jeu vidéo : sirène hurlante, accélérations, coups de frein, les voitures qui se rapprochent dangereusement, qui s'écartent, coups de volant, feux brûlés, piétons comme des volées de moineaux dans les passages cloutés et lignes blanches allègrement franchies, boulevard du Montparnasse à contresens.

Malgré sa conduite, il est parvenu à joindre les gars du SPHP en face de chez Suzanne. L'absence d'incident l'a à moitié rassuré. Et pourtant ils contrôlent les deux uniques entrées du bâtiment. Les ouvertures donnant sur le toit ont été sécurisées.

La ligne de Suzanne sonne occupé.

Dans sa course à deux reprises il a dû piler : devant un enfant en trottinette puis devant un individu qui malgré la sirène et le gyrophare a manqué se jeter sous la voiture.

Rue Monge une benne à ordures barre l'accès à la rue de Navarre. Il plante la Renault derrière le camion poubelle et court en direction de l'immeuble de Suzanne.

C'est au tour d'Abel de manquer se faire écraser. À la dernière seconde il s'est rangé devant la voiture banalisée sirène hurlante. L'idée du choc le fait revoir Suzanne quand elle s'est écrasée sur son pare-brise. Cette histoire partie si fort et que son double malsain s'entête à détruire. Aujourd'hui la boutique était ouverte, malgré l'*incident* dont *la patronne* a été victime la veille. Un ruban de velours noir en collier de chien, Jacob sirotait une tasse de thé avec des grands gestes à l'intention d'une petite bonne femme à la peau cuivrée et aux cheveux platine. Abel est passé devant sans s'attarder, pris de vertiges à la vue de ce double cauchemardesque. Ce double qui toute sa vie aura voulu lui faire payer le fait d'avoir été préféré par leur mère.

Jusqu'à sa mort, il aura marché, malgré lui coupable face à ce frère abandonné qui a si mal tourné. Ce double si semblable et si différent. Par faiblesse, lors de leurs retrouvailles à dix-huit ans, il a accepté de rentrer dans son jeu et par intermittence d'échanger leurs vies, le laissant « profiter » à sa place de cette mère abusive, qui n'y a vu que du feu. Jacob était capable de déguiser son regard déjà perverti, pour la tromper ainsi, elle si attentive à son petit prodige, comme elle l'appelait. Pendant ce temps lui ne parvenait pas à se glisser dans la peau de ce double à l'existence si chaotique, qui lui montrait ce que lui-même serait devenu dans les mêmes circonstances. Car pourquoi aurait-il tourné différemment, s'il avait dû subir les mêmes épreuves ?

La mort de leur mère aura scellé l'éclatement familial.

Mais Jacob ne l'entend pas ainsi.

Le même ADN.

Il lui a fallu du temps, mais il a finalement compris, alors qu'il regardait dégringoler les briques pixelisées sur son écran, unique occupation refuge à sa portée dans son état, dans ce bureau encombré de maquettes consacrant son esprit d'entreprise. Sa vue s'est brouillée, la migraine est apparue, une immense bouffée d'angoisse l'a submergé.

L'ADN du tueur. C'était ce qu'il avait derrière la tête, en allant consulter dans le cabinet de Suzanne.

L'un et l'autre savent à présent. Comment pourrait-il en être autrement ? Et comment les distinguer l'un de l'autre, eux qui d'une certaine manière forment un être unique, même dédoublé ? Et comment par conséquent distinguer leurs actes, et avec certitude les attribuer à l'un ou à l'autre ? Et comment être sûr de son absence de responsabilité dans les actes de l'autre, et de sa propre innocence ?

Les choses seraient plus simples, s'il avait pu le tuer. Ses mains comprimant son souffle et le sang dans ses artères. Ses pouces cherchant sa pomme d'Adam depuis longtemps supprimée.

Mais on ne s'étrangle pas soi-même, hélas.

Et Suzanne, la mère de son futur enfant, qui a pris des renseignements sur son compte auprès de la police. Il est temps de lui parler, à la psychiatre chargée d'établir le profil psychologique de l'Homme qui rit, avant que la vérité n'éclate et qu'elle ne l'apprenne autrement que par lui.

Dernier étage : la cabine s'immobilise. Suzanne doit déjà être là. Calfeutrée dans son appartement après avoir été raccompagnée par un des sicaires du ministère de l'Intérieur. Et pourtant le fauteuil habituellement occupé par un des flics est vide. Il fait claquer le premier verrou, avant de s'attaquer à celui du centre qui a tendance à jouer.

Le bruit produit par son combat contre la serrure l'a empêché d'entendre s'ouvrir la trappe d'accès à la machinerie de l'ascenseur.

Dans son dos, Laurent Kovak attend qu'il ait enfin ouvert la porte.

Sans les filles l'appartement est à nouveau calme. L'une et l'autre ont déserté pour retrouver des amis. Seul Sigmund promène sa silhouette obèse et néanmoins féline.

Étalés sur le lit : les différents éléments, descriptifs, rapports d'autopsie, comptes rendus d'enquêtes de proximité, clichés des scènes de crime, liste des points communs entre Héloïse Beck, Chiara Christensen et Elsa Carpentier. Dernière pièce ajoutée au dossier : un agrandissement de l'empreinte digitale d'un pouce droit trouvée par Christiane Valdeck sur le tube de rouge à lèvres ayant servi à grimer Chiara Christensen.

Puzzle macabre que Suzanne a ressorti pour s'occuper l'esprit, sans réaliser, dans son trouble, qu'il la ramènerait au cœur de ses préoccupations. Abel et Jacob. Quel crédit accorder aux dires de cet être rongé par la perversité ? Qui depuis leur première séance n'a cessé de la mener en bateau.

Et Abel qui désormais sait pour les consultations de son double, et a décidé de s'en charger. De quelle façon ? Est-ce pour cette raison qu'il a préféré s'éloigner ? Après tout, son ancien maître a raison : c'est elle seule, Suzanne, qui est en mesure de savoir, et qui sait. Car aurait-elle pu à ce point se tromper sur l'homme dont elle attend un enfant ?

En optant pour la psychiatrie elle s'éloignait des longues allées rectilignes pour des chemins plus tortueux. À présent elle est perdue au milieu d'un labyrinthe parsemé de chausse-trapes.

Un souffle dans la nuque lui a fait faire volte-face. Les premières choses qu'Abel Frontera remarque, c'est le front fuyant et la peau grêlée. De lui il n'a vu qu'une photo, mais il l'a aussitôt reconnu.

Une douleur fulgurante bloque son cri. La main à la gorge il recule dans l'encoignure pour tenter de récupérer son souffle. La vue brouillée par la douleur, il devine son adversaire approcher.

Ses clefs sont sur la serrure. Apparemment Suzanne n'a rien entendu. Il voudrait sonner, mais ce serait s'exposer.

Kovak sort un couteau.

Devant la longueur de la lame Abel déglutit. En poussant un grognement il jette sa tête contre le ventre de son agresseur. Kovak trébuche en arrière et se laisse entraîner sous le poids inattendu du financier.

Le carrelage du palier tremble sous le choc.

L'ascenseur s'arrête au dernier sous-sol. Le couloir de béton peint en bordeaux est désert. Steiner pousse la porte ouvrant sur le parking. L'endroit lui rappelle le stand de tir : plafond bas, fraîcheur de cave et lumière blanche des néons en nombre insuffisant.

Une impulsion l'enjoint à dégainer et à pointer son arme vers un adversaire imaginaire. Le bruit d'un moteur diesel à l'étage supérieur l'en dissuade. À son niveau : une dizaine de voitures et autant de places vides.

Kovak n'a pas pu pénétrer dans l'immeuble par la porte d'entrée. Mais plusieurs voitures sont entrées dans le parking. Une Porsche 911, une 307 break et une Clio, d'après les gars du SPHP. Il a eu Valdeck au téléphone. L'appartement de Mangin a été investi par les techniciens de l'identité criminelle. L'un d'eux a extrait l'anguille de la gorge du psychiatre. L'animal lui a ensuite échappé des mains et s'est glissé sous le canapé. On a montré la photo de Kovak à la gardienne. Elle n'a jamais vu cette tête dans l'immeuble. Et lui, Joseph Steiner, en a assez de toujours avoir une longueur de retard sur le psychopathe.

Sur la gauche, une calandre de Peugeot attire son attention. Il se glisse dans le box. En jetant un œil à l'intérieur du break, il craint une fois de plus d'avoir eu raison trop tard.

Abel est au-dessus. Kovak a lâché sa dague, en tâtonnant sur le carrelage, de la main droite il la cherche. De l'index et du majeur Abel tente une fourchette en direction de ses yeux. Kovak a à peine le temps de tourner la tête sur le côté : un doigt s'enfonce dans son œil droit. Son poing heurte la tempe du financier.

La tête dans les épaules, Abel applique ses mains sur le cou de son adversaire en enfonçant ses pouces dans sa gorge. Le visage grêlé rougit. Il augmente la pression.

Brusquement la machinerie de l'ascenseur se met en branle. Une fraction de seconde Abel se retourne. Avant de sentir deux étaux saisir ses poignets et les écarter.

La force de Kovak l'a contraint à lâcher son étreinte. Après des semaines à couper des arbres à la hache, le citadin n'a aucune chance. Au lieu de résister, l'homme d'affaires se laisse tomber sur lui et plante ses dents dans son nez. Les incisives dans la chair il maintient la pression. Le sang se répand dans sa bouche.

À moins d'un mètre ils devinent l'ascenseur qui monte. La main de Kovak balayant le carrelage heurte un objet : la lame de son couteau.

Une douleur fulgurante fait lâcher prise à Abel. Il se retourne et aperçoit le manche du couteau sous ses côtes flottantes. Dans un mouvement de panique il veut reculer. Kovak l'arrache et la replante à deux reprises dans ses reins.

Le nez en sang, Kovak se relève. Abel voudrait s'agripper à ses jambes, mais la douleur le cloue sur place. Impuissant, il le voit pénétrer dans l'appartement et refermer la porte derrière lui.

Le hurlement que Suzanne a cru percevoir l'a arrachée à ses réflexions. L'instant d'après, elle n'y pense plus. Elle aura rêvé. L'idée de l'Homme qui rit l'accapare à nouveau.

D'après le mode opératoire, l'absence de traces de lutte, de contusions ou d'autres marques de coups sur les victimes, l'absence de lésions génitales également, il semblerait qu'à aucun moment il n'ait perdu son sang-froid. Un tueur dont le désordre mental ne s'accompagnerait d'aucune désorganisation, et donc beaucoup plus difficile à identifier.

Et beaucoup plus fascinant, s'avoue-t-elle, confuse de confirmer une fois de plus l'analyse d'Olga. Que sous-entend-elle exactement, Olga Enguelhaert, vieille psychiatre à l'intuition et à la perspicacité jamais démenties ? Peut-être rien de plus que cet intérêt qu'elle trouvait à exercer son métier auprès des fous dangereux. Rien que de très officiel et utile à la société.

Mais pourquoi avoir attendu si longtemps avant de passer à l'acte ? En tout cas au grand jour. Quel événement déclencheur a pu être à l'origine de cette série ?...

La disparition de sa mère ?

Une idée soudain la frappe : pour dissiper ses doutes, il suffirait de comparer l'empreinte sur la photo avec celles d'Abel. Qu'a-t-il touché dans cette pièce par exemple ?

Le claquement des verrous la tire de cet abîme de perplexité.

— Abel ?! crie-t-elle assise en tailleur sur son lit.

L'absence de réponse et le couinement de la première marche la ramènent au hurlement et instantanément lui glacent les sangs.

D'un bond elle est à la porte de sa chambre et aperçoit dans l'escalier une silhouette inconnue qui monte vers elle.

— Co... comment êtes-vous entré ?

L'inconnu lève alors la tête et malgré le nez ensanglanté, elle reconnaît l'Anaconda.

Dans la cabine exiguë, le commandant Steiner ronge son frein. Jamais ascenseur ne lui a paru plus lent. Ça lui a laissé le temps d'appeler des renforts. La belle affaire puisqu'il sera sans doute trop tard. Pour Kovak, Mangin n'était sans doute qu'un détail. Mais après l'avoir tué il doit en effet agir vite, s'il veut liquider la psychiatre.

Suzanne qui a permis d'identifier l'Anaconda, et qu'il a lui-même replongée dans l'horreur en lui mettant entre les mains le dossier de l'Homme qui rit. Il se souvient d'elle affolée dans son bureau, son allure de bourgeoise décalée dans cet univers, son regard courant sur le décorum, et dès cette première entrevue son honnêteté farouche en dépit de ce que ça aurait pu lui coûter. Pour ça, et pour cette façon si rare de se mettre en danger, il a été touché. Et depuis, son penchant pour elle n'a jamais diminué.

À peine a-t-il fait voler la porte de l'ascenseur qu'il manque déraper dans une flaque noirâtre et s'étaler sur le carrelage.

Couché sur le côté, Abel Frontera gît dans son sang une main tendue vers la porte close. Dans le plafond, la trappe est ouverte. Il ne lui en faut pas plus pour comprendre. Le cadavre du fonctionnaire du SPHP en faction doit être dissimulé à côté de la machinerie.

En hurlant le flic se rue contre la porte. Faute de mieux, il sort son arme de service et tire à bout portant dans les trois verrous.

Il a vidé son barillet et le verrou central résiste toujours.

Tandis qu'en tremblant il remplace les étuis vides par de nouvelles cartouches, quatre coups de feu précipités font écho aux siens de l'autre côté de la porte.

32

Les yeux clos, la tête reposant sur l'oreiller, Abel offre un profil dont l'immobilité quasi mortuaire accentue la finesse. Sa respiration est régulière. Les moniteurs attestent de la bonne marche de ses fonctions vitales. Suzanne est arrivée dans sa chambre tandis qu'une infirmière achevait de lui laver le visage.

Abel dont on a retrouvé les empreintes dentaires sur les cartilages du nez de Laurent Kovak.

L'instinct de survie… Jamais elle n'aurait imaginé une telle sauvagerie chez l'homme dont elle est enceinte. Où a-t-il trouvé de telles ressources ? Il a reçu trois coups de couteau, dont un qui l'a traversé de part en part. Il y a laissé la rate, un rein, et une partie de sa capacité respiratoire. Mais en mutilant Kovak, il lui a sauvé la vie.

Les yeux dans le vague, pour la vingtième fois Suzanne se repasse le film des événements de l'avant-veille.

De l'autre côté du lit dans le coin de la pièce, le revolver à canon court braqué vers l'embrasure de la porte, elle attendait le tueur, les bras tremblants. Lorsqu'il est enfin apparu, son visage était en sang, le front, le pourtour de la bouche, le menton, le cou même, comme s'il s'en était barbouillé en portant ses mains à sa plaie.

L'interminable lame ensanglantée l'hypnotisait autant que son visage mutilé. Sa sueur lui piquait les yeux.

Elle n'osait faire un geste pour l'essuyer. La crosse de son arme glissait entre ses mains moites. Et elle tremblait tellement qu'au bout de ses bras le canon semblait animé d'une vie propre. La mire se posait tour à tour sur la tête de Kovak, son torse, le sol, la porte ou le plafond.

Steiner avait beau lui avoir dit que si elle parvenait à le tenir au bout de son canon il n'avait aucune chance, elle était terrorisée. La seule fois où elle avait tiré avec le Smith & Wesson qu'il lui avait officieusement remis, c'était dans un stand de tir face à une silhouette de papier. Pas face à un visage qui n'avait plus rien d'humain, au regard que traversaient la folie, l'indécision, la cruauté et la détresse.

L'instant d'après, plusieurs détonations ont retenti à l'étage inférieur.

Kovak a fait un pas dans sa direction. À quatre reprises le revolver a tressauté dans ses mains. Quatre impacts aussitôt éclos comme des pustules sur son torse.

Il a accusé le coup, avant de s'effondrer sur son lit, la lame tendue vers elle. Un grincement suivi d'une cavalcade dans le petit escalier ont été les premiers bruits étrangers à son cauchemar.

Lorsque Steiner a fait irruption dans sa chambre, Kovak était couché en travers du matelas, le dos perforé, et elle recroquevillée dans un coin de la pièce envahie par l'odeur de poudre et la fumée, ne quittant pas des yeux le cadavre, comme s'il allait se relever.

Aucun de ses anges gardiens n'était présent… Elle s'en est sortie seule. Sans l'aide de personne, comme toujours, lui a dit Olga au téléphone de sa voix éraillée de fumeuse. Comme toujours… Et pourtant, elle ne s'est jamais sentie aussi vulnérable. Rétrospectivement, il lui semble qu'il a avancé pour la forcer à faire feu ; suicide dans lequel il l'a impliquée, en quelque sorte.

Elle aurait voulu tenter de le raisonner. Mais les mots ne sortaient pas. Elle était tétanisée par cette force qui la dominait, supérieure à ses espoirs de guérison et de compréhension de l'âme humaine. Et cette vie qu'elle a prise l'a laissée face à un vide insondable.

La veille elle est passée au bureau d'Abel, où elle n'avait jamais eu la curiosité de se rendre. Cette absence d'intérêt pour ce qui ne concerne pas les affections mentales et l'abîme est son principal défaut. Et cette voie des ténèbres dans laquelle elle s'est engagée a d'ailleurs provoqué son isolement. Son penchant morbide qu'Olga stigmatise à sa façon, en imaginant son entourage peuplé de monstres, y compris et surtout en la personne d'Abel.

Moquette épaisse, canapé de cuir, poignées de portes chromées. L'ensemble, malgré les heures qu'il y passe, paraît inhabité. Seules les photos de réalisations immobilières et les maquettes d'immeubles sous plexiglas témoignent d'une activité concrète, avant qu'il ne largue les amarres pour l'univers de la finance. Juste après la mort accidentelle de son patron — certainement l'homme qui lui sourit sur la photo à sa gauche — et sa fortune qu'il a reçue en héritage… Garde-t-on sous les yeux le portrait d'un homme qu'on aurait tué ?

Avec la photo de Marcel Ménard coiffé d'un casque de chantier, seul un portrait d'elle, souriante et peu ressemblante, lui semble-t-il, témoigne d'une présence humaine.

Abel ascète et solitaire, qui pour brasser des millions ne s'est même pas adjoint les services d'une assistante. Libre comme l'air, ne cesse-t-il de répéter. Téléphone-répondeur, ordinateur, fax, Internet, traitement de texte, mobile et PDA ont remplacé l'assistante.

Et puis elle a fini par trouver ce qu'à tout hasard elle était venue chercher. Les Polaroïds représentent les jumeaux nourrissons jusqu'à trois ans, dans différentes situations et tenues vestimentaires, sans qu'il soit possible de les différencier. Lequel est Abel, lequel Jacob, parmi ces deux enfants ? Lequel est celui qu'elle aime, lequel le transsexuel ? Contemplation pour elle si troublante qu'elle dut s'en arracher.

Sur deux des clichés, la mère est présente. Jolie femme de vingt puis trente ans à peine, brune — par plusieurs aspects si comparable à Héloïse Beck, Chiara Christensen et Elsa Carpentier —, et dans le regard de laquelle se devine une détermination sans faille. Une détermination qui gâte un peu ce beau visage et qui a dû lui être nécessaire pour se séparer d'un de ses enfants.

À la vue de ces débris d'enfance et de cet immense gâchis, Suzanne fut soudain submergée par une infinie tristesse. Pour la première fois lui apparaissait la vie d'Abel dans son ensemble, avant et après la fracture de l'abandon. Et pour la première fois elle réalisait, avec une acuité physiquement douloureuse, à quel point il a dû en souffrir.

Abel pour qui sa grossesse doit être capitale, la perspective de cette naissance lui permettant, à sa façon, de réparer ce que sa mère avait brisé. Ce qui expliquerait la rage surhumaine avec laquelle il s'est opposé à Kovak.

Avec les Polaroïds, dans le carton étaient rangés certains livres ayant manifestement appartenu à la mère. Pour l'essentiel des ouvrages à reliure en tissu datant des années cinquante. Au sommet de la pile, broché, *Un barrage contre le Pacifique*, puis quelques gros volumes, comme l'*Iliade, Les Grandes Espérances*, ou *Don Quichotte*. En voulant les remettre dans le carton, elle s'est aperçue qu'il en restait un. Par curiosité elle s'en est emparée, une reliure en simili-cuir à volutes dorées, et s'est penchée sur le dos craquelé pour en lire le titre : *L'Homme qui rit*.

Une irrépressible angoisse, oppressante, suffocante, l'a alors saisie.

C'est à cet instant, paralysée derrière son bureau, qu'elle a décidé de faire subir un test ADN à Abel. Il lui suffisait de rester quelques minutes seule avec lui dans sa chambre.

Sans en référer à personne, comme une voleuse elle a profité de son coma pour effectuer un prélèvement — quelques cheveux arrachés avec leur bulbe — et l'envoyer dans un labo de sa connaissance. Quelques heures à peine suffisent à déterminer l'identité génétique d'un individu.

Dans la matinée elle est allée chercher les résultats contenus dans l'enveloppe qu'à présent elle tient entre ses doigts, décachetée. Un pressentiment lui a dicté d'attendre avant de l'ouvrir. Mais une fois de retour dans la chambre d'Abel inconscient, elle s'y est résignée.

Pour découvrir l'odieuse vérité : l'ADN d'Abel et celui prélevé sur le cou du petit Quentin ne font qu'un.

Ne jamais sous-estimer ton attirance pour l'abîme... Qu'est-ce qui t'a séduite chez Abel ?... Une dimension plus sombre affleurant sous un aspect... lisse ?

Les questions et suggestions d'Olga lui reviennent en mémoire. Que sous-entendait-elle ? L'abîme vient de s'ouvrir sous ses pieds. Un gouffre menaçant de l'engloutir. À quoi se raccrocher ? Son visage immobile l'hypnotise. Elle se rappelle la fois où le sujet a été évoqué au 20 Heures. Ils étaient dans la cuisine. Lorsqu'elle lui a dit que Steiner lui avait demandé son aide pour établir le profil du tueur, il a plaisanté sur le peu de jours de tranquillité restant au psychopathe...

Elle ne peut détacher son regard du visage d'Abel inconscient et paisible dans son coma médicalement provoqué. Mais la tête soudain lui tourne, sa vue se brouille et le visage d'Adèle s'immisce sur celui de son frère, qui dénué d'expression se prête plus à la ressemblance. Fascinée par ce visage double, assise sur une chaise de métal de cette chambre d'hôpital, alertée soudain par le bruit, Suzanne réalise que depuis un moment elle se frotte les mains l'une contre l'autre, comme si elle cherchait à se les laver.

Une idée lui traverse l'esprit, dernière branche à laquelle se raccrocher, ultime bouée à saisir avant de sombrer. Comment n'y a-t-elle pas pensé ? D'un bond elle se lève. À part l'ADN, l'autre élément d'identification dont on dispose, c'est une empreinte du pouce droit du tueur. Caractéristique par la croix restée imprimée dans sa mémoire. Or, sur le plan génétique, les jumeaux monozygotes présentent une particularité unique : celle de posséder exactement le même ADN, ne se distinguant l'un de l'autre que par leurs empreintes digitales, justement. Abel et Jacob, sur le plan génétique un seul être, à quelques sillons digitaux près.

Son cœur cogne à coups sourds dans sa cage. Avec appréhension elle s'approche de cette main droite reposant le long du corps, côté appareils de mesure.

Elle inspire avant de s'en saisir. Sa vie en dépend. Ce qu'elle va découvrir d'une seconde à l'autre pourrait la précipiter en enfer ou au contraire l'absoudre totalement. Avec l'impression de fouiller dans ses affaires à son insu, elle soulève sa main droite et se penche sur son pouce.

Les sinuosités digitales constituées par les crêtes papillaires sont exemptes de cette croix légèrement tortueuse qu'elle avait repérée sur l'agrandissement de l'empreinte trouvée sur le tube de rouge ayant servi à grimer Chiara Christensen.

Une pression sur la pédale du bout de ses pieds nus aux ongles vernis, et le staccato de l'aiguille de la Singer couvre à nouveau la voix de Nina Hagen, l'ex-transfuge d'Allemagne de l'Est débarquée en Occident comme un ovni, avec ses provocations et ses sonorités animales et liquides. Révolution dans les dancings. Elle avait cassé la baraque, l'ex-ressortissante de RDA. 1978. À présent ses outrances vocales résonnent comme des actes de bravoure oubliés. Comme des instantanés aux couleurs passées.

Légèrement trop épais, les doigts tendus font défiler les peaux de lapereau jointes sous l'aiguille implacable, dessinant à mesure une couture hésitante. Elle devrait commencer à porter des lunettes, elle va se fusiller les yeux, à force de s'adonner à ce travail ingrat. Grands verres carrés à monture d'écaille. Au risque de ressembler à une assistante de direction. Un quart d'heure plus tôt elle a manqué se faire transpercer l'index. L'aiguille dans l'ongle jusqu'à l'os, elle voit ça d'ici : crucifixion de modiste. Elle a beau se pencher et coller les yeux sur son ouvrage, l'attention n'est plus la même. L'application non plus, d'ailleurs. Un rien la distrait, elle d'habitude apaisée par cette tâche répétitive. Bonnes pour le rebut, ces deux peaux. Qui en voudrait ? Avec ces coutures dignes de sutures d'hôpital militaire de campagne. C'est pour ne pas devenir folle qu'elle n'abandonne pas.

Pas prévu au programme, le coma d'Abel. Qu'est-il allé opposer cette résistance héroïque, aussi ? Pour tenter de protéger cette femme… Elle a sous-estimé son amour pour la psy, alors… Désillusion supplémentaire, ajoutée à celles qui ont jalonné son existence depuis la petite enfance et ses trois ans tout juste sonnés. Elle n'est plus à ça près, semble indiquer le sourire amer sur ses lèvres pour une fois exemptes de rouge. Plus la tête à ça. Plus la tête à rien.

Au moment où c'est arrivé, elle a ressenti au fond d'elle l'imminence d'un malheur. Douleur subite, dans les reins. Phénomène gémellaire difficilement explicable et pourtant souvent avéré. Abel de son côté ressentait également quelque chose lorsque son père adoptif le battait, le gros porc. Il le lui avait dit quand ils s'étaient retrouvés à dix-huit ans. Jusqu'à son opération, qu'Abel a vécue dans sa chair, lui a-t-il avoué l'autre jour. Les blessures infligées à son frère, chez elle sont morales. C'est parfois plus douloureux.

Tout est fini. La fête et le reste. Ce semblant de fête, éphémère et factice. Curieux, comme on peut se tromper sur soi-même. Son autre soi-même en l'occurrence, qu'elle avait cru pouvoir récupérer. Ça lui aurait bien fait la nique, à la vieille pute, qui doit tout observer depuis son trou.

Je t'ai bien arrangé le portrait. Plutôt trois fois qu'une, hein ? Mais ce sera jamais autant que ce que tu m'as fait endurer... À quand la prochaine ? Pas avant qu'il soit complètement rétabli. N'est-ce pas, Abel ? Qu'est-ce que tu en dis ? Peut-être même pourrons-nous nous en prendre à la psy ? Mais non, c'est impossible à présent. Trop maligne. Pourrons-nous seulement attendre jusque-là ? À moins qu'il n'y ait pas de prochaine fois... Sur quel bâton de dynamite sommes-nous assise ? fredonne-t-elle comme une rengaine entêtante, sa voix et la mélodie soudain distinctes, mais toujours couvertes par Nina Hagen, quand elle relâche la pression sur la pédale.

Vernis écaillé, sur ses orteils et ses doigts. Tout fout le camp.

Le carillon de l'entrée détourne son attention. Par l'entrebâillement de la porte, avec ennui elle jette un œil dans la boutique.

Un cinquantenaire massif et fatigué, bel homme arrangé par l'alcool, chemise blanche et veste à chevrons fleurant bon son fonctionnaire de la PJ, une amazone diaphane cuirassée de veau vernissé, une écorchée vive, un petit chauve enfin, à la couronne et aux sourcils noirs, le front rebondi et la lèvre mauvaise.

La cavalerie.

Soudain livide elle se lève, raide comme une Marie-Antoinette gravissant les marches de l'échafaud. Un éclat de lumière attire son attention : ses ciseaux à larges lames posés sur une perruque noir corbeau. Elle hausse les épaules.

Elle ouvre alors la porte sur la boutique, le rideau sur la scène, et terrorisée s'apprête à faire sa dernière entrée.

Épilogue

Le moniteur diffuse une image neigeuse et fluctuante au gré des mouvements que le gynécologue imprime sur son ventre enduit de gel.

— Comment vous sentez-vous ?

Sans autre réponse, Suzanne lui sourit et ferme les yeux. Premier contact avec son enfant, par le truchement de l'imagerie médicale. Première prise de conscience de son existence également, même si cette dernière n'est encore qu'embryonnaire. À deux reprises dans un passé lointain elle s'est trouvée face à la magie de la vie, tant les battements de ce cœur, que l'appareillage permet d'amplifier, ont quelque chose d'humain, alors que l'organisme qui les émet mesure quelques millimètres à peine.

À chaque fois Gilbert était présent, émerveillé par ce spectacle autant que par les promesses qu'il recelait. Et au souvenir de son défunt mari chez l'échographe, de son optimisme et de sa fierté d'enfant retrouvée, soudain elle sait pourquoi elle a maintenu cette consultation malgré son épuisement et ses obligations.

Les yeux clos, attentive à l'évolution de l'appareil optique sur sa peau, prêtant une oreille distraite aux commentaires du praticien, elle savoure cet instant qui, par rapport à ce qu'elle vient de traverser, constitue un miracle, lorsqu'un arrêt net, suivi d'une pression légèrement supérieure, la sortent de sa torpeur.

— Il y a des jumeaux dans la famille du papa? demande le médecin sans cesser de manipuler son appareil.

Une contraction brutale saisit ses entrailles. Elle redresse un visage au teint blême. L'écran de contrôle révèle peut-être en effet la présence de deux embryons.

— Écoutez plutôt.

Le gynécologue tend le bras vers la molette de l'amplificateur, et des coups sourds et réguliers résonnent dans la pièce, comme si quelque être invisible, gigantesque et sujet à la tachycardie, avait investi les lieux.

Elle déglutit. Les battements syncopés pénètrent en elle, obsédants. Jamais cette éventualité ne lui avait effleuré l'esprit.

— Et en plus ce sont des vrais, deux petits monozygotes, ajoute le praticien triomphal après s'être penché sur le moniteur. Savez-vous que chez les anciens c'était souvent considéré comme un signe de chance?

— Vous pouvez baisser le son?

À nouveau Suzanne ferme les yeux. Ne plus voir, ne plus entendre, échapper à cette réalité. Son visage est traversé par un sourire amer. Le médecin lui tend une serviette en papier afin qu'elle s'essuie le ventre.

— Je vous agrafe les clichés dans le dossier et nous en avons terminé. En tout cas, tout se présente sous les meilleurs auspices. Vous n'avez pas répondu à ma question… Des jumeaux?…

L'image d'Adèle apparaissant pour la première fois dans son cabinet de consultation s'impose à elle. Son visage poudré couleur craie, ses gestes d'araignée survoltée, la mécanique de son rire silencieux, ses cigarettes mentholées fichées dans leur embout et son accoutrement à mi-chemin entre cocotte et gothique. Adèle-Jacob le tueur psychopathe, convaincu des assassinats, avec actes de barbarie, de Quentin, Héloïse,

Chiara et Elsa. Adèle-Jacob dont Abel, le père de ses futurs enfants, partage les gènes.

Ces enfants à naître pouvant donc tout autant, si l'on se place sur le plan génétique, être ceux d'Abel que d'Adèle-Jacob.

— Des jumeaux ? répète-t-elle d'une voix blanche. Je ne sais pas si on peut appeler ça comme ça. Mais je suppose que oui.

REMERCIEMENTS

Pour leur lecture attentive et leurs précieuses suggestions, j'exprime toute ma reconnaissance à Karina Hocine, Alain Le Henry et Simon Liberati.

Pour leur aide et leur soutien, je tiens à remercier Magali Bodon-Bruzel, Francis Béchet, ainsi qu'Arnaud et Florence de Gramont.

Régis Descott
dans Le Livre de Poche

Pavillon 38 n° 37190

Il y a des erreurs qu'on aimerait n'avoir jamais commises. Expert psychiatre dans un asile pour fous dangereux, Suzanne Lohmann ne pensait pas, en libérant Dante, l'un de ses patients du Pavillon 38, mettre en danger sa propre existence. Dehors, les fous n'ont pas de camisole…

Du même auteur :

L'EMPIRE DES ILLUSIONS, roman, Denoël, 1998.

PAVILLON 38, roman, Lattès, 2005.

Composition réalisée par Asiatype

Achevé d'imprimer en septembre 2008 en Espagne par
LITOGRAFIA ROSÉS S.A.
Gava (08850)
Dépôt legal 1re publication : octobre 2008
LIBRAIRIE GÉNÉRALE FRANÇAISE
31, rue de Fleurus – 75278 Paris Cedex 06

31/2291